나무 심는 마음

나남
nanam

나무 심는 마음

2015년 5월 28일 초판 발행
2015년 10월 15일 제2판 발행
2018년 7월 5일 제3판 발행

지은이 · 조상호
발행자 · 趙相浩
발행처 · (주) 나남

주소 · 10881 경기도 파주시 회동길 193
전화 · 031-955-4601(代)
팩스 · 031-955-4555
등록 · 제1-71호(1979.5.12)
홈페이지 · www.nanam.net
전자우편 · post@nanam.net

ISBN · 978-89-300-8971-5
978-89-300-8655-4(세트)

나무 심는 마음

제3판

조상호 지음

나남
nanam

나무
심는
마음

차 례

2부

미친 세월 뛰어넘기

3부

자신을 찾는 여행

4부

어울려 사는 사람들의 숲

꿈꾸는 나무들, 수목원의 탄생

벌써 40년이 다 되어가지만 양재역 앞 서초동에 지훈빌딩을 마련하여 출판사를 할 무렵 5층 계단에 '隨處作主 立處皆眞'(수처작주 입처개진)이란 현판을 걸어 놓았다. 책 출판의 답례로 누군가에게 받은 글씨였지 싶다. 그때까지도 세상과 편하지 않았던지 세상과 불화할 때마다 이 글귀가 위안이 되었다. 앞부분은 '卽時現金更無時節'(즉시현금 갱무시절)이다.

어떤 환경에 처하더라도, 어느 곳에서라도 스스로 주인이 되려고 전심전력하면 모든 것이 참될 것이라는 뜻이다. 이 순간은 지금뿐이다. 내일은 다른 날인 것이고 우리 시간의 주인은 우리다. 그게 진리다. 당나라 고승 임제臨濟 의현 선사의 화두話頭였다.

강파른 세월에 생각만 앞서지 보여줄 것도 없이 소인배小人輩들 틈에서 대인大人의 꿈이라도 펼쳐 보이려면 얼마나 냉혹하게 자신을 살피고 독려해야 하는지 몰랐다.

출판을 통해 들불처럼 타오르는 지성의 열풍지대를 창조하기

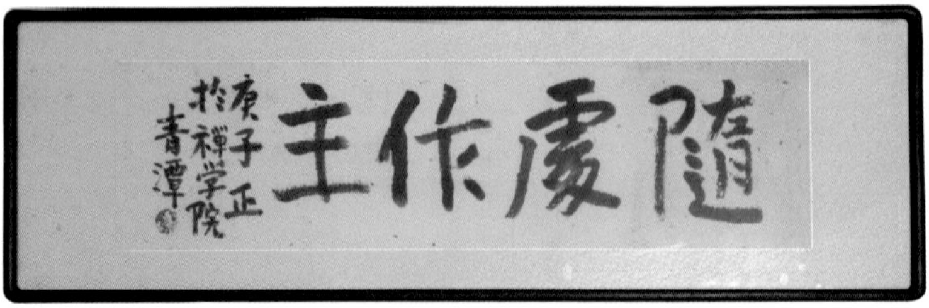

이 책을 출판하고 나서 새삼스럽게 인사동 아이옥션에서 구입한
청담 스님의 고졸(古拙)한 글씨에 마냥 안기고 싶다.

위해서라도 사무실 벽에 걸린 아버지가 내게 남기신 액자 자강불식自彊不息의 가르침을 마음 깊이 새기고, 초기 불교경전 '수타니파타'에 나오는 다음 게송偈頌을 읊조리며 다짐해야 했다.

홀로 행하고 게으르지 말며
비난과 칭찬에 흔들리지 말라
소리에 놀라지 않는 사자처럼
그물에 걸리지 않는 바람처럼
진흙에 더럽혀지지 않는 연꽃처럼
무소의 뿔처럼 혼자서 가라

그렇게 보낸 세월이 스스로 언론출판의 뜻을 세우고 헤쳐나간 40년이 다 되는 장엄한 계절이었다. 이 책의 '미친 세월 뛰어넘기'라는 에세이는 그 무렵에 생각의 싹이 텄는지 모른다.

수목원 탄생의 거친 숨결이 10년째로 접어들었다. 수목원을 시작하며 생각했던 3천 그루의 반송盤松동산 앞에 3칸짜리 6평 정자도 5년 만에 지어 잠시 햇볕 피할 공간도 마련했다. 정자 이름을 직접 써 붙이고 싶었으나 몇 번이나 망설였다. 글귀가 마음에 들어 인사동에서 구입한 현판 '인수전'仁壽殿을 처마 밑에 걸었다. 이제부터라도 어질게 살자는 다짐이기도 했다. 대들보 뒷편에는 웅장한 기개를 보인 한말 항일운동을 펼친 윤용구 선생의 '기장산하'氣壯山河 현판을 걸었다.

이 조그마한 정자가 불법이라고 고발하는 공무원의 완장도 짜증나고, 정자는 파고라에 불과한 합법적인 작품이라며 전통을 돈으로만 밝히는 젊은 한옥전문가의 무례도 실망스러웠다. 한두 해 송사를 벌이다 다시 택지로 허가받는 귀찮음도 겪었다.

못난 제도와 인습보다 더 못난 사람들이, 지구에 소풍 나온 기념으로 그럴듯한 녹색공간을 남겨 주려고 산에 묻혀 산山사람으로 살려는 나를 내버려두지 않는다.

잠시 뒤도 돌아보는 여유가 생겼는지 벌써 생태계의 거대한 질서의 운항을 조금이라도 눈치챈 것 같은 생각도 든다. 가끔씩 그때 알았더라면 이런 시행착오는 하지 않았을 거라는 열정만 앞선 아마추어가 갖는 시행착오의 푸념도 섞인다. 20년을 준비했다는 나무심기의 내공도 책상물림의 교만이거나 허영일 수도 있다는 자책이다.

그러나 편견과 고정관념을 뛰어넘는 무모함으로 가끔은 아마추어가 세상을 뒤흔드는 업적도 이룬다는 생각에 희망의 끈을 놓지 않는다. 내가 좋아서 하는 일이라는 자기최면을 공고히 하고 고통을 축제로 여겨야 그만큼이라도 견딜 수 있기 때문이다.

우선 시간에 대한 개념이다. 스물두 살의 자서전에는 학생운동의 열풍 속에 소용돌이치던 내가, 어느 날 강원도 화천 최전방 고지의 낙숫물 떨어지는 내무반 처마 밑에 이등병 모습답게 쪼그리고 앉아 있다. 가끔씩 고드름이 떨어졌으니 따뜻한 봄볕에 지붕의 눈이 녹으며 떨어지는 눈물을 하나둘 하릴없이 헤아렸지 싶다.

내가 왜 여기에 있는가, 나는 누구인가의 통속적인 상념 속에 천둥번개 같은 깨달음이 스쳐갔다. 중앙정보부에 쫓기고 제적되고 입대하여 세상과 소식이 끊긴 지 여섯 달이었다.

여섯 달이라는 시간은 그렇게 혼자서 몇 차례나 들뜨고 절망하고, 무엇을 애타게 기다리고 또 한숨 쉬며 포기하기도 하는 길이와 폭이라는 것을 그때 불현듯 깨달았다. 과장한다면 시간의 허리춤을 잡고 그 치수를 쟀던 경험에 다름 아니다.

아침 점호가 끝나면 10킬로미터 단독군장의 구보가 시작된다. 엊그제까지 선언문의 붓대를 잡던 대학생은 나약한 체력으로 공포의 뜀박질에 광기가 스친다. 구령에 편승해 세상에 욕이라도 내뱉는다. 차츰 무거운 철모를, 나중에는 어깨에 걸친 미군이 남기고 간 길다란 M1 소총도 내동댕이치고 싶은 생각까지도 치민다.

그러나 내가 왜 이 짓을 해야 하는가 하는 분노는 가냘픈 거미줄로 짜인 그네뛰기만을 몇 차례나 반복할 뿐 스스로 다스릴 수밖에 없다.

혼자 뛰기에도 벅찰 텐데 내가 안쓰러웠는지 옆의 선임이 내 철보를 받아준다. 무거운 소총도 받아준다. 탈락자가 생기면 단체기합을 받는다는 두려움 때문이 아니라 '처음에는 다 그래' 하는 격려의 미소가 엿보인다.

나는 언제 옆 사람에게 이런 도움의 손길을 한 번이라도 내밀어 본 적이 있었던가. 고맙기도 했지만 민망하기도 했다. 그렇게 여섯 달이라는 시간의 띠가 지나면 해가 뜨는 새 아침에 헉헉대며 구보하는 신병의 철모를, 소총을 받아 주는 나를 발견한다.

꼭 그만큼의 시간이 지나야 하는지는 모르지만, 최전방 방책선으로 유배 보낸 독재자의 의도와는 달리, 그때부터 50년은 더 버틸 체력과 마음씀씀이를 길러준 결과가 되었다.

원시시대가 갖는 태고의 음향이나, 비무장지대의 생태계 속에 산山사람처럼 나무들의 숨소리와 꽃바람을 3년 동안이나 껴안고 뒹굴며 사계절을 보냈던 행운도 의도하지 않은 덤이었다.

방책선 초소에서 식량과 부식을 수령하려 하루 동안 걸어서 오르내렸던 2백 번 가까운 산적山賊 같은 외로운 산행山行길에서 만났던 나무와 꽃들이 내 핏속에 녹아들었을 것이다. 나의 스토리를 입힌 수목원을 꿈꾸는 욕망은 그때 마음 깊숙하게 자리 잡았는지도 모른다. 삼십 몇 년이 지나 나무 심기에 흠뻑 빠진 나를 발견한다.

이때 깨달은 시간의 길이가 갖는 의미는 오랫동안 나를 지배했다. 수목원 탄생을 위해 일할 수 있는 1년의 시간도 사실은 절반에 불과하다는 것을 새삼스럽게 알았다. 11월 중순부터 3월 중순까지 4개월은 땅이 얼어붙고, 6월 중순부터 7월 말까지는 장마에 시달리고, 가끔씩 쏟아지는 빗줄기에 놀란 흙 위에서는 하루 이틀은 일할 수 없기 때문이다.

말로는 농부의 마음을 갖는다고 했지만 아직도 똬리 틀고 있는 시간에 대한 도회지의 조급한 욕망의 찌꺼기를 극복하지 못한 마음을 다스려야 했다. 그렇게 보낸 수목원에서의 10년은 뼛속까지 자연의 생태계에 적응해 보려고 몸부림친 시간들이었다.

20만여 평의 수목원을 어떻게 디자인할 것인지 꿈꾸며 첫 삽을 든 지 3년 만인 2011년 여름, 백년 만의 폭우로 일어난 산사태가 묘목밭 5천 그루와 골짜기 1킬로미터를 초토화시켰다. 황폐한 전쟁터가 따로 없었다. 불 탄 자리는 흔적이라도 있지만 물난리 뒤끝은 허망함뿐이었다. 그때 그만 손을 들어야 했지만 생명에 대한 애착이 훨씬 컸는지도 모른다. 혹독한 신고식을 치뤘다. 수해복구를 하느라 반년 가까이 작은 봉우리 하나를 들어내 석축을 튼튼하게 쌓고 흙을 다시 메웠다. 또 다른 폭우를 대비하며 산 중턱에 사방댐의 기능을 할 수 있는 넓은 호수를 두 곳에 만들었다. 나중에 양수기를 돌려 물을 퍼 올려 나무를 심는 데 필요한 저수지 역할을 톡톡히 해냈다.

두 해 동안 갖은 고생을 하며 물난리로 깊이 패인 계곡 양쪽의

사진: 신동연

작은 산줄기를 허물어 계곡을 메꿨다. 수해복구 때는 얼굴도 비치지 않던 관리들의 산림법 위반이라는 트집에 시달리고, 공사비로 작은 아파트 한 채 값을 땅에 묻는 고달픔을 겪었다.

이제 완만한 경사의 3만 평이 되는 공지가 생겼다. 나무를 심어야 했다. 2013년 합천 댐의 담수로 수몰위기에 놓인 13년생 반송盤松 5백 그루를 이곳에 옮겨 살리면서 반송과의 사랑이 시작되었다. 두 해 동안 비슷한 동무들을 합천, 고성, 원주에서 찾아내 이제는 3천 그루가 넘는 소문난 대규모 반송밭이 되었다.

2014년 늦여름, 고생을 자처하여 6백 년이 넘는 우리나라 최고의 황장목인 울진 대왕송大王松을 알현하고부터는 그 귀기 서린 장엄한 기를 받으며 산 것 같다. 선계仙界를 다녀온 듯한 그 기운으로 한 뼘 정도 성숙한 것 같은 뿌듯한 마음이다. 세상을 보는 눈높이가 달라졌음은 물론이다.

이 책의 앞부분에 실린 글이 그 감동을 글로 옮기려 내 나름대로 발버둥친 흔적이다. 미진하겠지만 이 글로 대왕송의 정기를 서로 나누며 상상 속의 큰 나무로 마음에 품었으면 싶다. 실천하기도 쉽지 않지만, 다투어 대왕송을 찾아 나선다면 태고의 원시 속에 1천 년을 향하여 영생하고 있는 대왕송이 욕망에 찌든 인간사의 번잡에 시달릴지도 모르기 때문이다.

첨단 디지털 인쇄술의 힘을 빌려 대왕송 사진을 최대한 확대 복

사진: 〈매일신문〉 김태형 뉴미디어 부장

울진 '대왕 금강송'

사하여 출판사, 수목원 여러 곳에 걸개그림으로 걸어두고 잡다한 일상에 찌들 때마다 고개를 들어 그 기운을 찾아 나선다.

이 나무가 나남수목원에 있느냐고 짐짓 물어보는 사람도 있다. 대왕송은 홀로 울진 그곳의 바람과 태양에 전설이 되어야 하는데도 말이다. 대왕송 정기의 한 가닥이라도 비추어 준다면 우리가 떠난 몇백 년 후의 나남수목원 숲은 더욱 풍성해지리라고 어렴풋이 상상해 본다.

당시 반년 동안 칼럼을 연재한 인연으로 몇 날 며칠을 공들여 힘들게 촬영해야 했다는 장쾌한 대왕송 사진을 주신 〈매일신문〉 김태형 뉴미디어부장에게 감사드린다.

2014년 가을에는 나무농사가 지겹다는 옆 동네 농부의 선의善意로 20년을 키운 은행나무 4백 그루를 건네받았다. 3천 그루 반송 동산 주변의 길을 따라 가로수처럼 띠를 둘러 심었다. 이식의 시기를 놓쳐 밀식된 채 햇볕경쟁으로 키만 쭈뼛하게 자란 나무지만 한 20년 넓은 수목원의 햇볕과 바람만 먹고도 거목으로 자라 노란 은행나무의 고즈넉한 낙엽길을 환상처럼 만들 것으로 상상한다. 아내가 바라는 기억 속의 숲길이었으면 더욱 좋겠다.

한숨 돌릴 사이도 없이 마침 한탄강 댐을 만들면서 물에 잠기는, 그 동네의 사당나무 역할을 했던 80년이 넘는 거목인 느티나무 일곱 그루를 어렵게 이식해야 했다. 수형이 너무 아름다워 생채기를 덜 내고 옮기느라고 비용도 많이 들고 힘도 몇 곱절 더 들었지만, 영생할 생명을 내가 건져냈다는 뿌듯함이 앞섰다.

2015년 수목원의 봄은 산벚나무의 꽃그늘만이 아니라도 유별나게 포근하게 안기었다. 50년간 나무를 가꾸었던 수목원 근처의 문중 땅을 개발한다면서 내놓은, 3백 그루 넘는 4~50년 잘 자란 나무들이 두 달에 걸친 힘든 이식작업으로 우리 수목원의 새 식구가 되었기 때문이다.

한 대로 곧게 자란 라일락, 선비목이라는 회화나무들, 다 자란 보리수, 수해로 죽은 1백 년 산뽕나무의 후계목이 될 70년은 족히 넘을 건장한 산뽕나무, 귀한 오엽송들, 성목이 된 우람한 자귀나무와 귀룽나무들, 수형이 예쁜 측백나무와 향나무들, 그리고 오랜 시간 키워야 하는 눈주목 1백 그루와 회양목들, 장년이 된 느티나무와 단풍나무들이 그들이다. 가장 반가웠던 나무는 가장 더디 자란다는 구상나무와 종비나무 10그루를 품에 안은 것이다. 이 나무들도 곧 나남출판사 책 표지 뒷면에 소개되는 나남수목원 풍경의 한 컷으로 얼굴을 알릴 것이다.

엊그제는 처음 심은 장송들 밑에 떨어진 솔방울에서 봉긋이 고개를 내민 한 뼘 정도의 아기 소나무들을 밟을 뻔했다. 생태계의 당연한 질서인데도 프로펠러 같은 잎에 실린 단풍 열매가 이곳저

곳에 새싹을 틔우는 것은 많이 보았지만, 앙증맞고 귀여운 아기 소나무들이 눈에 뜨인 것은 유쾌한 발견이다. 솔방울이 맺히는 데 2년이 걸리니 이 녀석들도 4살짜리 내 손주와 비슷한 때에 이 세상에서 그들만의 하늘을 갖기 시작한 모양이다. 꿈나무인 이들이 무탈하게 자라 그 푸르름을 떨치기를 기원한다.

2015년 늦가을에 석인石人 30분이 수목원 식구가 되었다. 모두 2백 년이 넘는 문화재급인 문인석文人石들이다. 옛돌박물관을 설립한 천신일 회장님의 배려로 호숫가 돌담장 앞에 심었다. 수목원 시작 때부터 격려를 아끼지 않았고, 3천 그루 반송의 위풍당당한 위세를 그렇게 좋아하셨다. 고려대 동창회장도 지낸 천 선배님은 40년 동안 치열한 기업경영 와중에도 우리 옛돌을 독보적으로 수

집한 선각자이시다. 일본에 밀반출된 문인석 80여 점을 되사오기도 했다. 그리고 미국 스미소니언박물관이나 일본 와세다대학에 한국 전통을 알리기 위해 문인석을 흔쾌히 기증한다.

문인석은 묘소를 수호하는 석물로 앞쪽의 좌우에 배치된다. 공복公服을 입은 상태로 복두幞頭를 쓰고 홀笏을 들고 있다. 공복은 임금을 알현할 때나 동지, 설날 등 경사스럽고 즐거운 대사가 있을 때 착용하는 관복이다. 복두는 두 단으로 각이 진 관모로 사모의 전신이다. 홀은 신하가 임금을 만날 때 손에 쥐던 물건으로 상아나 나무로 만들었다.

3칸 정자人壽殿 옆에는 불을 밝힘으로서 사악한 잡귀를 물리치는 벽사辟邪의 뜻으로 부석사 무량수전 앞의 석등石燈에 버금가는 커다란 석등까지 모셨다. 정자 건축비를 상회하는 거금이었지만 공

간을 지배하는 석등의 아우라는 훨씬 크게 다가온다.

잔디밭과 고졸古拙한 3칸 정자, 우람한 석등, 큰 나무들, 넓은 호수, 도열한 문인석들, 길다란 돌담장, 그리고 3천 그루의 반송이 만들어 내는 3만 평의 공간은 품위있는 왕릉王陵의 풍경으로 비쳤다. 저 어느 나무 밑에 나무처럼 살다 영면하는 평화가 손에 잡히는 듯하다.

2016년에는 책박물관, 관리동 증축공사가 끝났다. 관리동에는 산사山寺의 요사채寮舍寨처럼 숙식을 하며 자연을 관조할 수 있는 12평짜리 6칸의 고급 원룸을 더 지었다. 전체 526평이 되었다. 경기 북부의 한적한 숲 속의 책박물관이라고 낭만적으로 생각했으나, 다중이용 시설이라고 이것저것 요구하는 건축법의 엄격한 규제를 모두 지키며 실내 인테리어 공사는 모두 불연재를 사용해야 된다는 소방법으로 건축비가 두 배는 더 들었다.

꼭 5년 만의 역사役事였다. 두 차례에 걸쳐 강남 아파트 두 채 값이 들었다. 그 돈이 어디서 충당되었는지 헤아릴 수 없지만 쏟아부은 열정만큼 나이도 들었다. 내가 여기까지는 완성해야겠다는 마음만 앞선 것 같다. 돈만 그렇겠는가. 많은 사람들과 부대낀 사연도 가물가물하다. 홍성천 교수가 처음부터 마지막까지 설계하고 시공을 감독했다. 설계사무소와 자원봉사하는 어린이 건축학교 일에도 바쁠 텐데 그이는 지금도 토요일이면 나와 함께 정성을

관리동 인포메이션 센터

다해 수목원 나무를 다듬는 붙박이가 되었다.

수목원을 꾸미는 것은 내가 지구별에서 가까운 미래에 소풍을 마치고 떠나면서 이곳에 왔던 흔적으로 사람들에게 녹색공간을 남겨 주고 싶은 마음에서이다. 그리고 그 수목원에 아름다운 책박물관을 처음부터 계획한 것은 나남출판사를 40년 가까이 지성의 열풍지대에서 꿈과 땀으로 일구었던 일업일생의 책들을 소리 없는 아우성처럼 담아 둘 공간이었으면 싶었기 때문이다. 누구나 그러하듯이 질풍노도의 삶을 살았다는 궤적을 남기고 싶은 욕망은 또 하나의 권력인지도 모른다. 그냥 언론출판의 일업일생이 남긴 흔적이라고 보면 된다.

사진: 황옥순

나남수목원 책박물관

2017년 5월에는 책박물관의 넓은 홀에서 개관식과 함께 17년째 이어오는 지훈상芝薰賞 수여식을 함께 했다. 나의 성장과정을 지켜보며 어려운 고비마다 격려해 주신, 이제는 나들이가 쉽지 않은 팔순이 넘은 선배님들이 먼 길을 오셔 축하해 주며 오늘의 성취를 당신의 일처럼 기뻐하셨다. 출판 멘토인 문예출판 전병석 사장, 30년 강남시대를 함께한 조남호 서초구청장, 영원히 젊은 대기자 손주환 공보처장관, 광고학의 길을 열어준 이기홍 서울예대 이사장, 신군부시절 출판사를 지켜준 성낙승 금강대 총장, 수목장樹

책박물관 내부. 강현두 · 김세원 교수 내외와 감동을 같이하고 있다.

2017년 지훈상 시상식이 나남수목원 책박물관에서 열렸다.
하객 소개에 영원히 젊은 대기자 손주환 공보처장관이 인사하고 있다.

木葬을 개척한 조남조 산림청장, 한국유학의 대가 윤사순 교수, 우리옛돌박물관 천신일 회장님이 그분들이다. 한 분 한 분 소개하며 나와의 인연을 처음으로 공개했다. 수목원의 푸르름처럼 부디 건강하시길 기원했다.

작년 여름에는 구리 포천 고속도로가 개통되었다. 서울에서 수목원 오는 길이 절반이나 가까워졌다. 3년째 공사하던 수목원 진입로도 금년 6월에 완공되었다. 굽이굽이 새마을 길이 큰길에서 곧게 뚫린 4백 미터의 탄탄대로로 환골탈태했다. 30년 전 만난 젊은 사무관이었던 고려대 띠동갑 후배와의 우정이 이런 큰 선물로 꽃을 피웠다. 덕불고德不孤 필유인必有隣의 경지는 한참 부족하지만 살아볼 가치가 있는 삶이었다고 자위해 본다.

공간은 직접 발길이 닿는 만큼 확장된다. 수목원 조성 초기부터 생각만 하다 미루었던 수목원 초입의 풀에 덮인 작은 골짜기를 메운 공간에 접근성을 높이기 위해 계단 다리를 새로 만들었다. 적지 않은 비용을 들였지만 변경邊境의 소외된 땅이 양지바른 넓은 공간으로 나타나 가슴 뿌듯했다. 이 길로 야생화 밭으로 바로 올라갈 수 있게 주변도 정리했다.

맨 앞에는 광릉집에서 10년을 키운 히어리를 옮겨왔다. '히어

계단을 오르면 야생화밭 앞의 블루베리와 아로니아 50그루를 만나게 된다.

리'는 그 이름만으로도 신선해서인지 외국종을 연상하지만 순수 토종이다. 상사화가 맨 처음 파초 같은 잎을 내밀 무렵 봄을 알리는 전령사로 히어리의 노란 꽃은 거꾸로 매달린 보리이삭이나 신부의 노란 귀걸이 같아 더욱 정겹다. 이창복 박사가 순천 송광사 부근에서 이 나무를 발견할 때 전라도 사투리인 '시오리'十五里를 '히어리'로 들었다는 말도 있다. 북한산의 토종 수수꽃다리가 미국으로 건너가 '미스킴 라일락'이 되어 세계적으로 인기 있는 라일락의 이름을 얻어 이제는 우리가 이를 수입한다. 자생식물을 홀대하여 종자전쟁이라는 제국주의의 희생자를 자처한 꼴이다. 이제는 이런 어리석음을 범하지 않겠다고 히어리의 번식연구를 같이 했다는 강화도 한수조경 한경구 선배의 배려로 15년 전 광릉집에 히어리를 심었다.

거름을 따로 한 것도 아닌데 양지바른 햇볕만으로도 잘 자라 열세 줄기의 큰키나무가 되어 내 키를 훌쩍 넘는 자랑스러운 나무가 되었다. 꽃 지고 돋아난 투박하면서도 두툼한 여름 한철의 유별난 잎들도 정감이 간다. 우연히 인터넷 검색을 하다가 낙과가 되어서

봄은 노란색으로 온다. 산수유, 히어리, 개나리, 생강나무의 꽃이 그것이다.
2018년의 봄은 이상 기후로 히어리 꽃이 눈속에 묻히기도 했다.

도 작은 박격포처럼 몇 초 동안 씨앗을 방출하는 모습을 포착한 호기심 많은 사람의 비디오를 구경했다. 처음 보는 자연의 신비였다. 이런 과정을 거쳤는지 그 동안 생겨난 아들 손자 히어리까지 세 그루를 이번 봄에 수목원으로 옮겼다. 많은 사람들과 귀한 히어리의 봄날을 공유하자는 뜻을 망설임 없이 받아준 아내가 고마웠다.

새로 생긴 공간에는 10년이 훨씬 넘는 블루베리와 아로니아를 50그루씩 심었다. 아로니아는 이제 수목원에 9백 그루를 넘게 되었다. 달콤한 블루베리 열매는 산새와 내가 절반씩 나눠먹는 셈이다. 아로니아는 한여름 갈증을 치유하는 농부의 강장제가 되었다.

2018년 봄은 수목원에 새 식구가 부쩍 늘었다. 재원조달에 힘겨워하는 나에게 나무 욕심을 그만 부리라는 아내의 지청구에도 나무 사랑을 핑계로 또 일을 벌였다. 지난 가을에 이식작업을 미리 해 두었던 포천의 40년 된 우람한 주목 120그루와 일동의 20년생 반송 80그루를 반송밭에 옮겨 심었다. 존재하는 것 자체로 그 공간에 의젓하게 자리 잡은 모습이 가슴 뿌듯했다. 손길이 많이 간 연천의 주목 120그루와, 가지를 밑에서부터 받아 수형이 예쁜 포천 송우리의 30년생 산수유 100그루도 새로 만든 주차장 주변에 이식했다.

사진: 신동연

예쁜 느티나무 가을 풍경 뒤에는 반송 3천 그루가 자리잡고 있다.

사진: 신동연

자작나무와 주목이 잣나무 숲길을 안내한다.

밭으로 쓰기 위한다고 나무는 막걸리값이나 내고 가져가라고 하지만 그 값과 이식비용에 허리가 휜다. 본인이 몇십 년을 정성 들여 가꾼 나무이거나 돌아가신 아버지가 평생 정성들인 나무라서 아깝다고 생색을 냈지만 그동안 몇십 배 치솟은 땅값에 억눌려 초라해진 나무들이 안쓰러워 내 품에 안았다. 또 수천만 원의 비용이 땅에 묻히지만 넓은 공간과 햇빛 속에 자랄 나무의 얼굴이 미소를 되찾아 화사해 보인다.

업계에서 발이 넓은 수목원 강성환 사장이 반가운 사람을 소개했다. 친구가 집터를 만든다며 구리 토평에서 키우던 5년생 노각나무 160그루를 보내주어 한 식구가 되었다. 계수나무, 목련, 복자

노각나무

기 단풍 등 3백 그루까지 시집보낸 그의 나무사랑 덕으로 수목원이 풍성해졌다. 노각나무는 우리나라 토종으로 배롱나무처럼 줄기가 매끈하고, 모과나무, 백송白松처럼 몸통이 아름답다. 줄기 무늬가 사슴 무늬를 닮아서 '녹각鹿角나무'라 불리다가 '노각나무'로 되었다는 말도 있고, 중국에서는 비단결처럼 아름답다하여 '비단나무'라고도 한다.

귀하다는 노각나무 160그루가 그렇게 반가웠던 것은 마침 혼자 보기 아까워 광릉집에서 애지중지하며 10년을 키우던 20년생 노각나무 한 그루를 이번 봄 수목원 호수 앞에 옮겨 심었기 때문이다. 많은 사람들의 사랑을 받으면서 더디지만 큰 나무로 자라 함박꽃 같은 하얀 꽃그늘을 자랑하기를 기원했다.

이번 식목일 주변에 3년생 자작나무 묘목 9천 그루를 심었다. 반송밭 산 능선 1만 평의 참나무류 활엽수를 베어낸 자리다. 군데군데 50년 넘게 자랐을 나무의 그루터기가 눈에 밟힌다. 자작나무 숲을 위해 자리를 내준 나무들에게 고맙고 미안하다는 인사를 올려야 했다. 건너편 산등성이가 보일 만큼 시야가 확 트이고 베어

나남수목원 자작나무 길

낸 나무들의 키만큼 20여 미터가 낮아진 산이 포근하게 안긴다. 눈비 맞으며 성장하면 10여 년 뒤에는 늠름한 자작나무 숲처럼 병풍을 두를 것이다. 지금 수목원에 자리잡아 요염한 자태를 보이는 자작나무도 20년 전 파주 적성에서 키웠던 묘목 5백 그루 중 절반이 되지 않는 생존자들이다. 기품 있고 정갈한 '숲의 귀부인', '숲의 정령精靈'으로도 불리는 자작나무는 성격이 까탈스러운지 큰 나무를 이식하여 키우기가 쉽지 않다.

나이 칠십에 이제 대규모로 묘목을 심는 마음은 늦게 철든 치열한 욕망을 승화시키려는 또 하나의 발버둥이다. 내 삶의 시간을 넘어서는 나무 심는 마음의 시간을 더욱 길게 잡아야 한다는 공리公理를 익히는 데 또 10년을 보낸 셈이다. 지금 심는 묘목들이 한 50년 후에 숲을 이루는 풍경은 손주녀석들이 같이하면 된다. 그때 어느 나무 밑에 묻혔을 할아버지의 뜻을 미루어 짐작하여 이 녹색 공간을 후대에 계승시켜 주면 더욱 기쁠 것이다.

혼자 가는 길보다 둘이 가면 더 멀리 갈 수 있다고 한다. 미지未知의 길을 찾는 우리의 삶이 그렇지만 40년을 한결같이 이인삼각二人三脚의 한 몸으로 도반道伴이 되어준 아내에게는 절이라도 하고 싶다. 그리고 언제 완성되리라는 기약도 없이 벌써 20년째 아름다운 숲 만들기에 나의 동반자로 열과 성의를 다하는 강성환 나남수목원 사장의 땀 냄새 물씬 풍기는 그이와의 인연이 고마울 뿐이다.

2013년 회갑 무렵 출판한 '아름다운 사람들과 함께한 나남출판 30년'이란 부제를 단《언론의병장의 꿈》의 제2판을 내면서 '서문'에 나남출판 35주년 기념으로 에세이집을 출판한다고 선뜻 약속했다. 수목원 일이 바쁘다는 핑계로 꾀를 부리다가 한 해가 늦어 15주년 지훈상 기념으로 이 책을 출판했다.

《나무 심는 마음》이라는 책 제목은 그때 정해 놓았다. 나무를 닮고 싶고, 나무처럼 늙고 싶고, 영원히 나무 밑에 묻혀 일월성신(日月星辰)을 같이하고 싶은 마음에서일 것이다. 보이지 않는 무엇이 삶을 지배하는 걸까. 그리고 실천하게 하는 걸까. 이성을 가진 합리성을 넘어서는 감성이나 직관이 따로 나의 주인 노릇을 하는 모양이다.

그렇다고 이 책의 대부분이 나무에 관한 에세이는 아니다. 36년째 일생일업이 된 출판사 일들을 하면서 굳어진 세상을 보는 창을 통한 에세이가 많을 수밖에 없지만, 나무를 통해 세상사를 바라보는 내용들이 의외로 많아 스스로 놀라기도 한다. 제2판에 '산림청 강연 원고'를 정리하여 덧붙이며, 나에게는 소중한 사사로운 인연의 에세이 서너 편을 지웠다. 아무래도 출판이 공적 행위일 수밖에 없는 것을 받아들이기로 한 것이다.

제3부 '자신을 찾는 여행'은 바이칼, 터키, 스페인 기행문 3편을 실었다. 식상한 기념사진보다는 나의 앵글에 맞춘 기록사진으로, 메시지를 보완하는 선에서 최소한으로 절제하여 선택했지만 아무래도 많은 사진 속에 힘들게 쓴 글들이 묻힐까 봐 걱정은 된다.

여행은 어디를 가느냐도 중요하지만 누구와 동행했는가가 더 중요한지도 모른다. 한겨울 설날 주변의 휴가를 빌미 삼아 시베리아 횡단열차에 몸을 싣고 바이칼 호수 위에 섰다. 새해를 문명과 절연된 태고의 원시 속에서 맞이하고 싶고, 나남출판에 합류한 고승철 주필과 속내 깊은 이야기도 나누고 싶었다.

나이 들어 역사와 문화에 대한 견문을 넓히려는 소박한 생각으로 수요일 저녁마다 공부했던 용산 국립중앙박물관 사람들과 함께한 역사공부의 연장으로 떠난 터키와 스페인 여행에 동참했다. 서양문명 일변도의 교육을 받고 성장하여 반쪽이 된 세계문명에 대한 나의 시각을 어느 정도나마 교정했는지는 모른다.

터키에서는 '콘스탄티노플의 함락'이 아닌 '이스탄불의 회복'이라는 나 나름으로 역사 바로세우기를 했다. 스페인 남부의 알함브라 궁전은 감미로운 기타의 선율로만 기억했던 나의 무지를 송두리째 뒤집고, 북아프리카 사막에서 푸른 숲을 갈구하며 지중해를 건너야 했던 이슬람의 유럽지배를 웅변하는 금자탑이었다.

2015년 8월, 일본 베네세 출판그룹 후쿠타케 소이치로福武總一郎 회장이 세계적인 건축가 안도 타다오安藤忠雄와 손잡고 버려진 땅을 '예술의 섬'으로 일군 나오시마에서 베네세 뮤지엄과 이우환李禹煥 미술관, 지추地中 미술관의 월터 드 마리아, 제임스 터렐의 작품을 구경했다.

학습지 출판으로 축적한 자본으로 산업쓰레기로 덮인 섬을 복원하여 청소년을 위한 문화공간으로 만들겠다는 아버지와, 대를 이은 아들의 꿈이 실현된 곳이다. 바다와 태양과 예술과 건축을 하나로 결합한 문화의 섬으로 만들어 나오시마에 생명을 되돌리고 싶다는 꿈이 그것이었다. 그리고 출판사 모토인 '인간답게 살자(베네세)'라는 아름다운 분노의 승리이다.

나에게 나오시마는 대기업이 아닌 출판자본으로 '세상에서 가장 큰 책'의 꿈을 이루었기 때문에 더한 애정으로 다가온다. 2017년 여름 휴가에는 미국 대학에 자리 잡은 아들과 함께 나오시마를 다시 방문했다. 나는 '세상에서 가장 큰 책'을 수목원으로 대신하는지도 모른다.

출판을 시작하면서 이 길을 가는 이론적 토대라도 만들라는 권유로 석사과정을 밟았다. 30년 전 '출판인의 사회적 기능과 역할'이라는 화두話頭로 추상적인 논문을 쓰면서도 전혀 상상해 보지도 못했던 황홀한 현장에 다시 서 있다. 예술의 총체로 사회적 기능을 훌륭하게 하고 있다. 동양을 넘어 세계의 건축가, 예술가, 애호

나오시마 베네세 뮤지엄

가들이 이곳 벽촌 섬마을을 줄지어 찾고 있다. 영혼의 울림과 떨림과 공감은 동서양을 그렇게 넘나드는지 모른다.

나오시마의 상징이 된 구사마 야요이草間彌生의 '점박이 호박'의 감동이 식기 전에 우연히 오츠카 미술관에 들렀다. 자연경관을 해치지 않게 산의 허리춤에 옴팍하게 안긴 웅장한 공간에 1천 점이 넘는 세계 명화를 도자기에 구워 원본크기 그대로 전시하여 사진을 찍을 수 있었다. 2백여 점의 명화를 내 카메라에 담아 이번 책 사진으로 활용했다. 복사품을 만드는 데 드는 천억 원이 넘는 재원이라면 명화 원화 몇 점이라도 구입하는 것이 보람된 일이라는 비난도 있다. 하지만 다음 세대의 미술교육을 위해 세계 명화를 한자리에 모은 한 제약회사의 배포에 주눅이 들 수밖에 없다.

구사마 야요이의 〈점박이 호박〉

책 말미에는 '어울려 사는 사람들의 숲'이라는 이름으로 언론매체에 투영된 내 모습 몇 편을 붙였는데, 어떤 내용은 중복되기도 한다. 나의 투박한 목소리를 그들의 시각에서 게이트키핑하기도 했지만, 살아있는 내 모습을 객관적 시각으로 보는 듯하여 반갑기도 하지만 남들도 어떤 의미에서는 보람 있게 사는 일인데 내가 너무 주인공으로 부각되어 계면쩍기도 하다.

20여 년 전인 1994년에 〈중앙일보〉 고혜련 기자가 발로 뛴 자연 대탐험의 현장취재인 《자연에 산다》를 내가 책으로 출판하고 그때부터 부지불식간에 그이들의 삶을 부러워했던 모양이다. 언제인가 읽은 책 한 줄이 삶을 바뀌게 하는지도 모른다. 그래서인지 언론인으로 지금도 현장을 지키는 고 기자가 나를 찾아내 〈월간중앙〉에 인터뷰하는 늦가을은 온종일 아련한 감회에 젖었다.

15년 동안 살고 있는 포천 내촌면 광릉집을 취재한 김서령 칼럼니스트의 우정도 고맙다. 촌부村夫 같은 모습일지라도 사는 모습 그대로 보여주는 일이어서 쑥스럽지 않았으나, 12년 전에도 나를 인터뷰했던 그이와는 어떤 삶의 한 자락을 같이 하는 듯싶다.

꼭꼭 숨어사는 세상의 방외거사方外居士만 찾아 나서는 〈한겨레〉 이길우 선임기자에게는 내가 '이슬만 먹고 사는'사람으로 비칠까 두려웠다. 그이는 책과 숲과 건강한 삶에 대해 성찰하는 시간을 갖게 해준 보람 있는 산책의 길동무가 되어주었다.

전국의 감춰진 풍경의 속살을 특유의 아름다운 문장과 사진으로 재해석해 내기 바쁜 〈조선일보〉 오태진 수석논설위원이 우리 수목원을 찾았다. 여기서 심심산골에서나 가능한 검은등뻐꾸기 노랫소리를 듣는다고 그이의 칼럼에 자랑했다. 그이의 글 때문이었지 싶다. 최홍렬 차장의 애정 어린 꼼꼼한 현장취재기가 주말판 WHY에 '나무처럼 산다'고 두 개 면을 장식했다. 과분한 기사에 고맙기도 하고 더한 일들을 이루어낸 사람들도 많은데 내가 너무 크게 조명을 받아 쑥스럽기도 했다. 대문짝만하게 실린 밀짚모자를 뒤집어쓴 농부의 사진처럼 열심히 살라는 격려로 받아들였다. 이 기사를 들고 찾아오는 녹색의 향기가 그리운 사람들의 등쌀에 나남수목원은 이미 절반쯤 개장한 셈이 되었다.

〈동아일보〉 김지영 차장은 이 책의 서평에서 "늙을수록 귀해지는 것은 나무밖에 없다. 나무처럼 늙으려면 나무처럼 살아야겠다"라는 구절을 좋아했다. 20년 전 나의 언론학 박사논문의 연구주제였던 '동아 투위'의 한 분의 따님과 지금 인터뷰하는 나를 발견한다. 가까운 과거의 감회보다는 자유언론의 실천은 시공간을 넘어 대를 이어야 할 만큼의 우리시대 가치여야 한다고 다짐해 본다.

〈한겨레〉 곽윤섭 선임기자는 미국 미주리대학에 연수까지 한 포토저널리즘의 귀한 존재다. 보도사진이 전문인 그의 취재기사가 상쾌하다. 오랜 기간 같이 가까이 부비며 살아온 애정의 다른 표현일 것이다. "본업인 출판을 지키고 권력의 유혹을 벗어나려 나무를 심는다"는 기사 헤드라인이 더욱 그러하다. 무소의 뿔처럼 혼자서 가야 할 이정표를 새긴 것 같다.

맨 뒤에는 고향의 〈광주일보〉가 발행하는 문화예술매거진 월간 〈예향〉 2018년 7월호 '예향초대석' 인터뷰를 실었다. 1985년 1월호에 '출판하는 마음'의 글을 실었으니 33년 만의 초대여서 전율이 이는 감동을 받았다. 멀리 찾아오신 송기동 기자의 글과 사진에 감사드린다. '출판하는 마음'에서 '나무심는 마음'까지 그동안 삶을 허투루 살지 않았다는 자위도 해본다.

잠시 소나기를 피한다는 생각으로 움막 같은 출판사를 세워 방황하던 무렵이었다. 1980년 광주光州 민주화운동을 살육하는 만행으로 시작한 신군부의 군사독재는 암울한 시대를 더욱 깊은 골짜기로 밀어 넣고 있었다. 어둠의 터널 속에서 난蘭향기 같은 여리디 여린 희망을 보여주는 잡지에서 원고 청탁을 받았다. 우리 고향의 다른 이름이 남도의 예향藝鄕이다. 〈광주일보〉에서 발행하는 월간지 이름을 이렇게 지은 것도 비극을 승화시키려는 속깊은 몸부림으로 읽혀선지 마음이 더욱 짠했다. 문화는, 예술은 칼을 이긴다.

다만 많은 시간을 인내해야 할 뿐이다.

출판의 뜻을 세운 아마추어의 객기客氣를 부린 글이 40년이 넘는 직업이 되리라고는 그때는 짐작도 못 했다. 하수상한 세월에 등을 떠밀려 그렇게 되었겠지만, 이것을 운명이라고 불러도 할 말은 없다.

몇 년째 나남수목원의 사계四季를 렌즈에 담고 있는 신동연 학형의 우정은 수목원 탄생의 또 다른 개국공신이다. 이 책의 사진의 대부분이 그이의 작품이고, 잠깐 시상詩想이 떠오르듯 하는 장면은 내가 스마트폰으로 담았다. 이번 책 뒤표지에도《언론의병장의 꿈》과 같이 KBS 임병걸 시인이 선물한 시詩 〈세상 가장 큰 책〉을

사진: 황옥순

싣었다. 한참 동안은 나의 묘비명墓碑銘으로도 손색이 없을 듯하다.

일상에 허우적대면서도 가끔씩 찾아오는 망중한忙中閑의 단상들을 일부러 기록하지 않으면 그냥 스쳐 지나가 망각 속에 묻히기 마련이다. 부지런을 떨어 메모해 놓은 단편적인 생각도 나중에 읽다 보면 '내가 이런 생각도 한 적이 있구나'라고 스스로 대견스러워하다가도, 그때 생각의 앞뒤가 연결되지 않아 안타까워하다 마는 경험은 나만이 아닐 것이다.

칼럼 집필을 청탁받고, 숙제하는 학생처럼 긴장하는 데드라인을 넘나들었기에 이 책의 원고가 될 수 있었다. 논객으로 초대받았으니 현안인 정치문제에 대한 글을 써 주기를 바랐을 것이다. 문화의 향기는 두드러지지 않지만 오래가야 한다는 출판장이의 작은 고집을 존중하고 나의 유쾌한 배반을 받아준 덕에 이만한 원고가 모인 것이다. 온라인이건 오프라인이건 원고지 10매의 제약이 있었다. 게재한 후에는 이를 기반으로 상상의 나래를 펼쳐 두 배 세 배 분량의 생각을 기록한 고갱이들이 그것들이다.

원고 청탁을 해준 〈신동아〉 조성식 기자, 2012년부터 1년 반 동안 '다산칼럼'에 초대해준 다산연구소 , 2014년 하반기 '계산칼럼'의 자리를 주신 〈매일신문〉 정인열 서울지사장 · 이동관 문화부장께 감사드린다.

이 책을 내고 3년 동안 나남수목원에는 많은 변화가 있었다. 많은 나무들이 새로운 식구가 되었고, 석인石人 30분을 반송밭 앞에 모셨으며, 책박물관이 완공되고, 새로운 진입로가 넓게 뚫렸다. 저간의 감상들을 짧게 제3판 서문에 기록했다. 〈한국일보〉 이계성 논설실장의 권유로 작년부터 집필한 '삶과 문화' 칼럼을 중심으로 한 에세이는 내년에 《숲에 산다》라는 이름으로 나남출판 40년과 나남수목원 10년을 기리고 개인적으로는 고희를 기념하여 출판할 것 같다.

책 만드는 일이 일상이겠지만, 발행인의 책이라고 각별한 애정으로 이 책을 갈무리해 준 출판사 식구들에게 새삼스럽게 감사한다.

2015년 5월, 흐드러지게 핀 이팝나무 꽃그늘에서 서문을 쓰고,
2015년 9월에 제2판, 2018년 6월에 제3판 서문을 덧붙이다.

趙相浩

1

아름다운
숲을
꿈꾸며

• 나무 심는 마음

• 가뭄을 잉태한 폭우

• 소나무야 소나무야

• 울진 대왕 금강송의 품에 안기다

• 단풍은 대합창이다

• 부르다가 내가 죽을 이름이여

• 참죽나무와 가죽나무의 꿈

• 숲의 인문학을 위한 산림청

나무 심는 마음

아들이 커 가면서 자기가 하고 싶은 일에 몰두하는 모습을 보면 부러울 때가 있다. 한 세대만 늦게 태어났더라면 나도 저 녀석처럼 하고 싶은 일을 할 수 있었을 텐데 하는 아쉬움이 그것이다. 그런데 아버지 세대는 저처럼 경쟁이 치열하지 않았잖느냐는 아들의 볼멘 표정도 읽힌다.

아들을 통한 젊은 날의 꿈에 대한 어느 정도의 대리보상도 한계가 있었다. 조금씩 성장하면서 자신의 공간을 넘어오지 말라는 신호가 나타나기 시작했고, 지도편달까지는 아니더라도 연륜을 바탕으로 한 훈수에도 뚱한 표정을 감추지 않았다.

효도의 마음으로 최소한의 예의를 갖춘다고는 했지만, 슬하의 자식이 아니라 이젠 또 다른 자신의 세계로 비상하는 날갯짓을 이미 시작한 뒤였다. 핏줄로 튼튼하게 연결된 듯한 고리가 끊기는 것 같고 다시 혼자로 남을 수밖에 없다.

이제 이 허허로움을 채우기 위해서는 무엇인가를 해야 한다는 적당한 긴장감이 머리를 떠나지 않았다.

자신이 선택한 어느 길에서 한 30년, 질풍노도의 세상 질곡을 헤쳐 살아남기는 그렇게 쉬운 일은 아니다. 누구나 그러했겠지만 나는 내가 걷는 길에서 흔들릴 때마다 앞선 이들의 흔적을 찾아 미륵불이나 큰바위 얼굴로 삼아 나름대로 백척간두百尺竿頭에 진일보進一步하는 채찍으로 삼기도 했다.

남들이 알아주지 않는다고 사람을 미워하거나 하늘을 원망하지도 않고 한 단계 한 단계 쌓아올리다 보면 하늘이 나를 알아줄 것이라는 믿음으로 고난의 행군을 계속해야 했다.

길을 찾아 자신의 뜻을 세워 앞만 보고 달렸다고 해도 그것이 남들에게 박수받는 일은 언감생심 바라지도 않았지만, 폐를 끼치지 않고 이 공동체에서 나 자신의 존재이유를 증명이라도 할 수 있다면 다행이겠다.

이루어진 성취감이나 그 과정에서 희생된 욕망의 뿌리들에 대한 자신의 의미부여나 안타까움도 지나고 보면 낡은 잡지의 표지처럼 통속한 일상에 지나지 않을 수도 있기 때문이다.

첫사랑 나무들

나무 심는 일에 관심을 갖기 시작한 계기는 아직도 모르는 일이다. 큰 뜻이 아니라 우연히 스치는 생각으로, 30년 전 아들이 초등학교에 입학하는 기념으로 막 입주한 황량한 강남 개포동 7단지 아파트 입구에 거금을 들여 커다란 느티나무 두 그루를 심었다. 별난 사람 다 본다는 관리인의 지청구는 못 들은 체하기로 했다. 그 세월만큼 자식들만 성장한 것이 아니라 이젠 거목으로 자란 이 나무의 푸르름의 의미를 가끔씩 지나치면서 바라보며 스스로 미소를 짓기도 한다.

출판사를 시작하고 5년쯤 되어 서초동 교대 앞의 꽤 넓은 단독주택을 구해 이사했다. 잠시 동안은 책창고 걱정도 덜 수 있을 것 같고, 사무실 이사로 번잡을 떠는 것도 귀찮아 내가 사는 집의 1층과 3층을 출판사로 내줬다.

넓지 않은 뜰에 나무들을 많이 심었던 것 같다. 30년이 지났으니 기억이 아물거리지만, 이 중에서 내가 사랑했던 앵두나무는 이곳저곳 옮겨 다니다가 지금은 수목원의 책박물관 앞 호숫가에 정착하여 매년 탐스런 빠알간 앵두를 뽐내고 있다. 옛날부터 그 자리를 지키던 주인 같은 늠름함이 배어난다.

1990년대 중반 바둑친구이기도 했던 김동찬 사장이 사업을 뉴질랜드로 옮기면서 양재역 앞 5층 빌딩을 내게 떠맡겼다. 나중에 뒷집을 구입해 두 배로 증축하여 '지훈빌딩'으로 이름 짓고, 맨 위층 내 사무실 곁에 조그마한 정원을 만들었다.

어릴 적 고향집 뒷문 뒤의 바람에 흔들리며 부딪히는 대나무 숲

30년 동안 나를 따랐던 앵두나무. 지금은 수목원 호숫가에 정착했다.
옛날부터 그 자리를 지키던 주인 같은 늠름함이 배어난다.

의 소리가 그리워 대나무와 작은 반송을 심었다. 건물 앞에는 내 분수에 맞지 않게 거금을 들여 장송 3그루를 심었다. 큰 뜻이나 계획이 있을 나이도 아니었지만 그렇게 하니 마음이 편했다. 나름대로 번잡한 도회지 속에 나의 작은 녹색공간을 만든 셈이다.

소나무들은 포천 광릉집을 마련하면서 이곳에 자리를 잡아 주었다. 인근 광릉 숲의 소나무들과 친구하면서 자라서인지 자연의 수형이 귀티가 난다. 25년의 내 사랑의 흔적인지도 모른다.

대나무들은 경기북도의 찬바람을 견딜 수 없어서 파주에 출판사 사옥을 지을 때 맨 위층에 그들이 자랄 수 있는 반 유리 칸을 따

1999년 서초동 지훈빌딩 앞의 출판사 식구들.
뒷부분 소나무들의 모습이 찍힌 유일한 사진이다.

서초동 지훈빌딩 앞에서 도회지 욕망의 그늘 속에 고생하다
포천시 내촌면 광릉집에 자리잡은 장송 3그루.
이젠 자연의 수형이 귀티가 난다. 25년의 내 사랑의 흔적인지도 모른다.

로 설계하여 그곳에 모시고 있다. 그들을 볼 때마다 나는 유년의 나로 돌아가는 시간여행을 한다.

출판사를 편집국의 우아한 분위기 속에서 기획회의나 한다고 생각한다면 절반도 이해하지 못하는 셈이다. 영업의 큰 부분이 창고관리일 수 있다. 나남출판사는 처음부터 의도한 다품종 소량생산의 사회과학 전문출판사라서 그랬는지 강남 서초동의 책창고는 포화상태였다. 1년에 1~2백 권 팔리는 전문서적 1천여 종을 20년 동안 곱게 모셔야 했기 때문이다.

멀기는 했지만 파주 금촌에 4천 평의 부지를 마련한 뒤 은행대출에 의지하여 농협창고 같은 큰 창고를 신축하는 모험을 감행했다. IMF 외환위기가 터지기 한 해 전의 일로, 모험은 아무나 하는 것이 아니라는 교훈 하나를 얻는다고, 고금리와 원금상환이라는 그 전쟁에서 두 번 죽다 용케 살아난 셈이다.

은행의 대출을 받으면서, 은행의 불량채권이었던 파주 적성면의 1만 5천 평 임야가 나에게 떠넘겨졌다. 몇 년 방치했던 땅에 나무를 심기로 했다. 해마다 어린 자식들의 고사리손까지 빌려가며 심었던 묘목들은 죽기를 반복했다. 정성이 부족했던 것이 아니고 나의 용감한 무지의 당연한 결과였다. 서초동 사옥에서 두 시간 거리의 그곳을 오가며 녹색생명에 대해 얼마나 애달파 하고, 절망하고, 또 희망의 끈을 놓지 않으려고 몸부림쳤는지 셀 수 없다.

60년 된 내촌면 마명리 광릉집 뒤뜰의 반송.
최근 20년의 세월은 이 반송의 그늘과 향기에 취해 견뎌냈는지도 모른다.

산림조합에 가입해 그들의 도움으로 10년 동안 자작나무 5백 그루를 키워냈다. 파주 사옥 뒤편의 작은 자작나무숲과 수목원의 자작나무 길에 찬란하게 도열하여 나를 반기는 나무들이 바로 그들이다.

나무심기의 제 1과, 제 1장

새 천년이 시작되면서 농부의 마음으로 처음에는 포천 내촌면에 마련한 광릉집 뒤터 1천 평에 반송과 주목, 산수유 묘목을 심었

나. 여름이 무르익기도 전에 생명에 대한 애착을 배운 것 말고는 덩굴 제거와 잡초 뽑는 일에 벌써 지치기 시작했다.

3년이 그렇게 지나자 묘목은 제법 혼자 힘으로 잡초를 이겨내며 제 모습을 찾기 시작했다. 나무의 세계에서는 4 더하기 1은 5가 아니었다. 5년 차 나무는 이른바 탄력을 받기 시작하여 한 해가 지나면 4 더하기 1은 7이 되고 8이 되기도 하는 신비를 체험했다. 이제는 너무 밀식密植된 묘목들을 3배 넓이로 옮겨 심어야 했다.

나무가 자라는 데는 햇빛과 바람과 물만 있으면 되는 줄 알았다. 그러나 나무를 옮겨 심다 보니 땅속에 그렇게 많은 지렁이들이 뿌리 주변에서 공생의 꿈틀거림을 하고 있는 것을 새삼 알게 되었다.

박목월의 시에 나오는 '눈먼 소녀가 문설주에 기대어' 봄을 맞는 '송홧가루 날리는 윤사월'이 되면 모양을 다듬는다고 일일이 반송 새순을 중간 정도 잘라주다 보면 며칠은 짙은 솔 내음에 취하기도 한다.

다음 해 봄에는 잡초전쟁에서 벗어나고 싶고 과실을 일찍 볼 욕심으로, 큰돈을 들여 10년생 주변의 매실나무, 밤나무, 살구나무, 자두나무, 대추나무 50그루를 심었다.

열매를 얻자고 들면 매실梅實나무라 부르고, 꽃을 감상할 목적이라면 매화梅花나무라 부른다지만, 나는 이 나무를 유달리 좋아한다. 봄의 화신을 전하는 꽃도 좋고, 현충일 주변에 영그는 토실토

광릉집의 매화나무

실한 청매실의 열매도 좋다.

봄이 오는 길목에서 잔설 속에 피어나는 그 의지를 높이 사 설중매雪中梅라고 상찬한다. 꽃망울을 터트리기 한두 주 전쯤, 매화나무 줄기에 물이 오르기 시작하면 선홍빛이 감돌다가 차츰 짙은 핏빛으로 절정에 올라 토실토실한 꽃망울에 양수가 터지듯 꽃잎이 속살을 드러내는 것이다.

버들강아지가 눈을 뜨려 하고 꽃샘추위라고 호들갑을 떨 무렵이면 가장 먼저 푸른 잎을 내미는 상사화의 모습에서 겨울공화국의 종언을 알리는, 은밀하게 진행되는 자연의 작은 역사의 한순간을 지켜보는 재미가 있다.

입하立夏가 지나고 한여름이 시작될 무렵이면 어느새 그 왕성한 푸르름의 잎이 흔적도 없이 사라진다. 장마가 그칠 무렵이면 그 자리에 우뚝 솟은 꽃대에 빨간 화사한 꽃이 핀다. 잎과 꽃이 서로 보지도 못하는 그리움으로 상사화의 이름을 얻었다지만, 이 꽃 하나를 지상에 밀어 올리려고 잎들은 그렇게 초봄부터 일찍 푸르렀던 모양이다.

나무 동네를 한 10년 헤매다 보니 작은 변화가 생겼다. 추사 세한도歲寒圖의 영향이었는지 한겨울을 늠름하게 견뎌낸 송백松柏의 늘 푸른 기상에 흠뻑 빠져 그동안에는 눈에도 차지 않았던 낙엽지는 활엽수를 이제는 더 좋아한다.

애면글면 세속 인연의 실타래를 놓지 못하고 허우적대며 마음 상해 하지도 않고, 가을이면 찬연한 단풍의 오케스트라를 끝으로 한 해의 잎사귀를 훌훌 털어버리는 매몰찬 포기가 부럽다.

감출 것도 없고 부끄러워할 것도 없이 낙엽을 떨군 본래의 수형樹型을 겨울 하늘가에 그림처럼 펼쳐놓고 한겨울 삭풍을 벌거숭이 온몸으로 견디어내는 나목裸木의 용기는 어디서 연유하는지가 궁금하다.

봄이 시작되면 연초록 참새의 혓바닥 같은 작은 새싹들이 새카만 나무줄기를 뚫고 또 한 해의 우주를 경험하는 신비한 모습들이 그렇게 귀엽고 예쁘다.

아름다운 숲을 꿈꾸며

군부 독재가 기승을 부리던 사회상황에서 자신을 지킬 수 있는 의미 있는 일이라고 해서 출판언론을 선택했기 때문인지 천둥벌거숭이의 문화운동가에게 기득권을 확보한 상인들의 질서는 더욱 냉혹했다.

도시의 사냥꾼들이 더 많은 이윤창출을 위해 격돌하는 콘크리트 숲에서 부딪치는 인간의 탐욕에 실망할 때마다 태고의 원시적인 바람과 향기가 넘실대는 거대한 나무의 숲을 만들어 그곳에 포근히 앉기고 싶은 야무진 희망을 꿈꾸었다.

가야 할 길은 절반도 가지 못했는데 이만큼이면 출판언론에 성공하지 않았느냐는 부추김에 덩달아 생기는 건방진 마음을 잠재워야 했다. 정치권력이 몇 번씩 바뀌면서 민주화 세력이 세속권력의 문고리를 잡았다. 우리들 꿈인 사회개혁은 외면하고 그 잘난 책장수만 계속할 거냐면서 손에 잡힐 듯한 작은 권력의 자리에 동참하자는 유혹에 흔들리기도 했다.

이때마다 내가 가는 길에 희망을 걸며 중심을 잡으려고 묘목밭을 일구는 노동을 자청해 자신을 학대했는지도 모른다. 나무는 나

수목원 입구의 풍경.
마로니에, 귀룽나무, 회화나무, 반송, 홍단풍이 고졸한 석탑과 함께한다.

를 지켜내 주는 그 이상의 상징이기도 했다.

사람이 죽으면 그의 우주도 없어지겠지만, 한 지식인이 묻히면 도서관 하나가 없어지는데, 눈앞의 이익에 핏발 선 탐욕의 눈동자들을 외면하는 길은 밀린 원고더미 속에 푹 파묻히거나, 자라는 나무들과 대화하는 일로 스스로를 내몰 수밖에 없었다.

책 속에 묻혀 30년이 다 되어가자 내가 가지 않은 길에 대한 최초의 독자로서 원고를 읽는 기쁨이 가장 컸다. 창조적 지식인을 지

사진: 신동연

나남수목원의 겨울 풍경

사진: 황옥순

장송들 틈에 요사채로 쓸 요량으로 관리동에 덧붙여 6칸의 작은 공간을 마련했다.

향하는 독자군이 형성되어 내가 느낀 책의 향기를 공유하는, 화답의 미소가 짙게 반향되는 소리 없는 환호성도 느낄 수 있게 되었다.

그러나 모든 원고는 내가 읽어내야 출판한다는 원칙에도 불구하고 컴퓨터 모니터에 혹사당하는 눈 때문인지 집중력이 떨어지는 체력의 한계로 과욕이라는 신호가 나타나기 시작했다.

출판언론 일을 계속하기 위해서는 자강불식自彊不息으로 치닫는 길에 인위적으로라도 쉴 수 있는 전혀 다른 활력소를 마련해야 되겠다는 깨달음의 실천이 나무 심는 일이었던 것 같다.

출근길 한강변 둔치에 자생하는 버드나무 줄기에 물이 오르면서 날마다 연두색에서 초록색으로 짙어지는 봄 색깔의 변화하는 채색도를 지켜보는 기쁨에 겨우내 웅크렸던 어깨를 편다. 아무래도 이 초록빛의 향연은 한강의 물결치는 배경에 투영投影되어 더욱 상큼하다.

봄날이 그렇게 오고 있다. 한 주일 뒤에는 경기북도의 우리 수목원에서 이 찬란한 생태계의 꿈틀거림을 재확인해 보는 것이다.

연필화 같던 느티나무의 작은 가지에 청맥靑脈이 솟구치고, 얇은 한지의 껍질을 벗어내던 백설탕 같던 자작나무 줄기에도 체로 거른 맑은 황토 빛이 돌기 시작한다. 그렇게 처음 맞는 봄은 이미 와 있다.

'눈이 녹으면 물이 된다'는 대답보다, '눈이 녹으면 봄이 온다'가 더 자연을 읽는 깊이가 있다. 그래서 봄은 푸르름으로 오는 것이 아니라 색깔로 온다.

개나리와 산수유, 생강나무, 히어리의 노란 꽃이 봄의 서장이라면, 이제 새싹의 연두색과 아우르는 진달래나 영산홍, 철쭉, 금잔디가 흐드러진 산벚의 꽃비 속에서 핏빛을 토해낸다.

달빛에도 팥배나무, 야광나무의 하얀 꽃이 산천을 뒤덮고, 연분홍빛의 모과, 살구, 매화, 앵두꽃이 합창하면 하얀 목련꽃 그늘에서 친구에게 편지라도 쓸 일이다. 아까시나무와 밤나무의 오묘한 짙은 꽃향기를 맡고 입하立夏 무렵에 이팝나무가 하얀 꽃을 쌀밥

책박물관 호수 옆의 풍사실(豊士室).
거대한 홍단풍과 느티나무의 그늘 속에 선비들이 가득 차기를 기대해 본다.

처럼 매달면서 그렇게 봄날은 간다.

3년 전부터 시작한 20만 평이 다 되는 포천 신북의 나남수목원 조성은 5리가 넘는 맑은 실개천과 함께, 쉽게 50년이 넘는 잣나무, 산벚나무, 참나무 숲과 백년이 넘는 산뽕나무, 팥배나무, 쪽동백이 있어 그 숲에 들어가면 태고의 음향에 취할 수밖에 없다.

수목원 곳곳에 15년의 나무 심는 아마추어 경험을 바탕으로 다시 시작하는 헛개나무, 밤나무, 느티나무 묘목장을 튼튼하게 가꾸고, 개미취, 분홍바늘꽃이 광활하게 춤추는 야생화 꽃동산도 마련하고 있다.

허락된다면 귀천歸天 전까지 한 2～30년은 햇볕을 다툼하는 녀석들의 싸움을 말리기 위해서라도 간벌과 가지치기를 계속하면서 거목으로 성장하도록 자식 키우듯 정성을 다할 것이다.

그리고 그 숲에 묻히고 싶다. 웰 다잉well dying의 일환으로 수목장樹木葬 실천운동이 일듯 꽃밭과 파란 잔디와 우리 나무들 밑에 묻히고 싶다.

그렇게 큰 욕심일까. 많은 친구들이 그곳에서 영생을 같이하자고 하면 어떻게 해야지?

〈신동아〉, 2011. 4월호

이 원고는 〈신동아〉에서 몇 사람의 글과 함께 '나의 버킷 리스트'라는 별책부록 형식의 소책자로 발간되었다. 처음 원고 청탁을 받을 때에는 이런 기획의도를 듣지 못했으나, '버킷 리스트'가 죽기 전에 꼭 해보고 싶은 일이나 달성하고 싶은 목표 리스트라는 사전적 의미라면, 나무심는 일이 나의 버킷이라는 너무 장엄한 목표를 세운 것 같아 쑥스럽기도 했다.

경제가 호황이라고 해도 출판동네에는 그 온기가 맨 나중에 오기 마련이지만, 이제는 경제가 불황이라고 하니 책을 팔아 나무를 심는 일이 차츰 벅차게 되었다. 그러나 나무 심기는 계속되어야 했다.

3년 전에 우리 토종이라 더욱 의미가 있는 구상나무 4년생 묘목 1천 그루를 호기 있게 키워 보려다 실패했다. 정성이 모자라서가 아니라 워낙 더디 자라기도 하고, 수목원 자리 배치를 다시 하면서 옮겨 심다 보니 그리 되었는데 못내 마음에 걸렸다.

마침 운이 좋게도 금년 3월 수목원 옆 동네의 문중 땅 2천 평에서 오랫동안 자라던 3백여 그루 나무들을 몽땅 인수하게 되었다. 잘 자란 30년이 넘는 구상나무, 종비나무 20여 그루와 회화나무 4그루에 선뜻 마음이 갔다. 나머지 나무는 덤이라고 생각할 정도로 기뻤다.

작년 늦가을 은행나무 터널을 꿈꾸며 15년생 은행나무 4백 그루를 심은 데 이어, 한탄강 댐 공사로 물에 잠기게 될 50년생 느티나무 8그루를 옮기면서 고생한 것과는 비교할 수 없지만, 두 달 동안 이들을 굴취하여 이식하는 데 바빠 봄이 무르익는지도 몰랐다.

50년이 넘는 느티나무, 단풍나무 30여 그루와 눈주목 1백 그루, 목련 60그루, 측백 5그루, 오엽송 4그루와 거목이 된 라일락, 보리수, 자귀나무, 산뽕나무, 애기사과, 향나무, 회양목이 아름다운 숲을 꿈꾸는 우리 수목원의 새 식구가 되었다.

회화나무의 추억

회화나무는 선비목이라고도 불린다. 이 나무를 통해 선비정신을 기르고자 하는 자신의 성찰이기도 하고, 중국의 영향으로 회화나무 꽃 필 때 치러졌다는 과거시험에 입신출세하려는 마음으로 아들을 낳으면 집 앞에 이 나무를 심기도 했다고 한다. 창덕궁에 들어서면 왼쪽에 거목이 된 회화나무를 볼 수 있다.

충남 서산시 해미읍성 안에는 6백여 년생 회화나무가 있다. 조선 말 병인丙寅사옥 때 천주교 신자들을 이 나무에 매달아 죽였기 때문에 '교수목'絞首木이라 불리기도 한다. 해미읍성은 한 그루의 '교수목'으로 아름다운 성城일지 모른다. 아름다움은 언제나 슬픔을 같이 간직하고 있기 때문이다.

우리 출판사에서 지난 15년 동안 어렵지만 올곧은 사업으로 펼치는 〈지훈문학상〉을 수상했던 나희덕 시인의 〈해미읍성에 가시거든〉이라는 시를 다시 읽으며, 회화나무와 느티나무에 실린 시인의 애정을 나누어 갖는다.

해질 무렵 해미읍성에 가시거든
당신은 성문 밖에 말을 잠시 매어두고
고요히 걸어 들어가 두 그루 나무를 찾아보실 일입니다
가시 돋친 탱자울타리를 따라가면
먼저 저녁해를 받고 있는 회화나무가 보일 것입니다
아직 서 있으나 시커멓게 말라버린 그 나무에는
밧줄과 사슬의 흔적이 깊이 남아 있고
수천의 비명이 크고 작은 옹이로 박혀 있을 것입니다
나무가 몸을 베푸는 방식이 많기도 하지만 하필
형틀의 운명을 타고난 그 회화나무.
어찌 그가 눈 멀고 귀 멀지 않을 수 있었겠습니까
당신의 손끝은 그 상처를 아프게 만질 것입니다
그러나 당신은 더 걸어가 또 다른 나무를 만나보실 일입니다
옛 동헌 앞에 심어진 아름드리 느티나무.
그 드물게 넓고 서늘한 그늘 아래서
사람들은 회화나무를 잊은 듯 웃고 있을 것이고
당신은 말 없이 앉아 나뭇잎만 헤아리다 일어서겠지요
허나 당신, 성문 밖으로 혼자 걸어나오며
단 한 번만 회화나무 쪽을 천천히 바라보십시오

나남수목원의
회화나무

그 부러진 나뭇가지를 한 번도 떠난 일 없는 어둠을요

그늘과 형틀이 이리도 멀고 가까운데

당신께 제가 드릴 것은 그 어둠뿐이라는 것을요

언젠가 해미읍성에 가시거든

회화나무와 느티나무 사이를 걸어보실 일입니다.

5년 전 정동으로 이사하면서 출퇴근 때 예원학교 옆 캐나다 대사관 앞의 550년 된 회화나무를 볼 때마다 나도 저런 나무를 수목원에 남기고 싶은 욕망이 머릿속을 떠나지 않았다.

이번에 새 식구가 된 40년생 회화나무 3그루를 책박물관 앞 호숫가와 관리동 앞과 정자 옆에 옮겨 심으면서 나 떠난 다음에도 몇 백 년의 푸르름이 그 옆의 느티나무와 어울려 계속되기를 꿈꾼다.

세상에 나이가 들면서 점점 더 아름다워지는 것은 나무밖에 없다. 나도 나무처럼 늙고 싶다. 긴 세월의 풍파를 고스란히 이겨낸 뒤에 얻어진 초월과 해탈 때문만은 아닐 것이다.

나무처럼 아름답게 늙고 싶다면 당연히 나무처럼 살아야 할 것이다. 나무처럼 살지 않으면서 나무처럼 늙고 싶다고 해서는 안 될 일이기 때문이다.

2015. 10. 15

가뭄을 잉태한 폭우

조금 불편하게 사는 것이 올바른 길일 때도 있다. 살면서 부딪히는 크고 작은 선택의 순간에 판단이 어려울 때가 있기 마련이다. 항상 선택지가 마련되어 있는 것은 아니지만, 내가 손해 보는 듯한 조금은 불편한 길을 택하는 것이 결과적으로 후회가 적다.

그 길이 대개는 '역사의 신'까지 찾지 않더라도 내가 마음속에 갖고 있는 양심良心이라는 이름의 나의 신神의 목소리가 인도하는 길이기도 하다.

이상기후라고 호들갑을 떠는 요즈음, 자연과 사람과의 관계가 더욱 그러하다. 편하게 살고 싶은 인간의 이기심 때문에 이산화탄소가 과도하게 배출되면서 극지의 빙하가 녹고 오존층이 뚫리면서 예견된 당연한 결과일 뿐이다. 이에 대비한 정부의 적극적인 정책 의지도 없는 것 같다.

아직도 눈앞의 권력부스러기에 혈안이 되어선지, 이제는 조금은 불편하게 사는 것이 인간다운 삶이라고 말할 어른스런 권위도 없다. 세계무역 10대국 안에 손꼽히는 경제대국이라는데, 국가 자존심도 없는지 아직도 어느 한쪽에서는 나만 아니면 된다며 탐욕에 빠진 천민자본주의의 틀 안에서 헤맬 뿐이다.

요즘 지구환경에 관한 TV 다큐멘터리가 소리 없는 아우성처럼 인기를 끌고 있다. 인간 중심의 자연환경보다 자연 그대로의 모습이 우리의 주변을 둘러볼 수 있는 계기를 주기 때문인지 모른다.

도시의 상공을 비행하는 철새 떼들은 인간탐욕이 만들어 내는 도시의 상승기류를 활용한다든지, 히말라야 산맥을 넘기 위해서는 거기에 걸맞은 상승기류가 찾아올 때까지 기다리며 죽음까지 인내하는 모습을 보며 감동하기도 한다.

강은 산을 넘지 못한다. 낮은 곳을 찾아 산을 에둘러 가며 결국 백천해납百川海納의 바다에 이른다. 뒤 물결이 바쁘다고 앞 물결을 추월하지도 않는다. 그리고 전혀 서두르지 않고 낮은 곳은 다 채우고 나서야 비로소 앞으로 나아갈 수밖에 없다. 해서 우리네 삶의 진선미를 상선약수上善若水라고 하는지도 모른다.

농부가 된다는 것

중부지방에 석 달째 계속되던 가뭄 끝에 6월 말에야 단비가 내렸다. 남쪽에서 장마구름이 북상하면서 천둥과 번개도 함께하는 장대비였다. 가뭄으로 논이 갈라져 모내기도 할 수 없어 밭을 동동 구르며 하늘만 쳐다보아야 했고, 산골짜기까지 말라붙은 산촌에는 식수를 배급해야 했다. 철쭉, 회양목 등 도회지의 조경용 천근성 관목들도 빨갛게 타 죽었다.

언론은 처음에는 이례적인 봄 가뭄이라고 하더니, 이제는 104년 만의 가뭄이라고 에어컨 밑의 책상머리에서 숫자나 희롱한다. 바닥난 저수지나 타들어 가는 밭작물의 사진이나 보도하면서 농민의 애타는 심정을 읽었으니 그들의 의무는 다했다는 투다.

가뭄에 타들어 가는 멍든 가슴을 움켜쥐며 농사를 망친 그들의 한 해 삶에 대한 대책은 관심도 없다. 농부들이 전체 인구의 7퍼센트에도 못 미치는 소수 유권자로 전락했다고 그러는 걸까. 그들은 가뭄에 호들갑을 떨며 물주머니를 매단 도시의 가로수보다 못한 대접을 받고 있다.

도회지의 편안함을 추구하는 경쟁 속에서도 자연의 삶을 그리는 수많은 도시농부들의 이중적인 욕망이라도 부끄럽게 만들지 않았으면 싶다. 잠시 후면 조금 불편하게 살면서라도 녹색의 원형질을 실천하고자 자연에 발 벗고 나설 그들일지 모르기 때문이다.

폭우, 산사태

2011년 이맘때는 1백 년 만의 폭우였다고 야단이 났다. 기후변화에 따른 결과라고는 하지만 5월부터 3개월 동안 계속 비가 내렸다. 일조량이 부족하여 과실들이 열매를 알차게 맺지 못했을 뿐만 아니라 병충해에 시달렸다. 밭작물들도 피해를 입기는 마찬가지여서 채소값이 폭등하기도 했다.

7월 말에는 집중호우가 내렸다. 가장 원시적인 자연재해라 했지만, 수도 서울의 가장 번화가인 강남 서초동 우면산에 산사태가 나 40여 명이 죽고 다쳤으며, 인근 아파트들을 토사가 덮쳤다.

내가 애써 가꾸던 포천 신북의 나남수목원도 산사태를 당했다. 20만 평 산림의 한 골짜기에서 일어난 자연재해이기는 했지만 가슴이 무너지는 힘든 상처였다.

평소에는 관심도 두지 않았던 숨겨진 골짜기 8부 능선에 자리 잡은, 6년 전 공사했다던 송전선 철탑의 축대가 무너지면서 산사태를 일으키며 골짜기 1킬로미터를 초토화시킨 것이다.

KBS 9시 뉴스 첫머리에 수재 현장이 보도되기까지 한 엄청난 재난이었다. 임도는 휩쓸려 나가 흔적도 없었고, 분수가 치솟던 아름다운 연못을 토사가 메웠고, 그 연못 위에 새로 난 거친 물길은 장송들을 쓰러트렸다.

계곡은 물길에 4~5미터 넘게 패이고, 떠내려온 거목들의 나무뿌리들은 차곡차곡 쌓여 거대한 산채를 이루었다. 고가의 임업장비를 보관했던 컨테이너 박스도 그 토사들 속에 묻혀버리고 말았다.

신령스러웠던 1백 년이 넘는 산뽕나무가 폭우에 묻혀버렸다.

지난해 따듯한 봄날, 출판사 식구들이 자연체험 삼아 정성스레 심고 잡초를 뽑으며 애지중지 길렀던 헛개나무, 음나무, 밤나무 묘목 3천 그루의 묘목 밭도 떠내려갔다.

신령스럽기까지 했던 1백 년 넘는 산뽕나무가 토사에 묻혀 죽었다. 그가 있었던 초록 풍경이 한동안 뇌리에서 사라지지 않았다. 우리가 지금 보는 거목은 대개는 벼락을 피하거나 홍수와 태풍을 이겨내야 살아남을 수 있는 일인데, 이번에는 인재人災로 인한 산사태로 묻힌 것이 못내 안쓰러웠다.

폭우로 묻힌 생전의 1백 년 된 산뽕나무에 대한 그리움을 떨치지 못해, 어렵게 수소문하여 구해 2015년 봄에 그 부근 귀한 잔디

다시 심은 중년의 산뽕나무. 또 1백 년의 나무가 되기를 기원한다.

밭을 헤치고 60년생의 산뽕나무를 다시 심었다.

생장의 북방한계에 살고 있다고 기념수로 지정하겠다고 소란을 피웠던 50년 된 쪽동백나무도 같이 묻혀버렸다.

거목이 된 잣나무 숲에도 수십 그루가 뿌리째 뽑히고, 용암 같은 토사가 깊게 할퀴고 간 자리에는 짐승의 이빨자국처럼 바위가 드러났다. 고즈넉한 숲 속의 산책로는 말할 것도 없고, 임도와 작업로까지 끊기고 개울은 두 배 세 배나 넓어졌다.

책박물관 앞 아담한 호수는 토사에 묻혀 그 자리만 얼추 짐작할 뿐이었다. 조그마한 둠벙을 10배나 확장했다고 해서 벌금까지 물어가며, 주변을 3단의 자연석으로 두르고 수초를 심고 분수까지 만들며 조경에 정성을 기울였던 곳이었다.

1백 년 만의 폭우로 산사태를 만났다. 자연재해를 이겨낸다기보다는 원형 비슷하게라도 복원해야 하는 운명은 처음에는 생각지도 못한 장엄한 시간들이어야 했다.

다시 시작하는 장엄한 시간들

지난 여름, 가을, 초겨울은 호수를 메운 토사를 퍼내고, 석축을 쌓아 길을 새로 뚫고, 조그만 산봉우리 하나를 통째로 털어내 그 흙으로 수해현장을 메워가면서 나무를 다시 심는 등 수목원 복구 작업에 온 정성을 다한 장엄한 시간들이었다.

그 삶의 시간들은 어쩌면 지금도 현재 진행형인지 모른다.

자연의 곡선을 존중하며 숱하게 그려 보았던 수목원 조성계획은 전부 백지로 돌려놓을 수밖에 없었다.

우선은 다시는 산사태를 당하지 않기 위해서 1킬로미터 개울 상류에 거대한 댐을 만들었다. 계곡을 가로지르는 15미터 높이의 사방댐 공사는, 그렇게 많은 재원을 쏟아부어야 하는지 몰랐던 처음 해보는 대역사大役事였다.

강성환 조경사장에게는 처음 부딪히는 일이라서 압록강 댐이라도 건설하는 초조함이 있었으리라. 댐 윗부분의 3백 미터 계곡 물길은 그 본연의 물길을 찾아 양쪽 벽과 바닥을 자연석으로 정비했다.

댐을 지탱하기 위해 댐 아랫부분은 석축을 높이 쌓아 물길을 남기고, 계곡 전부를 산봉우리 하나를 털어낸 흙으로 메웠다. 1천 평의 넓은 잔디밭과 함께 넓은 자연호수가 새로 생겨났다.

1백 년이 넘는 산뽕나무가 있던 자리가 호수 중심이 되었고, 간발의 차이로 산사태를 피해 살아남은 1백 년 가까운 왕버들이 참

가을이 익는 산사태 방지용 호숫가의 단풍나무, 느티나무, 목련들

담했던 재앙을 증언하듯 가지가 부러진 채 호수 주변을 증인처럼 지키고 있다.

댐 주변에는 큰마음 먹고 마침 가까운 마을에서 매물로 나온 당산나무로 대접받았던 거목인 80년생 느티나무 8그루와 목련을 이식했다. 심어놓고 보니 제자리를 찾은 것 같은 포근함이 밀려왔다. 이 기운을 좀더 만끽하려고 그 동네의 느티나무 10그루를 더 구해 오는 만용을 부렸다.

기후조건이 비슷해야 나무도 그 삶을 유지한다. 이제는 아무리 갖고 싶은 나무라도 따뜻한 곳에서 살아온 나무는 욕심을 접기로 했다. 우리 수목원보다 남쪽에서 살아온 나무들은 추위를 많이 타기도 하는지 안쓰럽게도 몸살이 너무 심했다. 우리 수목원 주변동네의 나무만을 이식하기로 했다.

어려서부터 이곳의 해와 달과 비바람과 눈보라를 거치며 인고忍苦의 세월을 함께한 그들의 환경을 존중해야 하기 때문이다.

10여 년 전에 묘목 밭으로 마련한 1만5천 평의 충남 태안농장에서 몇 년 동안 땀 흘려 가꾼 이팝나무, 산수유, 산벚, 소나무 5백그루를, 많은 인력과 장비를 투자해서 수목원으로 이식했다. 이식한 15미터나 되는 장송長松 30그루 중 절반을 죽이고 나서야 눈치챘다. 그들이 숨 쉬었던 그 태안 바닷가의 바다냄새까지는 이식할 수 없었기 때문이었는지도 모른다.

우리 수목원에서 참나무에 밀려 햇볕을 찾아 산 능선에서 구차한 삶을 연명하던 소나무 20그루도 가파른 경사에 임도를 만드는 어려운 작업 끝에 햇볕이 쏟아지는 호숫가 주변으로 옮겼다. 한 3년 키우면 솔잎이 자라 그 본연의 자태를 찾을 것이다.

주변을 정리하자 발길이 힘들어 쳐다만 보았던 60년이 넘는 야생의 오동나무, 산뽕나무, 산벚나무들이 아담하게 품에 들어왔다. 우람한 느티나무 그늘과 함께 숲을 품은 호수의 고즈넉한 원시의 정경이 눈에 밟히기 시작한다.

계곡 건너 쪽동백나무 군락지에서 제일 튼실한 녀석을 골라 토사에 묻혔던 제 애비를 대신하라고 이식했다. 어디서 자란들 어떠하랴만, 꼭 그 자리에 복원시켜 보고 싶은 것이 그렇게 큰 의미가 있다기보다는 그저 생명에 대한 내 아쉬움의 가냘픈 몸짓이리라.

흙을 높이 돋아 복구한 묘목 밭 3천 평에는 가까운 미래의 푸르름을 생각하며 2년생 헛개나무, 음나무, 밤나무 묘목 3천 그루를 다시 심었다. 작년에 현장실습을 했던 출판사 식구들이 같은 자리에 같은 묘목을 심으면서 자연과 삶과 시간의 어떤 의미를 되새겼을지도 모른다.

단풍나무와 느티나무, 백합나무, 대왕참나무가 어우러진 숲의 터널을 꿈꾼다.

백합나무와 대왕참나무의 길

산사태로 숲 생태계의 이가 빠진 곳을 보완하려고 그 자리에 15년생 대왕참나무와 백합나무 150그루를 구입해서 심는 출혈을 감당했다. 이 나무들이 수목원 주도로의 가로수로 그 푸르름을 뽐낼 것이다.

몇 년 전 아들이 유학한 미국 코넬대학을 가던 중에 들른 보스턴의 MIT 대학 앞에 도열한 당당한 대왕참나무가 생각나서였다. 이 나무는 수형만 예쁜 것이 아니라 스스로 풍기는 향기가 일품으로, 관리동 앞의 계수나무 5그루와 함께 수목원의 숲 향기를 더 짙게 할 것이다.

백합나무는 입하立夏에 쌀밥 같은 꽃을 피우는 이팝나무가 열 지어선 개울가를 따라 심어 함께 어우러지게 했다. 조금 지나면 반대쪽에 열 지어선 단풍나무와 숲 터널을 이룰 것이다.

이 나무는 속성수이면서도 백합 같은 꽃을 피워 백합나무라 불리고, 아까시나무보다 꿀이 많다는 밀원식물이다. 30여 년 전 여행 중에 들른 미국 육사인 웨스트포인트 정문 앞에 두 사람이 감싸 안을 만큼의 거목인 이 나무가 기억 속에 새로웠기 때문이다.

내가 스쳐 지나간 먼 훗날에도 나남수목원의 상징이 될지도 모르는 이 나무의 존재감을 아련한 상상 속에 그려본다.

몇 년 전 고양시 서울 골프장에서 거대한 백합나무들을 찾은 기쁨은
시간여행을 하듯 전율을 느꼈다.

수목원에서 자라는 백합나무 꽃이 앙징스럽다.

태안에서 옮긴 수목원의 이팝나무 꽃이 7년 만에 만개했다.

벌개미취의 꽃바다

호수 주변의 벌겋게 드러난 곳에는 내촌면 광릉집에서 10년 동안 몇 포기를 번식시켜 군락을 이루게 했던 벌개미취 몇 트럭을 캐어와서 한 포기 한 포기 일삼아 심었다.

2~3년이면 벌개미취가 수목원의 외딴곳을 그 꽃그늘로 뒤덮을 것이다. 여름이 끝나면 들국화처럼 예쁜 꽃밭이 되기도 하지만 워낙 생명력이 강해 돌밭 박토에서도 잘 자라며, 경사지의 흙 무너짐도 방비할 수 있기 때문이다.

2년 전부터 차일피일 미루고 있는 월정사 앞 자생식물원 김창렬 사장이 우정으로 추천한 고산지대의 고유종인 분홍바늘꽃을 이식할 때까지는 벌개미취로 그 흥취를 대신할 수밖에 없다.

새로 조성한 1킬로미터의 개천 석축 위에는 동그란 제방처럼 흙을 돋아 코스모스 씨를 뿌렸다. 40년 전 춘천에서 화천 넘어가는 초가을 뙤약볕에 하늘거리는 키 큰 코스모스의 사열을 받았던 이등병의 아련한 추억도 재현해보고 싶었다.

반대편 길가에는 아편을 추출한다는 양귀비의 사촌인 개양귀비 씨앗을 뿌려 장관을 이루게 했다. 이 녀석은 2년생 화초여서 거의 매년 씨를 뿌려야 하는 부지런을 떨어야 한다. 여름이 끝나지도 않았는데 벌써 꽃 군락의 자태를 보이기 시작한다.

이제는 1백 년 만의 가뭄이나 폭우가 일상화될지도 모른다. 자연 그대로의 물길을 존중해야 했다. 인간의 눈높이로 자연을 재단할 수 있다는 오만부터 버려야 한다. 왜소한 인간이 자연의 생태계를 파괴하면서도 천재지변이라거나 자연의 재앙이라는 허위의식 뒤에 웅크리고 숨을 수는 없기 때문이다.

2012. 7. 5

소나무야 소나무야

〈매일신문〉 취재팀이 보도한 220년이 넘는 대왕송이 무참하게 잘린 그루터기 보도사진 한 장이 천둥치듯 가슴을 덜컥 내려앉게 한다. 사진도 권력일 수 있다. 수많은 메시지를 한 컷 사진으로 웅변하는 미디어 그 이상일 수 있다.

울진군 서면 소광리는 산림유전자원 보호구역에 2백 년 이상 된 금강송만 8만 그루가 자라는 대왕송 군락지다. 조선 숙종 때(1680년)부터 금강송 군락지는 함부로 벌채할 수 없도록 봉산封山으로 지정되어 황장봉계黃腸封界라는 경계표지를 세우고 엄중히 관리되었다.

울진 금강송은 성질 자체가 뾰쪽하게 위로 자란다. 거죽을 벗겨낸 몸통 색깔이 황갈색이라 황장목黃腸木으로 불린다. 궁궐을 짓거나 임금의 관을 짤 때만 사용하는 아주 귀한 나무다.

2001년 경복궁 복원 때 140그루가 이곳에서 충당되었다. 밖에서는 2층으로 보이지만 바닥에서 천장까지 펑 뚫린 경복궁 근정

울진 대왕 금강송 사진 촬영의 편의를 위해
무참하게 잘린 3백 년생 '신하 금강송'의 그루터기

전의 주심이 27미터라고 하니, 족히 30미터가 넘는 대왕송 원목 여러 그루가 필요했을 것이다.

사진을 더 잘 찍겠다는 탐욕으로 '신하 황장목' 10여 그루가 이른바 사진작가라는 위인의 전기톱날에 운명했다. 오랜 세월 인간의 도끼날뿐만 아니라 한국전쟁의 포탄을 피하고 해마다 들이닥친 태풍의 눈들까지 피해갔던 신목神木들이다.

예술이라는 미명하에 8백 년 된 천년 대왕송까지 가지를 잘라내고 손질하고 사진을 찍어 세계자연유산 등재를 추진한다고 호들갑을 떨고, 작품전에서 한 점에 4~5백만 원에 팔았다고 한다. 문화유산은 조그만 돌덩이 그 자체에서도 역사의 숨결을 느껴야 한다는데, 수백 년을 살아 숨 쉬는 생명체인 자연유산을 무자비하게 살해한 것이다.

인간의 욕망에는 그 한계가 없다지만 이 사진작가의 행위는 더 이상 공동체의 일원 자격을 내동댕이친 폭거임에 틀림없다. 세월호의 참극을 빚은 청해진해운 유병언이 기다란 망원렌즈를 둘러메고 사진작가연하는 백골이 되기 전의 뻔뻔한 모습도 오버랩된다.

미천한 노인의 광기로 불태운 숭례문은 고생스럽지만 다시 짓기라도 한다. 고이 간직한 2백 년이 훨씬 넘는 세월의 녹색생태계를 도대체 어떻게 복원할 수 있는지를 만행을 저지른 사진작가라는 사람에게 묻고 싶다.

사진: 이규봉

울진 '신하 금강송'

영덕 법원은 그에게 산림보호법 위반으로 고작 벌금 5백만 원의 약식명령 판결을 내렸다고 한다. 검찰이 그를 구속 수사한다는 속보는 아직 없다. 그러나 세월호 뒷수습으로 사회정의의 구현에 잠시 뒤뚱거리는 검찰이지만 국민정서를 외면하는 법원의 처사에 승복할 리 없을 것이다.

세상에 어찌 이런 일이!

이러한 심정을 소설가 박경리는 〈토지〉에서 "하늘과 땅이 맞붙어 버렸으면 좋겠다"고 절망의 절규를 했다. 하늘과 땅이 맞붙어 생명문화유산을 유린한 인간들을 맷돌처럼 갈아버렸으면 하는 마음일 것이라고 되뇐다.

아직은 살 만한 세상이어야 한다. 대부분의 사람들은 우리사회의 공동선共同善을 창출하기 위해 각자의 자리에서 열심히 산다.

소나무 박사인 전영우 교수가 발품을 팔아 전국에서 찾아낸 한국의 명품 소나무 사진집은 하늘과 땅의 가교인 신묘한 벗, 명목 소나무 28그루에 바치는 예찬이다. 자연유산은 지성을 다하는 겸손한 인간에게만 6백 년이 넘는 그 품을 살짝 내보여 주는지도 모른다.

세계적인 소나무 사진작가로 우뚝 선 배병우 작가는 더욱 자랑스럽다. 이른 새벽 장엄한 안개에 휩싸인 소나무의 성스러움과 꿈틀대는 생명력을 사진 속에 녹여낸다. 강렬한 흑백 톤의 거친 질감이 은은하면서도 깊이 있는 소나무의 속살을 우리에게 보여준다. 그 찰나의 한 컷을 얻기 위해서 얼마나 많은 고행의 시간을 소나무와 교감하면서 보냈을까.

이 소나무 사진들은 이명박 대통령이 방한한 오바마 미국 대통령에게 주는 한국의 선물이 되기도 했다. 그는 스페인 알람브라 궁전의 풍경 촬영에 초대받는 작가이기도 하다.

우리는 있는 그대로의 자연과 미묘한 합창을 하는 사진예술을 공유하는 사람들과 함께 산다.

이 사건을 사회적 어젠다로 끌어올린 사람은 고향의 황장목 군락지를 지키는 수호천사인 울진 생태문화연구소 이규봉 소장이다. 이 시대의 포토저널리즘 윤리를 올곧게 지키는 〈한겨레〉 곽윤섭 선임기자에게 제보하여 보도된 것이다.

이 소장은 지금도 금강송 묘목을 몇 년째 공들여 키우고 있는 외로운 의병義兵이지 싶다. 나라의 녹을 먹는 관군들이 그 직분을 팽개칠 때 사회 구석구석에서 이 의병들이 생계를 위협당하면서도 더 나은 공동체를 위해 항상 이 사회를 지켰음은 다시 강조할 필요도 없다.

지금 박수라도 보내면 그이들은 오히려 부끄러워할지도 모른다. 알아주기를 바라서가 아니라 누군가 할 일을 했을 뿐이라는 겸손 앞에 자신의 탐욕에 급급한 우리들이 오히려 부끄러워할까

걱정해서일 것이다. 그리고 항상 그러했듯이 우리들의 관심이 일시적인 유행에 그칠 것이라고 안타까워하지도 않는다. 그들의 삶은 더 낮은 곳에서 자신의 길을 묵묵히 가는 것이다.

뜨거운 햇살이 폭포처럼 내리꽂는 삼복더위의 한가운데에서 녹색생태계의 궁전에는 대왕송의 존재 자체가 태고의 위엄으로 세세연년 더욱 우뚝해야 하는 것을 믿기 때문이다.

2014. 7. 31

울진 대왕 금강송의 품에 안기다

늙을수록 기품이 더하는 것은 나무밖에 없다. 수백 년의 세월을 늙는다는 표현은 우리가 감량할 수 없는 시간이며, 더해지는 그 기품은 우리의 상상을 넘는다. 나도 나무가 되고 싶다.

8월 초 〈매일신문〉 '계산칼럼'에 쓴 울진 소광리 금강송 군락지에 있는 대왕 금강송에 대한 독자 반향이 클수록 그 현장을 가보고 싶은 욕망이 머릿속을 떠나지 않았다.

일상의 질서를 휘둘러 댈 만큼 대왕 금강송앓이가 깊어졌다. 사진으로만 보았던 6백 년이 넘는 상상 속의 대왕 금강송이 부르는 손짓에 전율이 스쳐가기도 했다.

일이 손에 잡히지 않아 더 이상 미룰 수 없다. 아무래도 현장을 가 보아야겠다는 결단을 내렸다. 일찍 든 추석이 주는 계절의 감각 때문인지 더욱 무덥게 느껴지는, 늦더위가 기승을 부리는 8월 말 울진생태연구소 이규봉 소장을 찾아 산행을 채근했다.

대왕 금강송을 찾아나선 소광리의 금강송 둘레길에서 만난
맑은 물과 천연 숲의 어울림이 소쇄하다.

산림유전자원 보호구역에는 자연보호를 위하여 하루에 80명만 입산이 허락된다. 이 소장의 주도로 공들여 닦은 금강송 둘레길의 흔적을 따라 오르는 길은 맑은 물과 천연 숲의 어울림으로 감동으로 시작되었다.

이런 자연경관이 숨어있는 줄은 미처 몰랐다. 자연의 비경秘境은 아무래도 이곳 소광리이다.

옛날 보부상褓負商들이 그들의 안전과 행운을 빌며 세운 새재를 넘기 전의 서낭당인 조령鳥嶺 성황사城隍祠까지는 그랬다. 울진의 해산물을 손에 든 보상과 등짐을 진 부상들이 떼를 지어 이 길을 통해 넘나들었을 것이다.

조령 성황사

아직까지는 왕복 4시간이 걸리는 산행의 고통을 상상하지도 못했다. 강인한 생명력으로 중부지역의 천이과정에서 가장 늦게까지 살아남을 수 있는 대표적인 음수인 서어나무가 거목이 되어 버티고 있다. 서어나무 건너편 서낭당 위의 길이 대왕송을 찾아가는 고난의 행군이 시작되는 곳이다.

길이 따로 있는 것이 아니었다. 동네사람들이 송이를 따거나 약초를 캐러 드나드는 흔적을 따라갈 수밖에 없었다.

무릎 높이의 산철쭉 군락을 헤치며 신갈나무의 녹음에 묻히다가, 잠시 고개를 들면 곳곳에 하늘까지 쭉쭉 뻗은 금강송의 자태에 압도되면서 오르고 또 올라야 했다. 신갈나무 군락과 금강송 군락이 교차하며 그 위용을 뽐낸다. 3백 년이 넘는 금강송 밑동에는 일일이 관리번호를 하얀 페인트로 크게 써 놓았다.

한 사람 서 있기도 힘든 산등성이 바위틈의 간극을 메우며 솟아난 금강송의 기품도 여전하다. 몇백 년의 세월의 두께를 가슴으로 안는다. 자연은 그렇게 사람들의 시간으로는 감량할 수 없는 그 무엇인지도 모른다.

그리고 계속 능선을 타야 한다. 대왕 금강송을 알현하는데 이까짓 땀투성이의 피곤쯤이야 하지만 헉헉대기는 마찬가지다.

고등학교 수학여행 때의 그림 몇 컷이 스친다.

한 사람 서 있기도 힘든 산등성이 바위틈의 간극을 메우며 솟아난
금강송의 기품도 여전하다.

경주 석굴암의 일출을 보러 새벽같이 일어나 지그재그 산길을 더듬으며 한두 시간 토함산을 올라야 했다. 석불의 이마에 박힌 금강석에 비추는 첫 햇살을 찾기 위해 신라 김대성의 눈높이를 가늠해 보며 땀을 닦던 시절이었다. 가슴 벅찬 일출의 감동을 위해 그렇게 미명未明의 산길을 올랐던 것이다.

지금은 석굴암 바로 곁까지 자동차가 올라간다. 그리고 자연에 드러났던 웅장한 석불은 어두컴컴한 유리상자에 갇혀 있다. 아주 편해지긴 했다지만 그때 땀범벅의 눈에 비친 솟아나던 첫 태양의 감동은 어디서도 찾을 수 없음은 당연하다.

지금 50년 가까이 지난 그때 기억을 떠올리며 산길을 오른다. 대왕금강송의 찬란한 모습을 기대하며.

절반쯤 올라온 모양이다. 이 소장이 '왕자 금강송'이라 이름붙인 4백 년쯤 된다는 거목 앞에서 빵 몇 조각으로 점심을 때운다.

왕자 금강송 등 뒤에는 어느 때인지도 모를 산불에 탄 흔적이 새카맣게 남아 있다. 그래서인지 이 화염을 극복하고 하늘을 향해 용틀임하는 기상이 더욱 뭉클하다. 부디 강건하여 몇백 년 후에는 대왕송으로 거듭나기를 축원해 본다.

한 차례 산등성이를 헛도는 수고는 했지만, 대왕 금강송이 알현을 허락했다. 태고의 정적이 감도는 8백 미터 안일왕산安一王山의

'왕자 금강송', 나무 뒷등에는 불에 탄 흔적이 몇백 년째 그대로 있다.

'대왕 금강송'의 머리가 하늘에 닿아있다.

정상 가까이에 그 위용을 드러냈다.

우리나라에서 가장 오래된 황장목을 감싸고 있는 태고의 신비에 압도되어 나도 모르게 큰절을 올렸다. 귀기鬼氣가 느껴지기도 했지만, 6백 년이 넘는 대왕 금강송이 세월의 철옹성 너머 권위의 빗장을 풀고 세속에 물든 나를 포근하게 품어준다고 편하게 생각했다.

자연은 존재 그 자체만으로도 이렇게 품위 있고 아름다울 수 있는데, 속세의 우리는 얼마나 왜소한가. 먼 훗날 또 다른 나그네가 이 자리에서 나처럼 무릎을 꿇고 위안을 받을지도 모른다.

대왕 금강송을 오랜 세월 지탱하고 있는 드러난 뿌리가 감동이

나무는 가지 하나하나가 또 하나의 나무다.
먼 훗날 또 다른 나그네가 이 자리에서 나처럼 무릎을 꿇고 위안을 받을지도 모른다.

었다. 햇볕을 차지하기 위한 전쟁에서 신갈나무 등 활엽수에 쫓겨 산등성이 주변에 자리를 잡을 수밖에 없는 치열한 고통의 흔적들이다.

사람 허벅지 크기의 탄탄한 뿌리들이 얽혀 낭떠러지의 경사면을 극복하며 대왕송이 하늘을 향해 곧게 솟을 수 있도록 다잡아주는 현장이다. 평형을 유지하며 처절한 생존을 위한 투쟁에서 살아남게 한 몸부림의 흔적에 가슴 뭉클하다.

잠깐 스치는 우리의 삶도 비뚤어진 세상에 우리가 똑바로 설 수 있도록 수많은 이런 뿌리들이 각자의 가슴속에 얽히고설켜 있는지도 모른다.

원시림을 헤쳐 나가야 하는 서너 시간의 산행이 고달파서인지, 시간의 문을 쉽게 열어주지 않아서인지 대왕 금강송을 알현하는 길은 속세의 길과는 확연히 구분된다.

산림학자나 산림청 전문가들도 이곳을 쉽게 찾아오지 못하는 모양이다. 대왕 금강송의 추정 수령도 꼭 집어 6백 년이라고 할 수도 없는 것 같다. 전문가들의 현지 실사가 부족하기도 하지만 이런 환경조건을 이겨낸 세월이 1천 년이라고 해도 그냥 동의할 수밖에 없을 것 같다. 그 위엄과 기품이 웅변으로 이를 말하고 있다.

황장목이 뿜어내는 신비를 한가슴으로 안는다. 아무래도 사진

사진: 이규봉

울진 대왕 금강송

탄탄한 뿌리들이 얽혀 낭떠러지의 경사면을 극복하며 대왕송이
하늘을 향해 곧게 솟을 수 있도록 다잡아주는 현장이다.
평형을 유지하며 처절한 생존을 위한 투쟁에서 살아남게 한
몸부림의 흔적에 가슴 뭉클하다. 잠깐 스치는 우리의 삶도 비뚤어진
세상에 우리가 똑바로 설 수 있도록 수많은 이런 뿌리들이 각자의
가슴속에 얽히고설켜 있는지도 모른다.

천년의 고독, 대왕 금강송. 가지 하나하나가 또 하나의 명품 소나무를 안고 있다.
수많은 소나무가 하나의 대왕 금강송이 되는 현장이다.

만으로는 태고의 음향과 바람과 그 기운을 같이 전할 수 없다. 바로 여기서 지금 느껴야 하기 때문이다.

이제는 또 천년의 고독 속에 의연하게 이 자리를 지키실 대왕금강송을 두고 다시 속세로 하산해야 할 때이다.

어디서 무엇이 되어 또다시 만나랴 싶지만, 불경스러운 바람이지만 나도 이 나무 밑에 묻히고 싶은 언감생심焉敢生心의 소원을 빌어본다.

천세 만세 강건하소서.

소나무 첫 경험

다음날은 혼자서 삼척시 미로면에 있는 태조 이성계의 5대 조모를 모신 영경묘를 다시 찾았다. 이곳은 내가 소나무에 처음 눈을 뜬 곳이다. 25년 전 출판사 식구들과 강원도를 여행하던 중에 우연히 찾은 곳이다.

그때 백두대간인 두타산(1,353미터)이나 청옥산을 찾으려고 계획한 일은 아니었다. 두타頭陀는 세속의 번뇌를 버리고 청정하게 불도를 수행하는 것을 말한다. 청옥산은 임진왜란 때 유생들이 일으켰던 의병정신이 죽지 않았다는 뜻에서 나왔다. 두타산의 절경인, 설악산 천불동 계곡과 견주는 무릉계곡을 구경했다.

고려 충렬왕 때 이승휴가 두타산성에 은거하며 한민족이 단군을 시조로 한 단일민족임을 처음으로 밝힌 역사책 〈제왕운기〉帝王韻紀를 저술했다.

부근의 아담한 절집 삼화사는 고려 태조 왕건이 후삼국을 하나로 통일시켜 달라고 기도했던 곳이라 한다. 절 앞이 '석장암동'이라 불리는 1천 5백 평의 넓은 바위인 무릉반석이다. 반석 여기저기에 새겨진 수많은 명필가들의 글씨가 세월의 한계를 뛰어넘어 잔물결에 흔들리고 있다. 삼척부사였던 양사언의 "무릉선원 중대천석 두타동천"이 두드러졌다.

그때 우연히 금강송 군락지인 영경묘에 들른 것은 내 삶에서 엄청난 행운이었다. 이성계가 그의 근본을 부각하기 위해 5대조代祖묘를 찾았다 한다. 여기 하늘을 찌를 듯 쭉쭉 뻗은 황장목 미인송을 접하고 천둥 같은 깨달음으로 소나무를 새롭게 마음에 품었다.

그때부터 머릿속에는 '소나무는 이런 것이다'라고 이 황장목의 충격이 아로새겨졌다. 그리고 세상을 보는 눈이 바뀌었다. 내가 지금 모르는, 묻혀 있는 최고의 현장이 있을 것이라는 가슴 뛰놀게 하는 확신이 그것이다. 지구에 새로운 것은 없다. 다만 내가 이제야 처음 알고서 '유레카'라고 외치는 것뿐이다.

'일송정 푸른 솔은 늙어 늙어 갔어도'라는 〈선구자〉의 노랫말의 소나무나, '굽은 솔이 선산 지킨다'는 고즈넉한 와불이나, 수원 서

사진: 배상원

삼척 영경묘의 금강송 군락지.
25년 전 소나무의 새로운 세계에 눈뜨게 한 첫사랑 소나무들이다.

울 농대 소나무 숲길의 장송이나, 작고 구불구불한 안개 낀 경주 남산의 소나무가 그때까지 알고 있었던 전부였기 때문이다. 우물 안 개구리가 따로 없었던 셈이다.

이제는 소나무에 대한 관념이 바뀌게 되었다. 일상에 시달리다가 문득 고개를 들면 푸른 하늘을 떠받치고 있는 거북등을 안고 곧게 뻗은 미인송을 만나는 행운도 있기 때문이다.

울진의 대왕 금강송을 힘들게 알현한 다음의 정기가 용암처럼 꿈틀거리고 있어서인지 예전과 같은 감동은 덜했지만, 나를 처음으로 개안開眼해 준 올곧게 보존된 미인송美人松들을 다시 만난 기쁨은 이루 말할 수 없었다.

주변 준경묘의 황장목들도 새삼스럽게 찾아보려다가 그만두었다. 울진 대왕송을 알현한 황홀한 해후의 나른한 피곤을 그냥 즐기고 싶기도 했다.

서울로 돌아오는 길에 들른 삼척항 곰치 해장국의 상큼한 갯내음이 아직도 입안을 감돈다. 그 가게에 크게 써붙인 가게주인 갯사람의 좌우명이라는 "얍삽하게 살지 말자"는 여운과 함께.

2014. 9. 25

단풍은 대합창이다

누이가 서성거리는 장독대에 날아드는 붉은 감잎 한 장에서도 가을이 무르익는다. 김영랑 시인의 "누이의 마음아 나를 보아라. 오-매 단풍 들것네…"가 그것이다. 숲이 그러하듯 누이는 우리의 마음의 고향이다.

산골짜기의 맑은 물 위를 가로지르는 단풍잎이 텔레비전 화면에 비치기 시작하면 가을이다. 식상한 보도 관행이지만 설악산 단풍놀이의 구름떼 같은 인파의 무질서 보도도 뒤따른다. 많은 사람이 몰리는데 한자리 끼지 못하면 소외되는 것 같은 불안한 심리를 잠재우려고 뻔한 고생을 집단적으로 자처하는 우리들이다.

자연은 도처에 사람들이 어떻게 보건 상관없이 숲 향기 그대로의 단풍이 무르익는데도 말이다.

가장 자연스러운 것이 가장 아름답다.

단풍은 색깔의 대합창이다.

단풍은 빛의 축제이다. 햇빛을 더 잘 받기 위해 잎차례의 각도와 방향까지도 감안했던 그 잎들이 지려고 한다. 나무는 이제 겨울나기를 위해 나뭇잎이 가지에 연결된 곳에 떨켜층을 만들어 수분공급을 막아 잎을 떨구어야 한다. 나뭇잎은 봄부터 여름한철 나무를 키운 광합성을 하던 초록의 엽록소를 덜어내고 단풍이란 이름으로 본연의 색깔을 드러낸다.

자연이 뿜어내는 색깔은 다양하다. 낙엽이 되어 땅으로 회귀하기 직전이어서 그 화려함은 절정일 수밖에 없다. 사라져가는 것에 대한 아쉬움이 더해져서 그렇다.

봄바람에 흩날리는 낙화落花의 꽃비는 건강한 열정의 녹음이 준비된 희망의 아름다움도 있다. 같은 제목의 지훈 선생의 시와 이형기 시인의 시 〈낙화〉를 감상해 볼 일이다.

낙화

조지훈

꽃이 지기로소니 바람을 탓하랴
주렴 밖에 성긴 별이 하나 둘 스러지고
귀촉도 울음 뒤에 머언 산이 다가서다.

촛불을 꺼야 하리 꽃이 지는데
꽃 지는 그림자 뜰에 어리어
하이얀 미닫이가 우련 붉어라

묻혀서 사는 이의 고운 마음을
아는 이 있을까 저허하노니
꽃이 지는 아침은 울고 싶어라.

낙화

이형기

가야 할 때가 언제인가를
분명히 알고 가는 이의
뒷모습은 얼마나 아름다운가.

봄 한철
격정을 인내한
나의 사랑은 지고 있다.

분분한 낙화…
결별이 이룩하는 축복에 싸여
지금은 가야 할 때,

무성한 녹음과 그리고

머지않아 열매 맺는
가을을 향하여
나의 청춘은 꽃답게 죽는다.

헤어지자
섬세한 손길을 흔들며
하롱하롱 꽃잎이 지는 어느 날

나의 사랑, 나의 결별,
샘터에 물 고이듯 성숙하는
내 영혼의 슬픈 눈.

낙엽이 예비된 단풍은 처연한 아름다움이다. 선비의 가을앓이[秋士悲]는 어디서 연유하는 걸까.

단풍은 단풍나무 하나의 색깔이 아님은 물론이다.

숲 생태계가 전이를 계속하면 소나무, 참나무류 다음으로 단풍나무가 마지막을 차지한다니 해마다 단풍은 짙어갈 것이다. 단풍 색깔이 붉기로야 새싹부터 불그스름한 홍단풍이 으뜸이다.

복자기 단풍과 화살나무 단풍도 화사하고 예쁘기 그지없다.

그 뒤로 당단풍, 신나무, 고로쇠나무, 붉나무, 산벚나무, 서어나무가 뒤따른다. 노란색이 눈에 띄는 은행나무, 아까시나무, 회화나무, 자작나무, 느티나무, 히어리와 숲의 절반이 넘는 참나무류 5형제의 단풍이 더해진다.

물푸레나무, 밤나무, 싸리나무 단풍은 아무래도 중간색이다.

상록수인 소나무나 잣나무의 낙엽인 갈비는 덤이다.

여기저기 새카맣게 죽은 고목과 가을이 깊어갈수록 그 은빛이 더해가는 자작의 나목 색깔은 어떠한가. 이 색깔들이 서로 어울려 대합창을 하면서 단풍의 색깔을 이룬다.

감동스런 합창은 자기 고유의 목소리를 자신 있게 내면서도 다른 자신 있는 목소리와 서로 어우러질 때 그 이상의 화음和音을 이룬다. 부분의 합이 전체보다 클 수 있기 때문이다.

자연의 합창도 빨강, 노랑, 하양, 초록, 검정, 갈색 등 자신의 색깔을 자신 있게 전부 쏟아내면서 서로 어울리기 때문에 숭고한 것이다. 중간중간에 바위의 맨얼굴과, 맑다 못해 청아한 가을 물과, 일교차가 큰 바람과, 벌개미취, 구절초, 쑥부쟁이의 들국화가 짝하면 더할 나위 없는 가을 산의 대합창이 절정을 향해 달린다.

서정주 시인의 "눈이 부시게 푸르른 날은 그리운 사람을 그리워하자. 가을 꽃자리 초록이 지쳐 단풍드는" 하늘이 한없이 높아지는 계절이기 때문이다.

너나없이 자신의 색깔대로 열심히 살도록 배려하고 양보하는 착한 공동체를 이룰 단풍의 대합창 같은 대동大同사회를 꿈꾸는 그리움은 우리들의 몫이다.

나남수목원 인수전 정자에서 바라본 가을 반송밭

나남수목원 책박물관 건너편 계곡의 단풍

한 해의 끝은 섣달그믐이어야 하는 것이 아니다. 20세기는 1901년부터 2000년까지의 1백 년이라기보다는, 1917년 러시아 혁명부터 1990년 소련연방의 해체까지 사회주의의 실험이 끝날 때까지라는 셈법도 유효하기 때문이다.

같은 논리로 숲의 한 해는 새싹이 트는 봄으로 시작하여 단풍으로 마감한다. 나무는 낙엽을 떨구어낸 가지 끝에 겨울눈을 남겨 찬란한 봄을 예비한다. 숲은 나목裸木의 키만큼 낮아져 품에 안긴다. 상록수인 장송들이 그 키만큼 원래의 높낮이로 돌아간 숲의 겸손함을 증언한다.

늦가을 고즈넉한 낙엽길이라도 밟으며 단풍의 대합창을 추억해야 한다. 나는 대동大同사회를 위해 무슨 일을 하고 무엇을 양보하고 사는가를 물어야 한다.

그리고 모든 잎을 떨구고 맨살로 정직하게 인고忍苦의 겨울을 넘기는 나무의 겨울눈에서 찬란한 봄의 환희를 찾기 위해서라도 겨울 숲에 가야 한다.

나무도 우리처럼 외로움을 타는지 모르기 때문이다.

2014. 11. 3

부르다가
내가 죽을 이름이여

이름은 권력이다. 형식의 반복이 실질이 된다면 이름을 자주 불러야 한다. 우리는 이름을 남기려는 욕망에 애면글면하지만, 꽃과 나무는 그 모양이나 속성에 따라 이름이 붙여지기도 한다. 그것이 선조의 지혜가 담긴 정명법正名法일 수 있다.

우리는 자연의 일부일 수밖에 없는데도 자연의 주인인 꽃과 나무들의 이름도 제대로 불러주지 못한다. 유한한 삶의 안타까운 오만이라기보다는 결국 자연으로 돌아가 묻힐 수밖에 없는 두려움 때문일 수도 있다. 영원히 함께 살아야 할 동무들인 꽃과 나무들과 더 친해지려면 지금부터라도 그들의 이름을 자주 불러주어야 하는지도 모른다.

들국화라는 이름의 벌개미취

'들국화'라는 이름을 가진 꽃은 없다. '참나무'라는 이름을 가진 나무가 없듯이 들국화도 야생의 국화를 통칭하는 말이다.

"들판에 이름 없는 꽃들이 흐드러지게 피어 있다"라는 표현을 보고 소설가 이청준 씨가 "작가가 그 꽃 이름들을 모르는 것이지, 세상에 이름 없는 꽃들이 있겠나?"라고 했던 말이 생각난다.

가을을 장식하는 들국화는 5종이 있다.

벌판을 누비는 벌개미취, 꽃필 무렵 약간 쓰러지는 쑥부쟁이, 꽃필 때면 줄기가 아홉 마디가 되는 구절초가 대표적인 연보라색 계통의 들국화이다.

노란색 무리의 들국화는 꽃송이가 1~2센티미터로 작으면 산국山菊, 감 크기 안팎이면 감국甘菊이다. 비닐하우스에서 재배된 국화보다 왜소할 수밖에 없지만 야생이 이런 것이라고 시위하듯 향기는 짙고 깊기만 하다.

벌개미취는 연보랏빛 꽃잎과 노란 꽃망울이 크고 풍성한 데다 자생력도 강한 토종이다. 영어이름도 코리아데이지Korea Daisy이다. 장마가 끝날 무렵 삼복더위 끝자락인 7월 말경에 꽃을 피우기 시작하여 가을이 오고 있음을 알린다. 봄이 왔음을 제일 먼저 알리던 상사화가 잎이 다 뭉그러진 자리에서 두 달 만에 화사한 꽃대

벌개미취 꽃궁궐

를 빼어 올리는 것도 이 무렵이다.

내가 벌개미취에 관심을 갖기 시작한 것은 20여 년 전 양재동 시민의 숲 주변에 살 때다. 시민의 숲 양지바른 곳에 정성스럽게 심어진 처음 보는 꽃이 벌개미취였다. 늦여름을 꾸미는 청초한 자태에 단숨에 반해버렸다.

1971년 위수령으로 순수한 학생운동이 군부독재 권력의 칼날에 무참히 짓밟히면서 동지들의 진로는 여러 방면으로 엇갈렸다. 대학을 졸업하고 대학에 연구자로 남기도 했지만, 대부분은 기업 일선에 뛰어들었다.

나는 출판장이로 30년 넘게 살게 됐고, 김창렬 학형은 같은 세월동안 야생화를 연구하면서 월정사 초입의 '자생식물원'을 훌륭하게 가꿔놓았다. 5년 전 나남수목원을 시작하고 나서 이 분야의 고수를 발품 팔아가며 찾아다닐 때 그이를 우연히 만났다. 수목원을 새로 시작할 것이 아니라 내 식물원을 인수하지 그랬느냐는 그의 푸념에 30년 내공의 외로움을 허허롭게 웃으며 마주했었다.

88년 올림픽 무렵 갑자기 새로 길을 뚫고 건물들을 지으면서 놀란흙을 다독거릴 수 있는 화초들을 찾으려고 애썼던 모양이다. 그때 희귀했던 우리 야생화인 벌개미취의 씨를 지리산 자락에서 찾아 증식시켰던 주인공이 바로 그이였음을, 야생화에 조예가 깊은 〈조선일보〉 김민철 기자의 기사를 보고 최근에야 알았다.

10년 후 광릉수목원 옆 포천 내촌면에 집을 지으면서 과수나무를 심고 남은 5백 평쯤의 휑한 공간에 이 꽃씨를 뿌렸다. 시작은 그렇게 미미했다. 3~4년이 지나자 절로 왕성하게 뿌리가 번지고 꽃씨를 떨어트려 머잖아 뜰의 주인이 되었다.

의도하지 않았지만 초가을은 집 주변이 온통 벌개미취 꽃더미에 안기게 된다. 차츰 잔디밭의 경계를 부단히 넘어서는 이 녀석들의 생명력에 조금씩 위협을 느끼기도 하였다.

포천 신북에 수목원을 조성하면서 임도를 넓히고 산책길도 새로 만들었다. 벌겋게 속살을 드러낸 절개지의 놀란흙들이 안쓰러워 보였고 산사태도 걱정되었다. 이곳을 벌개미취로 덮기로 했다.

거친 거목들의 틈새에 꽃궁궐의 화사함을 꿈꾸기도 했지만 뿌리를 깊게 내리고 다른 잡초를 일거에 제압하는 이 녀석의 왕성한 생명력을 10년 넘게 지켜보았기 때문이다.

내촌 집에서 뿌리째 옮겨온 벌개미취를 이식했다. 한두 해가 지나자 군데군데 시뻘겋던 속살이 벌개미취의 꽃들 속에 감추어지면서 화사하고 평화로운 얼굴로 돌아왔다.

나남수목원에 3만 평 가까운 공간을 새로 마련했다. 서울 우면산에 산사태가 났던 2011년 1백 년 만의 집중호우에 수목원 산자락에도 산사태가 났다. 복구사업으로 쏟아부었던 흙으로 헤쳐 놓았던 산등성이 자락 하나를 매끈한 구릉으로 정리한 것이다.

사진: 신동연

산벚나무의 꽃구름 속에서 반송 3천 그루가 자란다.

13년생 반송 3천 그루를 열을 맞춰 심었다. 지금도 가슴이 뛰놀 만큼 장관인데 3~4년 후 전지한 가지에 솔밥을 새로 받으면 반송의 웅혼한 기상을 엿볼 수 있을 것 같다. 강남의 아파트 한 채 값을 3년 동안 이곳에 묻었다. 이곳은 20여만 평 수목원 부지에서 유일하게 개마고원처럼 완만한 남향 볕이 드는 곳이다.

이곳에도 반송 사이사이에 벌개미취를 정성들여 심었다. 아주 가까운 미래의 어느 늦여름쯤에는 벌개미취의 꽃구름 융단 위에 반송군락들이 그 위용을 자랑할 것이다.

참나무라는 이름의 상수리나무

참나무라는 나무가 별도로 있는 것이 아니라, 동요의 '(다람쥐가) 도토리 점심가지고 소풍을 간다'는 그 도토리가 열리는 나무를 총칭해서 참나무라고 부른다. 나무 중에서 가장 재질이 좋은 진짜 나무[眞木]란 뜻의 '참'나무다.

상수리나무, 굴참나무, 졸참나무, 갈참나무, 신갈나무, 떡갈나무 6종이 그들이다.

참나무는 떨켜가 잘 생기지 않아 가을에 단풍이 들어 다음해 봄까지도 절반 넘게 잎이 나무에 붙어 있다. 대부분의 활엽수들이 나신裸身인 채로 엄동설한의 장엄한 고독 속에 얼어붙는데 참나무만은 삭막한 추위 속에서도 가을의 추억을 고스란히 곱씹으며 봄의 새싹을 기다린다.

10여 년 동안 오가는 파주출판도시의 가로수 5백여 그루가 모두 참나무들이다. 이를 기획한 이기웅 이사장의 혜안에 고맙다는 인사를 정식으로 하고 싶다. 가을이면 도토리를 더 줍겠다는 탐욕의 소인배들에게 '나무를 때리지 말라'는 경고문을 일일이 붙여야 하는 일도 물론 그이의 몫이다.

굴참나무는 표피에 골이 길게 깊이 팼고, 두툼한 코르크로 덮여 있어 찾기가 쉽다. 강원도 산골의 굴피집은 이 굴참나무 껍질로 지붕을 덮은 집이지, 굴피나무라는 나무의 껍질을 굴피라고 이르는 것은 아니다.

계곡 주변에 많은 졸참나무는 가장 작은 잎을 가진 참나무다. 단풍이 가장 아름답고 도토리묵 중에서 가장 맛이 있다고 한다.

갈참나무는 가을 참나무로 큰 잎이 물들면 가을의 전령사 노릇도 한다. 김소월의 "엄마야 누나야 강변 살자… 뒷문 밖에는 갈잎의 노래"에서 '갈잎'이 갈참나무의 잎이라고《우리나무의 세계》를 쓴 박상진 박사는 말한다.

고갯마루 주변의 척박한 땅에 자라는 신갈나무는 늦봄에야 신선한 새잎이 난다. 옛날 짚신바닥에 신갈나무 잎을 깔아 편하게 신었대서 신갈이다.

참나무 중에서 잎이 가장 큰 떡갈나무는 떡을 찔 때 잎을 같이 넣어 그 향기를 즐겼다. 겨울 내내 잎이 가장 많이 남아 있는 나무도 떡갈나무이다.

도토리 알이 가장 큰 상수리나무는 야트막한 동네 뒷산에 가장 많아 우리에게 너무 친숙한 나무다. 우리와 아주 가까이 살아가는 상수리나무는 초가집 굴뚝에서 피어오르는 연기의 온기로 겨울을 나는지도 모른다.

어린 시절 상수리나무 밭은 우리들의 놀이터였다. 쭉쭉 뻗은 거목이 안겨준 녹음綠陰은 '평화로운' 전쟁놀이에 안성맞춤이었다. 심심해지면 상수리나무에 구멍을 뚫고 숨어 있는 집게벌레를 잡아 서로 싸움시키며 노는 일도 재미 있었다. 이 집게벌레가 나중에 《곤충도감》을 찾아보니 딱정벌레목의 사슴벌레였지 싶다.

노는 중간중간 떫은 도토리로 허기를 채우기도 하고, 집에 돌아올 때 주머니에 가득 채워 와서 어머니의 손길을 거치면 도토리묵으로 변신하기도 했다.

하기는 16세기 말 임진왜란 때 왜병들에 쫓겨 경복궁을 버리고

60년생 상수리나무 군락지

15명의 부하에 의지해 압록강변 의주까지 피란했던 못난 선조인 선조께서 도토리묵에 맛을 들여 전쟁이 끝나고 가끔 이를 찾아서 수라상에 올렸다고 해서 '상수라'라고 하던 것이 '상수리'가 되었다는 설도 있다.

오십몇 년이 지나 상수리나무 아래서 뛰놀던 그 소년은 이제 초로初老가 되었다. 나남수목원의 상수리 군락지 앞에 참나무처럼 서 있다. 지난 가을《조림의 역사》를 쓴 배상원 박사가 탄성을 지르며 찾아준 거목의 상수리 숲이다.

수목원이 넓은 만큼 수종도 많다. 몇 년 동안 이곳을 지나치면서 수세樹勢가 범상치 않다고 늘 생각했던 군락지다.

곱게 늙는 것은 나무뿐인가. 이 나무처럼 나이 들고 싶은 마음은 과욕인가.

순진무구하고 초롱초롱했던 소년의 눈동자는 이제 세파와 탐욕에 찌들렀다. 그걸 나무에게 들킬까 봐 겁이 나고 부끄러워 상수리나무 앞에서 나는 지금 눈을 질끈 감는다.

〈신동아〉, 2014. 3월호

참죽나무와 가죽나무의 꿈

〈고대교우회보〉高大校友會報 창간 40년을 축하한다. 그 인고의 세월을 견뎌내며 교우회의 견인차로, 동창들의 소식지로 그 소임을 다하며 우람한 거목으로 성장시킨 역대 편집국 기자들과 편집위원들에게 감사드리는 큰절을 올린다.

40주년 기념식에서는 칼럼집 《자명고自鳴鼓: 미명未明을 깨우는 불혹不惑의 북소리》와 '1면으로 본 〈고대교우회보〉 40년'의 부제가 붙은 화보집(전용호 편) 《춘수저대》椿壽樗大가 발간되었다.

'춘수저대'는 '참죽나무처럼 오래 살아나고 가죽나무처럼 크게 성장하라'는 뜻으로, 현민玄民 유진오兪鎭午 전 총장님의 1978년 〈고대교우회보〉 지령 1백 호 기념휘호다. 그 의미를 살펴본다.

참죽나무의 춘椿은 장수長壽를 뜻하는데, 장자莊子의 소요유逍遙遊에서 이 나무가 '8천 년을 봄으로 삼고 8천 년을 가을로 삼았다'고 나오기 때문이다. 유유자적 은둔하며 세상을 향해 쓴소리를 던진

장자는 일찍이 칠원漆園의 관리자 노릇을 했다.

옻나무 관리가 중요한 직책이었던 것은 먹이 발견되기 이전에는 칠이 중요한 필기도구였다. 《천자문》에 나오는 '염필윤지'恬筆倫紙처럼 진秦나라의 한비자韓非子와 진시황을 보필하던 책사 몽념蒙恬이 토끼털을 대나무 대롱에 붙인 붓을 발명하고, 후한後漢의 채륜蔡倫이 종이를 발명했다. 커뮤니케이션 혁명이 일어나기 전의 일이다.

일본에서는 이 나무의 춘椿을 한자의미로 보지 않고 따로 글자를 만들어 '츠바키'로 읽고, 동백나무를 지칭하는 말로 사용한다. 베르디의 오페라 〈라 트라비아타〉를 춘희椿姬로 번역하여 '동백꽃 여인'이라고 부르는 것이 이를 말한다.

가죽나무가 그 이름이 가짜 중[假僧]에서 유래했다면, 참죽나무는 진짜 중[眞僧]에서 유래했다고 한다. 채식하던 스님들이 나물로 먹던 참죽나무와 비교하여 이름만 비슷하고 먹을 수 없다는 뜻으로 그렇게 불렀다 한다.

갈잎 큰 키인 가죽나무의 한자는 가승假僧 외에도 저수樗樹, 취춘수臭椿樹, 산춘수山椿樹가 있다. 열매는 주사위의 재료였다. 학명의 뜻도 키가 매우 큰 하늘의 나무이다. 저樗는 쓸모없다는 뜻이지만, 중국 지식인들은 난세를 살아가는 지혜로 스스로를 낮춰 가죽나무를 빗대어 저은樗隱, 저암樗庵, 저옹樗翁 등 호로 즐겨 썼다.

장자는 가죽나무를 “줄기는 울퉁불퉁하여 먹줄에 맞지 않고, 잔가지들은 꼬불꼬불해서 잣대에 맞지 않다. 그래서 네거리에 내놓았더니 목수들도 이 나무를 돌아보지 않았다”고 했다. 전국시대 인재등용의 문제점을 이 나무를 통해 드러냈다.

쓸모없는 생명이 있겠는가. 생명은 그 스스로 존재이유가 있기 마련이다. 나무가 이렇게 큰 나무로 성장하는 데는 자연환경보다도 사람과의 관계에서 찾을 수도 있겠다. 광화문 복원용으로 쓰인 삼척의 준경묘 옆 장송림처럼 국가가 특별한 용도로 쓰기 위해 수백 년 관리하는 경우를 제외하고 대부분 자연상태의 나무들의 운명이 그러하다.

작은 나무일 때는 뒤틀려서 서까래로 쓰기에도 적당하지 않아 사람의 관심을 받지 못하고, 커서는 울퉁불퉁해서 대들보감이 아닌 것이 확실해 사람의 도끼날을 피해 살아남는다.

그렇다고 이 나무는 서까래나 대들보를 부러워하지도 않고, 쓸모없는 나무라고 자책하지도 않으며, 오랫동안 거목으로 살아남아 또 다른 의미의 큰 역할을 묵묵히 수행할 뿐이다. 어떤 용도로 쓰이는 것이 더 의미 있는 일인가의 셈은 사람들만이 하는 그들만의 셈법일 뿐 나무는 그 푸르름만으로 말이 없다.

고대교우의 자랑을 자신의 영달에만 이용하는 일부 비겁한 사람들의 탐욕까지도 용광로처럼 끌어안으면서 꿋꿋하고 우람하게 성장한 〈고대교우회보〉가 자랑스럽다.

2050년 또 한 번의 40주년 그날은 얼마나 큰 거목의 푸르름으로 겸손하게 교우회를 이끌지 기대해 보는 설레는 마음 한량없다.

2010. 9. 13

숲의 인문학을 위한 산림청

숲속의 책들

귀한 시간 귀한 자리를 마련해 주신 산림청장님께 감사드립니다. “나는 사도세자의 아들이다”라는 정조의 왕위계승 일성을 빌리자면, “저는 나무심기의 아마추어에 불과하다”라고 말하면서 이 자리에 서야 합니다. 혹시 압니까. 이 아마추어가 나무 심고 가꾸는 일에 큰일을 이룰지도 모르는 일입니다.

평생을 산림행정에 몸을 바치시는 공직자 앞에서 감히 새마을 성공사례를 발표하는 것이 아니라 36년간 언론출판의 외길을 걷는 제가 나무 심는 아마추어로 거듭나는 모습을 진솔하게 보여드림으로써 나무와 연관된 한 삶의 질감을 그냥 보여드리는 시간이 될 수밖에 없음을 양해하여 주시기 바랍니다.

36년간 사회과학 전문출판사를 운영하면서 산과 관련된 책들을 의외로 많이 출간한 것에 스스로 놀라기도 합니다. 먼저 22년 전인 1993년 한국미래학회와 함께 《산과 한국인의 삶》을 출판했습니다. 한국문화와 산, 국토공간으로서의 산, 한국 산의 지리학과 생태학, 산림경제학 산림관리학, 나의 인생과 문학에서 산이란 무엇인가 등이 주된 내용이었습니다. 이 책으로 책상물림이었던 제가 산에 대하여 눈을 뜬 계기가 되었습니다. 이후 〈…과 한국인의 삶〉 기획은 《물과 한국인의 삶》, 《땅과 한국인의 삶》, 《하늘과 한국인의 삶》, 《멋과 한국인의 삶》, 《불과 한국인의 삶》, 《강과 한국인의 삶》으로 계속됩니다.

당시 산림청장이셨던 이영래 청장께서는 《산과 한국인의 삶》 책 800권을 구입하여 국회의원을 비롯하여 사회의 지도층 인사에게 배포했습니다. 산림청의 위상을 공고히 하고, 산주들에게는 숲의 인문학을 열 수 있는 이론을 제공했습니다.

그 다음해인 1994년에는 〈중앙일보〉 고혜련 기자가 발로 뛴 현장취재인 《자연에 산다》를 책으로 출판했습니다. 그때부터 부지

사진: 산림청

불식간에 자연에 묻혀 사는 그이들의 삶을 부러워했던 모양입니다. 2000년에 광릉숲 옆에 집을 짓고 살게 된 것도 이러한 DNA의 발로였을 것입니다. 의도하진 않았지만, 언제인가 읽은 책 한 줄이 삶을 바뀌게 하는지도 모릅니다.

2008년 출판한 김수학 선생(전 경북도지사, 국세청장, 새마을운동 본부장)의 《이팝나무 꽃그늘》에서는 민둥산의 녹화사업과 새마을운동을 다루었고, 2013년에는 조림의 역사와 성공요인을 다룬 배상원 박사의 《산림녹화》를 역사박물관 총서로 출판했습니다.

마지막으로 곧 출간될 《숲의 역사, 새로 쓰다 - 산림녹화 어제와 오늘》은 한국개발연구원(KDI)이 기획한 '육성으로 듣는 경제기적' 시리즈의 하나로 1967년 발족한 산림청의 최장수 산림청장이셨던 손수익 청장님의 증언입니다.

이만하면 이 자리에 설 수 있는 최소한 기본은 갖추었다고 스스로 자위해 봅니다.

바람이 불어오는 곳

여러분들도 이미 눈치챘겠습니다만, 사회 변동의 한가운데서 그 변화에 방향을 정확하게 짚어내고 능동적으로 대처하기는 쉬운 일이 아님에 틀림없습니다. 몇 가지 생각나는 대로 바람이 불어오는 변화의 징후들을 공유했으면 싶습니다.

이야기의 편의상 통계를 거칠게 간추려 보면, 우리나라 전 국토의 65%가 산지이며 그중 또 65%가 놀랍게도 국·공유림이 아닌 사유림이고, 또 사유림 중의 65%는 종중宗中소유라고 합니다. 국·공유림에 관한 정책이나 관리는 여기 산림청의 몫임에 틀림없고, 종중 소유의 산은 개인의 창의적인 아이디어보다 종중 전체의 합의에 따라야 하므로 보수적으로 종중재산의 보존에 급급한 것이 현실입니다.

저와 같이 순수하게 산을 보듬고 숲의 인문학이라도 꿈꾸는 사람의 사유림은 전체 산지의 22.5%에 불과합니다. 이들을 주인공으로 일깨워야 하고 지도해야 한다는 배려는 부족한 것 같습니다. 인간을 소외시키는 거국적인 산림정책의 잣대가 아닌 '작은 것이 아름답다'는 시선으로 능동적 참여자인 이들을 보듬어야 합니다. 이들을 산림관련법 위반의 예비 전과자들로 내몰지는 말아야 합니다. 그들이 산림을 기반으로 숲의 인문학을 펼쳐나갈 건전한 양식을 가진 시민들이라는 믿음의 따뜻한 눈길을 주십시오.

자그마한 예입니다만, 꽃이름 나무이름을 알려주는 스마트폰의 '꽃천사 식물천사' 〈모야모〉 앱도 타산지석이 될 겁니다. 이것은 꽃이름 나무이름이 궁금한 시민들에게 식물도감의 권위자가 질문에 응답하는 도식적인 체제가 아니고, 시민모두가 참여하여 묻고 답하는 지식을 공유하는 공개성의 극치입니다. 세계적인 기업으로 발돋움을 하는 내비게이션 앱인 〈김기사〉가 국토부 교통정책관의 예산작품이 아니라 개인의 창의성이 시장에서도 성공한 것은 시사하는 바가 큽니다.

우리 사회는 21세기인데 20세기의 법망이 신주단지처럼 모셔지고 있습니다. 부끄러운 과거이지만 일제시대에 제정된 〈산림법〉에서는 영림서營林署를 두어 식민지의 나무를 군수품을 생산하는 제국주의의 군사목적으로 활용하기 위해 혹독한 감시 감독이 필요했던 것은 사실입니다.

그 영림서가 광복 후 12년 만에 산림청으로 환골탈퇴하게 됩니다. 초창기에는 사법권까지 부여된 산림청 엘리트들의 리더십에 따른 40년 넘는 국토녹화를 위한 거국적인 피땀어린 조림사업, 육림사업으로 거대한 숲을 이루었습니다.

그 기간 동안 동시에 추진되었던 절대 가난을 극복하고자 하는 새마을운동과 식량민족주의를 외쳤던 통일벼의 개발로 주곡인 쌀 농사의 자급자족이라는 성공적인 위업을 달성했습니다. 그런데 세계화의 무역전쟁으로 선택과 집중의 결과인지 더 많은 자동차를 수출하기 위해서인지 그 대가로 쌀 수입이 개방되고 절대농지들은 잡초로 뒤덮여 있는 현실입니다. '우리밀 살리기'의 고달픈 외침은 밀가루 전량 수입이라는 현실의 파도에 휩쓸린 지 오래입니다.

이제 FTA협상으로 다양한 외국 농수산물의 수입은 일상화되고 이에 따라 젊은이들의 입맛도 글로벌화되었습니다. 누굴 탓하며 무엇을 지키지 못해 안달하지도 못한 채 무역대국 세계 10위의 국가에 살고 있습니다. 가끔은 인사청문회에서 절대농지 소유가 죄목이 되는 국민정서상의 아킬레스건이 될 뿐 실제로는 누구도 농사를 지으려고 하지 않습니다.

전 국토 65%를 차지하는 우리의 산야는 FTA의 대상품목도 아니며 글로벌한 수출대상도 아닌 순수한 로컬일 수밖에 없습니다. '가장 한국적인 것이 가장 세계적이다'라고 말할 수 있습니다. 국토가 광대하고 산야가 넓어 목재를 수출하는 우리가 아닙니다. 그렇다고 우리가 목재나 펄프를 자급자족하는 나라도 아닙니다. 단지 '이 강산 푸르게 푸르게'의 산림녹화라는 절대명제에 매달렸던 지난날이었습니다.

나무 심는 마음은 농산물처럼 한 해 농사가 아닌 오랜 시간을 공들여야 하는 본연의 특수성이 있습니다. 이렇게 본다면 개발의 연대에 산림녹화와 산지보존에만 매달렸던 우리의 산림정책도 산을 사람 사는 공간으로 거듭날 수 있는 중장기 계획으로 한 단계 업그레이드 하여야 할 것입니다.

산림문화 · 휴양

우선, 이제는 대부분의 산들이 너무 울창해져서 '입산금지'의 경고판이 아니더라도 들어갈 수 없는 정글 같은 곳이 많습니다. 대대적인 간벌이야 장기적으로 많은 예산이 필요하다 하겠지만, 우선 할 수 있는 시각視覺의 교정을 생각해 봅니다.

잘 뚫린 도로 변 산속의 나무들을 뒤덮는 창궐하는 칡넝쿨을 보십시오. 햇볕을 보지 못해 고사하는 나무들의 신음소리와 우리의 목을 죄는 듯한 밧줄로 숨이 막힙니다. 해마다 반복되는 이 풍경이 우리가 꿈꾸던 숲은 아니었지요. 눈에 잘 띄는 곳이 이럴진대 깊은 산속은 두말할 필요도 없습니다.

국 · 공유림이야 산림청의 일이겠지만, 사유림이라도 산속에 사람들을 살 수 있게 유도하고 격려해야 합니다. 자기 재산인 나무가 칡넝쿨에 덮여 몸살을 앓는 모습을 수수방관할 사람은 없을 것이기 때문입니다. 그 땅의 주인인 그들에게 우선 낫이라도 손에 쥐어주어야 합니다.

거대한 산림을 가진 외국의 경우는 아이러니컬하게도 때때로 일어나는 자연히 발화하는 산불이 자연의 청소부 노릇을 한다고도 합니다. 우리는 논두렁 밭두렁을 태우다 산불로 이어지는 부주의한 재해가 있었지만, 이제는 논밭에 열정을 가진 농부도 그렇게 많지 않습니다. 농촌을 살리자는 정부보조금이 적어서가 아니라 더 많은 이윤창출이 눈에 보이는 산업화로 인한 이농대열에 동참했기 때문입니다. 산야에 잣, 호두, 밤나무 등 유실수를 심자는 경영지원도 물밀 듯 넘어오는 값싼 중국산 수입품에 백기를 들 수밖에 없습니다.

이제는 일방적인 규제 일변도의 '금단의 영역인 묶여진 산'이거나 '잠자는 산'에서 '산림에의 초대', '산의 인문학의 초대'로 이어지는 산림행정의 참신한 코페르니쿠스적인 발상의 전환이 더욱 박차를 가해서 실천되었으면 싶어 말씀드렸습니다.

도시를 탈출하여 숲으로 줄지어 몰려드는 새로운 "로컬 이민행렬"을 꿈꾸어 봅니다. 그들이 투자이민자이건, 기술을 가진 이민자이건, 노력봉사 이민자이건, 생계형 이민자이건, 인생 2막을 꿈꾸는 이민자이건, 산림청의 수신호에 따라 행렬을 이루면 됩니다.

단지 산에 들어와 살겠다는 그들이 고마울 따름입니다.

무의식적으로 '농자천하지대본'이라는 전통에 충실하여 논밭은 꼭 보존하고 아버지 같은 농부의 마음을 읽어야 한다는 농부는 이제 전체 인구의 7% 주변이라고 합니다. 이 인구에는 농촌만이 아닌 산촌, 어촌의 사람들이 포함됨은 물론입니다. 압축성장과 도시 집중, 이농의 당연한 결과가 이 수치에 나타납니다. 선거를 통한 권력의 창출이라는 민주시대에는 아무래도 유권자의 숫자가 국가 정책의 기본이 되기도 합니다. 7%도 되지 않는 이 유권자들에게 정책적인 배려의 햇살이 크게 미칠 리 없습니다.

자꾸 줄어드는 농촌 산촌인구에 초조할 것만 아니라, '역이민'의 발상처럼 귀촌 귀산하려는 양질의 인구를 늘리려는 유인책을 우선은 작은 것부터 시작했으면 싶습니다.

그것은 우선, 산지라는 이유만으로 이루어지는 작은 사유지에 대해 일률적으로 농림산지나 보전산지로 묶어 놓은 산림법의 규제의 끈을 놓아야 합니다. 그들을 생산산지로 해방시켜야 합니다. 국유농지가 없듯 사유지인 산림에 대한 국민의 권리를 존중해야 합니다. 1인당 국민소득 1천 달러가 꿈이었던 절대빈곤의 시절에도 주민자치와 자조협동의 새마을 성공사례는 국민의 잠재된 능력에 대한 믿음이 그 기본이었듯이, 이제 3만 달러를 넘보는 시대에 숲을 향한 이민의 대열에 선 그들은 건강한 시민의식으로 성장한 국민임을 믿어야 합니다. 두메산골의 촌부들을 지도 감독해야 한다고 지난 60년 동안 규제일변도로 반복되었던 일방적인 행정은 동굴 속의 독백에 불과합니다.

드디어 2006년 〈산림법〉이 〈산지관리법〉, 〈산림자원의 조성 및 관리에 관한 법률〉로 대체되는 반전이 이루어집니다. 더욱 획기적인 것은 2014년 〈산림문화·휴양에 관한 법률〉의 제정에 이릅니다. 이 법은 산림문화와 산림휴양자원의 보전·이용 및 관리에 관한 사항을 규정하여 국민에게 쾌적하고 안전한 산림문화·휴양서비스를 제공함으로써 국민의 삶의 질 향상에 이바지함을 목적으로 합니다.

다음과 같은 이 법 제2조의 용어의 정의는 너무 신선합니다. "산림문화·휴양"은 산림과 인간의 상호작용으로 형성되는 총체적 생활양식과 산림 안에서 이루어지는 심신의 휴식 및 치유 등을 말한다고 정의하고 있습니다. "자연휴양림"은 국민의 정서함양·보건휴양 및 산림교육 등을 위하여 조성한 살림이라고 합니다. 자연보호를 위한 맹목적인 규제일변도의 산림정책이 사람들을 산으로 끌어들이기 위한 동기부여를 하는 지원책으로 바뀌기 시작한 것입니다.

그런데도 도회지의 간사한 계산법은 공기 좋은 시골 인심을 기대하고, 잉여소비에 지친 심신을 잠시 힐링해야 한다고 현지사람들에게 숲 향기를 보존하라고 합니다. 권리는 없고 의무만을 강요하는 이상한 형국이 되어 있습니다. 그들의 삶의 현장을 파괴하고 지천으로 널린 야생화와 울창한 숲들을 개발의 미명으로 깔아뭉개는 개발이익은 누구에게 가는 것입니까. 산촌에 나무를 심고 가꾸는 사람들이 주인이어야 함은 당연한 일입니다. 이에 대한 적극적인 지원책도 입법화가 시급합니다.

산처럼 나무처럼

이제는 산의 정상頂上을 정복한다고 하지 않습니다. 백두대간을 종주한다는 기록도 이제는 자꾸 어설퍼집니다. 둘레길이라는 예쁜 이름이 생겼기 때문입니다. 국민소득이 3만 달러를 바라보는 생활환경에 따른 큰 변화입니다. 그 둘레길은 산자락을 끼고 농어촌과 산촌의 삶을 기웃거리는 장자莊子의 소요유逍遙遊처럼 자신에게만 좋고 타인에게는 책임 없는 나그네의 길이지요. 그 좋은 경관을 감탄하기도 합니다만, 그리 좋으면 그곳에서 살라고 하면 모두 외면하겠지요.

몸에 밴 도시적인 편리함이 온통 불편함으로 바뀔 수도 있으며 자기의 이익에는 눈을 밝히면서 남들을 배려하는 손길을 내보인 적이 없는 매몰찬 이기주의를 들킬 수도 있기 때문입니다.

삶을 영위하는 데 선택이 가능하다면, 내가 편한 길보다 불편한 길을 택했을 때 실수가 적습니다. 남들을 배려하기 위해 자신은 조금은 불편하게 사는 것이 우리 공동체의 바른 길인지도 모르기 때문입니다. 여기에는 정부가 시민들의 건강한 시민의식을 굳게 믿는 신뢰가 바탕이 되어있음은 물론입니다.

자연을 보호한다고 법으로 출입을 통제하고 철조망 쳐놓고 물리적으로 막아보았자 금지가 있는 곳에는 예외가 있게 마련이고, 예외의 혜택이 있는 곳에는 부정부패가 따르는 생리를 우리들은 잘 알고 있습니다. 그리고 어쩌다 보호에 성공했다 하더라도 금지가 풀리는 날 모든 것은 한순간에 무너진다는 것도 잘 알고 있습니다.

우리 사회의 어떤 제도나 의사결정은 권한을 가진 당국자의 발상이나 전문가의 의견에 따라 만들어지고, 또 그 과정에서 이해관계자의 문제들을 잘 고려하여 만듭니다. 그렇게 하면 아주 잘하는 것처럼 보이지만 진실은 그렇지 않나 봅니다.

그것보다는 오히려 건전한 양식을 가진 많은 사람들의 발상과 판단에 따라 만들어진 것이라야 사람들에 의해 사랑받고 지켜지는 제도가 되며, 이해관계자의 문제가 고려되지 않을 때 일부 억울하다는 사람도 나올 수도 있지만 오히려 특정한 개인이나 집단을 위한 것이 아닌, 편파적이지 않고 모든 사람을 위한 제도가 될 수 있는 것입니다. 그 이행을 감시하는 것도 행정력이나 경찰력보다는 시민의 눈이 가장 효과적이라는 것을 우리는 이렇게 발전된 민주주의를 실천하고 있는 나라에서 보고 있는 것입니다.

우리는 집단이기주의와 공공이익을 많은 경우에 혼동하며 살고 있습니다. 집단이기주의는 개인적 이기주의보다 훨씬 큰 폐단을 갖고 있음에도 많은 사람들이 이를 공공이익으로 호도하고 있거나 아니면 크게 유념하지 않고 살고 있지요. 그리고 이해관계 집단의 큰 목소리는 늘 말 없는 다수보다 시끄러웠기도 하지만 더 근본적인 것은 그러한 특정집단의 이해가 당국자들의 이해와도 늘 일치되었기 때문이지요.

우리들이 최근까지 보아왔던 우리들의 과거가 생각납니다. 경관 좋은 동네에 길이 만들어진다는 말만 나와도 땅값이 치솟고, 그리고 길이 만들어지자마자 장사꾼들이 길가에 국적불명의 볼썽사나운 집들을 앞다퉈 세우고 장사진을 벌입니다.

그러면 친절한 행정당국은 그들의 장사 편의를 위해 출입로와 신호등을 만들어주고, 그래서 몇 달이 가기도 전에 그 길의 미관은 고사하고라도 그 길을 이용하는 통행자의 편의 같은 것은 찾아볼 수 없고, 도로의 가장 기본목적인 차량의 통행기능마저 상실되어 버려도 누구도 챙기는 사람이 없이, 오직 그 길가에 땅 가진 사람들의 잔치판으로 변해 버린 일들 말입니다.

그런 약삭빠른 일부 사람들의 이득을 위해 왜 모든 사람들이 내는 세금을 써야 하는지에 대해서도 아무런 의심도, 질문도, 답변도 없었고, 그렇게 되는 것이 자본주의 사회에서는 너무나 당연한 것으로 받아들이며, 그러지 못한 사람들이 오히려 부끄럽게 여기고 숨어서 한숨을 쉬어야 했습니다.

산이 우리들에게 오게 해야

귀촌, 귀향하여 인생의 제 2막을 살려는 사람들 중에서 산촌을 동경하는 사람들의 마음속에 있는 '산'은 김광섭 시인과 고은 시인이 잘 그린 것 같습니다. 우리 산림청에서도 이런 산을 만들어 주셨으면 합니다. 저도 그 한 자락을 맞들겠습니다.

> … 산은 양지바른 쪽에 사람을 묻고
> 높은 꼭대기에 신神을 뫼신다.
>
> 산은 사람들과 사귀고 싶어서
> 기슭을 끌고 마을에 들어오다가도
> 사람 사는 꼴이 어수선하면
> 달팽이처럼 대가리를 들고 슬슬 기어서
> 도로 험한 봉우리로 올라간다.
>
> 산은 나무를 기르는 법으로
> 벼랑에 오르지 못하는 법으로
> 사람을 다스린다….

또 고은 시인의 〈산〉은 절창입니다. 여러분도 같이 감상하십시오.

산기슭에 태어나서
나도 산이었다
산과 사람이 하나인 시절
어린 아이 깔깔대며
나도 산이었다

젊은 날 산에 들어가
내 마음 가득히
산 소나기에 젖어
겨울이면 겨우살이 싱싱하여라
나도 산이었다

신새벽 어둠 속이어도
날 저물어
온통 산이 어둠 속이어도
나에게는 그리운 것이 다 보였다
아주 환한 날 먼 데까지…

산이 말한다 그 푸른 눈매 지워
오고 싶거든 오라한다
태어난 산이거든
그것이 돌아갈 산이므로
다시 나는 산이리라

나뭇가지 하나하나가 또 하나의 나무입니다. 어느 나뭇가지라도 자세히 보면 아름다운 나무의 수형이 있습니다. 영주 부석사의 대웅전을 오르는 계단 앞에 안양루 지붕과 기둥 사이의 공포를 유심히 살펴보면 중간중간에 다섯 부처의 모습이 숨어있는 듯이 보이는 환영보다 훨씬 현실적입니다.

나무가 모여 숲을 만든다지만 어떤 의미에서는 나무 하나가 이미 나무가 모여 만든 숲입니다. 자신의 마음속에서 크고 있는 나무들까지 합해 보면 더욱 그러합니다.

해서 나무는 이상이 아닌 바로 손에 잡혀지는 우리 앞에 있으며 우리가 그 숲속에서 어떤 의미의 나무이고자 하는 겁니다. 작년 울진의 대왕 금강송을 알현하고서 이런 생각의 확신하였습니다. 거목 숭배 신앙 그 이상이었습니다.

영화 〈아바타〉의 기억을 되돌아보십시오. 250년쯤 뒤의 우주의 어느 행성에서 원시의 거목에서 삶을 영위하는 평화로운 나비족들이 인간의 식량 확보를 위해 개발의 불도저에게 밀려나는 공상 영화입니다.

탐욕의 인간들이 침략하기 전 그곳의 주인은 나무들이었습니다. 땅속에 얽혀 있는 뿌리들은 훌륭한 커뮤니케이션 네트워크로 나무들이 서로 의사소통하는 모습도 보여줍니다. 인간은 잠시 거대한 나무의 품을 빌려 삶을 영위할 뿐입니다. 이 지구의 진정한 주인도 나무들임에 틀림없습니다. 짧은 삶의 인간들이 그려낸 숲의 생태계 연구에서도 발도 없는 나무들이 움직이는 천이현상을 기록하고 있습니다.

나무는 인간의 한계를 뛰어넘는 오랜 시간을 거쳐 씨를 뿌리고 살고 죽고를 거듭하면서 생태계의 조건에 따라 움직이기 때문에 인간의 눈에는 나무는 움직이지 않는다고 확신할 수 있겠지요. 어쩌면 지구에 온 외계인은 이 나무들인지도 모릅니다.

고대신앙의 전통이기도 합니다만, 몇백 년간 마을을 지켜낸 신령스럽다는 당산나무에게 그들의 꿈과 바람과 액땜을 기도하는 마을사람들의 경건함을 생각해 보면 미루어 짐작할 수 있겠습니다.

가로수도 권력이다

마지막으로 귀중한 시간에 짧은 한담閑談이 허락된다면 보탤 말이 있습니다. 우리 삶의 주변에서 숲과 나무들을 쉽게 만나는 기회는 도회지 안에 조성한 도시림都市林과 전국 도로가 닿는 곳 어디에나 있는 가로수이지 싶습니다. 가로수의 수종樹種 결정도 산림청 업무 중의 하나이고 국민들 일상생활에 핍진逼眞한 풍경을 제공한다는 점에서 이에 대한 관심을 더 크게 갖으셨으면 좋겠습니다.

가로수도 권력인 모양입니다. 조선시대의 한적한 길에 이정표 삼아 5리마다 심었다는 오리나무나 밤길을 밝히려 심었다는 야광나무가 가로수의 효시였지 싶습니다. 일제 강점기 시절에는 전쟁

준비와 약탈을 위한 식민지 지배의 효율성을 위해 먼지 날리는 신작로의 개설과 함께 심어진 속성수인 이태리 포플러 길로 시작됩니다. 한국전쟁 후 미군이 주둔하면서 폐허가 된 거리에 미국서 들여온 미루美柳나무 가로수가 대종을 이루다가 그 후 메타세쿼이아 길로 바뀝니다.

지금은 걷고 싶은 아름다운 길로 추앙되는 전라도 담양, 익산의 메타세쿼이아 길만이 아니라 전국에 산재되어 있는 하늘을 향해 치솟은 메타세쿼이아 길의 추억이라도 생각해볼 일입니다. 새빨간 벌거숭이 산들만 눈앞을 가로막던 가난했던 그 시절의 녹색 그늘은 이제는 추억의 나무들로 기억되는 이 가로수 밑이 유일했는지도 모릅니다.

가로수 나무에서 일제의 잔재와 전쟁의 상처를 벗어나는 데는 오랜 시간이 걸려야 했습니다. 절대빈곤에서 벗어나기 위해 몸부림치던 경제성장과 그 궤를 같이하기 때문입니다. 한여름 그늘을 주고, 자동차 소음을 완화시키고 공기를 정화하며 아름다운 경관을 주는 가로수에 대해서도 눈길을 주는 여유가 생긴 것입니다.

우선 먼지가 일던 비포장 신작로 길이 아스팔트 포장도로로 바뀌는 것도 중요한 요인이 됩니다. 양버즘나무(플라타너스), 은행나무가 대종을 이루는 가로수 길이 일상화됩니다. 지금은 거룩한 상징으로 승화한 청주시 입구의 녹색관문이 된 플라타너스 가로수 숲길을 생각해보십시오. 광화문 앞길의 웅장했던 그 은행나무들의 가로수 길은 또 어떠했습니까.

김현승 시인의 〈플라타너스〉 시를 감상하시면서 가로수길의 플라타너스 나무와 어린 시절 뛰놀던 학교 운동장 가의 거목이 된 플라타너스 나무까지도 같이 떠올려보시기 바랍니다.

꿈을 아느냐 네게 물으면,
플라타너스
너의 머리는 어느덧 파아란 하늘에 젖어 있다.

너는 사모할 줄 모르나
플라타너스
너는 네게 있는 것으로 그늘을 늘인다.

먼 길에 올 제
호올로 되어 외로울 제
플라타너스
너는 그 길을 나와 같이 걸었다.

이제 너의 뿌리 깊이
나의 영혼을 불어 넣고 가도 좋으련만
플라타너스
나는 너와 함께 신神이 아니다!

이제 수고로운 우리의 길이 다하는 오늘

너를 맞아 줄 검은 흙이 먼 곳에 따로이 있느냐?
플라타너스
나는 너를 지켜 오직 이웃이 되고 싶을 뿐
그곳은 아름다운 별과 나의 사랑하는 창이 열린 길이다

아무래도 가로수의 대변혁은 서울 올림픽을 준비하면서 고품격인 느티나무가 88강변도로에 대거 등장한 일일 것입니다. 이제 느티나무는 전국적으로 가로수의 왕자로 자리매김하고 있습니다. 가끔씩은 버드나무가 등장하여 풍류를 더하기도 합니다.

쌀 뒤주에서 인심이 나듯이 가로수도 사치를 시작합니다. 최고의 사치는 귀하다는 소나무가 가로수로 등장한 데 있습니다. 서울 중구의 가로수는 모두 소나무로 바뀝니다. 남쪽 따뜻한 지역에서는 정원 속에서 귀한 대접을 받던 배롱나무도 가로수로 등장합니다. 서울 서초동 법원 올라가는 길에는 마로니에가 가로수로 그 위용을 자랑하기도 합니다.

일본 국목이라는 벚나무도 원산지가 제주도의 산벚이라는 주장에 힘입어 전국도로에 벚꽃이 필 정도로 국민들의 정서에 여유가 생겼습니다. 대왕참나무, 백합나무가 가로수로 선을 보이고, 청계천의 물줄기가 복원되면서 이팝나무가 청계천변 가로수로 자태를 뽐내면서는 회화나무와 함께 전국의 가로수로 확산됩니다. 이 나무들의 하얀 꽃이 한여름의 뜨거운 태양 아래 만개합니다. 지난

달에는 귀하다는 노각나무를 성급하게 세종시 가로수로 심었다가 실패했다는 보도도 있었습니다.

그때그때의 권력자나 단체장들의 나무에 대한 안목이나 호불호에 따른 것이라고 하나 시민들의 정서에 지대한 영향을 미치는 가로수의 수종樹種 선택권은 엄청난 권력임에 틀림없습니다.

일반 시민들은 산림청이 산 속의 나무만을 관장한다고 생각하겠지요. 그러나 이렇게 산림청이 우리 생활에 밀접한 가로수 수종을 결정하는 데에는 국민정서를 읽어내야 하고 가로수를 통해서 숲향기와 나무사랑을 일상화한다는 데에 막중한 책임과 보람이 함께하는 것임을 재인식해야 할 것입니다.

2015. 9. 3. 산림청 강연원고

2

미친 세월
뛰어넘기

- 지훈 선생이 우리에게 던지는 화두
- 새해 시청 광장에 손자를 안고
- 미친 세월 뛰어넘기
- 백척간두 진일보
- 비바 파파 우리 교황님
- 성난 세월의 평형수
- 김민환 교수의 정년 기념식에서
- 다시《삼국지》를 읽다
- 자유! 너 영원한 활화산이여
- 파주 캠퍼스를 꿈꾸며

지훈 선생이
우리에게 던지는 화두

문화환경이 열악했던 시골학생들에게 문화행사는 단체 영화관람이 고작이었다. 〈빨간 마후라〉나 〈성웅 이순신〉, 에델바이스 노래를 배우게 해준 〈사운드 오브 뮤직〉이 기억에 남는다.

〈북경의 55일〉이라는 영화를 관람하고서는 종례시간에 중학교 담임선생님에게 야단을 맞았다. 마지막 장면에 연합군이 중국 태평천국 군사의 저항을 뚫고 북경을 탈환하는 장면에서 역사도 모르고 박수를 쳤다는 이유에서였다. 역사 선생님도 아닌 지리 선생님의 꾸중을 들으면서 세상을 보는 안목이 학교에서 가르쳐 주는 것만이 아닌 다른 어떤 것이 있을 수 있다는 막연한 생각이 들었다.

당시는 고등학생을 상대로 자기 대학에 진학을 권유하는 순회행사가 심심치 않게 열렸다. 이 모임은 손바닥으로 가릴 만큼의 하늘밖에는 보지 못했던 시골학생에게 미지의 새로운 세계를 엿보게 해주는 열린 창窓이기도 했다.

육군사관학교를 선전하는 화려한 제복을 입은 선배들이 부럽기도 했고, 처음 경험하는 육군군악대의 웅장한 연주도 충분히 가슴을 뛰놀게 했다. 현실에 안주하지 말고 세계로 박차고 나가라며, 그때까지는 전혀 알지도 못했던 외국대학을 내세우고, 절반은 영어를 섞어 쓰던 어떤 선배의 안타까운 성공담을 들으면서 우리는 서로 답답해했던 모습도 기억난다.

지훈芝薰 선생을 흐릿하게나마 인식하게 된 것도 그 무렵이지 싶다. 문학강연 등 문화행사라고는 했지만 대학선전의 일환으로 열린 '고대高大의 밤' 행사에 참석했다. 당대의 지성인들이 대거 동원된, 좀처럼 접해 볼 기회가 없는 교양강좌이기도 했다.

없는 것을 갈구하는 젊음의 뜨거운 열기 속에서 먼발치에서 본 한복 차림의 고고한 선비의 강연 모습만은 머리를 떠나지 않았다. 강연내용은 기억에 없는데 무엇인지 모를 신선한 충격과 지사志士라는 말이 큰바위 얼굴처럼 겹쳤다. 더 정직하게는 풍우風雨에 약간 마모된 내 안의 미륵불 같은 모습을 발견한 것 같았다.

그리고 몇 년이 흐르면 후배들에게 수도꼭지마다 막걸리가 꽐꽐 쏟아지는 고대高大의 품에 안기라고 호기를 부리는 내 모습이 고대의 밤 행사무대에 나타난다.

은사이신 이희봉 법대 교수님과, 몇 년 뒤 아웅산 사건으로 아깝게 유명을 달리하신 서상철 상대 교수님의 장쾌한 강연 뒷마무리의 인사말이었으나, 후배들에게 호언장담한 막걸리 발언의 뒷감당은 평생의 즐거운 부채負債가 되었다.

성장과정에서 길을 헤맬 때마다 바른 길을 밝혀주는 북극성北極星 같은 어른을 내 마음속에 모시고 있는 것은 얼마나 행복한 일인가. 그때그때 백척간두百尺竿頭의 극한상황에서도 진일보進一步하는 결단도 사실은 나의 용기나 지혜라기보다는 스승의 큰 가르침에 따르는 것인지도 모른다. 천길만길 벼랑 끝에 내몰렸다고 해서 갑자기 무릎을 꿇고 빌 수도 없고, 되돌아갈 수는 더욱 없다. 이제까지 왔던 그 걸음으로 늠름하게 한 발자국 더 내딛는 것이다.

청소년 때부터 그의 선비정신을 흠모하며 사숙私淑했던 큰 스승 지훈 선생의 뜻을 나 혼자만이 아니라 세상 사람들과 더불어 갖고 싶은 생각이 천둥처럼 울린 계기가 있었다.

1986년 김준엽 전 고대총장의 한국현대사《장정長征-나의 광복군光復軍 시절》을 출간하고서였다.《장정》을 펴내며 일제에 빼앗긴 국권회복을 위해 중국에서 풍찬노숙風餐露宿하며 말 달리던 독립운동가들은 물론 조국에 남았던 그 가족과 집안이 일제日帝에 얼마나 시달렸던가, 보상을 바라고 광복의 투쟁에 앞장선 것은 아니지만 광복된 조국이 그분들에게 한 대접은 무엇이었는가에 생각이 미치면서 후손으로 부끄럽기 짝이 없었다.

새 시대 젊은이들에게 분단된 반도의 움막에서 벗어나 선조들이 조국광복을 위해 투쟁했던 광활한 대륙의 기상을 전달해 주고 싶었고, 개인의 영달을 위해 일제에 곡학아세曲學阿世했던 사람들에게는 '역사의 신神'이 엄존하고 있음을 보여주고 싶었다. 항일 무장투쟁이나 독립운동사 출판이 줄을 잇게 된 것은 그런 연유였다.

이런 맥락에서 지훈 선생의 글을 다시 읽기 시작했다. 우선 시중에서 구할 수 없었던 지훈 선생의 《한국민족운동사》를 단행본으로 출간했다. 1926년 6·10 만세사건의 항쟁사인 이 책은 청록파 시인의 유장함보다 먼저 나의 심금을 울렸다.

한국문화의 도저한 흐름을 영어로 번역하여 외국에 소개하고 싶다던 이인수 교수의 요청으로 썼던 〈한국문화사 서설序說〉이나, 많은 젊은이들이 삶의 지표로 삼았던 당당한 사자후獅子吼였던 〈지조론〉은, 거짓과 비겁함에 질식할 것 같았던 한국사회의 격동기를 늠름하게 헤쳐 나오는 선생의 기개에 압도당하기에 충분했다.

많은 사람들이 〈지훈문학상〉을 먼저 생각하겠지만, 〈지훈국학상〉을 같이 운영하는 이유는 이러한 데에 있다.

이런 생각은 "조 선생에게 사회과학이 세상과 대결하는 칼날이라고 한다면, 문학은 그 칼날에 에스프리를 불어넣는 성찰의 창고"라는 송호근 교수의 평가에서도 확인할 수 있다. 여기서 '조 선생'은 지훈 선생이 아니라, 나를 지칭한다는 것을 밝히는 일이 쑥스럽기는 하지만.

이어 1996년 10월에는 《조지훈 전집》 전 9권을 완간했고, 2001년 5월에는 〈지훈상〉芝薰賞을 제정하는 것으로 나아갔다.

대학졸업 무렵 '사헌'史憲이라는 별칭을 주실 만큼 정을 주신 한동섭 헌법 선생님에게 "지훈이 법학을 전공했다면 이 사회에 무슨 일을 했을까요?"라고 여쭤본 일이 있다. 선생님은 그냥 웃으셨다. 선생의 먼발치에라도 서 보길 원했던 내가 항상 마음에 품고 있던 숙제였다. 선생의 뜻이 21세기 지금에는 어떻게 구현될 수 있는지 찾아보고 싶었다. 내 마음 속 상투를 자르듯 사상의 자유시장에 〈지훈상〉을 내놓은 이유다.

다행인 것은 마침 나는 20 여년 동안 튼튼한 터를 닦은 잘 나간다는 사회과학 출판사 발행인이 되어 있었다는 점이다. 남들이 하듯이 거금을 쾌척해서 지훈상 기금을 만들었으면 좋았겠으나 그럴 재원이 없었고, 그리하고 싶지도 않았다.

하학이상달下學而上達의 가훈家訓처럼 부지런히 언론출판 일을 하면서 나의 성장과 함께

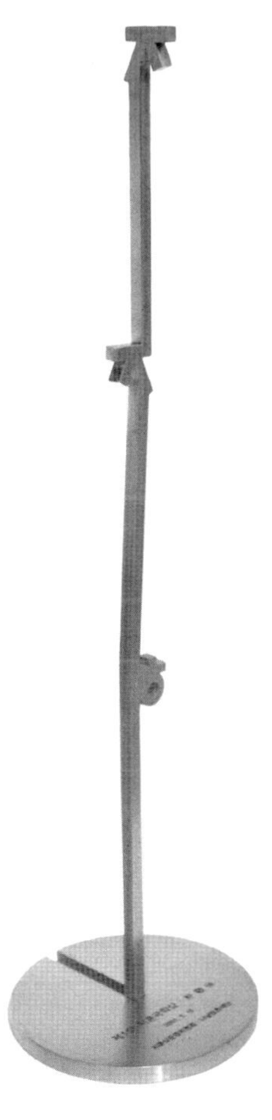

윤호섭 교수가
디자인해 준
지훈상 상패

芝薰賞

지훈문학상·지훈국학상

2001

거짓과 비겁함이
넘치는 오늘,
큰 사람을
만나고 싶습니다

나남출판 | 지훈상운영위원회

〈지훈상〉의 완성을 같이하고 싶었다. 이 마음가짐을 하늘이 알아주었는지 〈지훈상〉이 10년 넘게 견딜 만큼 성장을 같이하고 있다고 자위해 본다. 나남출판이 왜 이 상의 운영주체여야 하는가를 자문해 보면서 '굽은 노송이 선산 지킨다'는 속담으로 대답을 대신해야 했다.

지훈과 내가 같은 조趙씨라고 친척이거나 집안사람일 거라는 속된 억측에 웃기도 했다. 지훈은 경상도 영양 주실마을 사람이고, 나는 전라도 남원 의충사義忠祠에 모셔진 임진왜란 때의 의병장 조경남趙慶南 선생의 후손이기 때문이다. 우리 할아버지가 '춘향전의 원저자'라는 설중환 교수의 연구도 있다.

〈지훈상〉을 11년째 이어 온 인연의 시작이기도 했지만, "고교생 때 한 번 봤다고 그토록 존경할 수 있느냐"고 묻는 이들이 많다. 하지만 사숙私淑은 그런 거라고 믿는다. 선생이 타계하신 지 43년이 됐지만 난 여전히 그의 선비정신을 우러른다.

"지금까지 지훈처럼 살아왔는가"라고 누군가 묻는다면, 나는 "앞으로 지훈처럼 살아가겠다는 마음가짐과 그 가능성이 중요하다"고 말해야 한다. 남의 말에 일희일비하기보다 삶의 지향성을 지훈 정도의 격格으로 정하고 그 목표를 향해 쉼 없이 나 자신을 끌고 나가면 그 가능성이 반드시 내 것이 될 것이라고 생각한다.

출판인으로서 늘 새겨두는 지훈 선생의 시가 있다. 사람들에게는 잘 알려지지 않았지만 이 시를 발견하였을 때는 마치 나를 위해 지훈 선생이 이 시를 남긴 게 아닌가 싶을 만큼 기뻤다. 제목은 〈인쇄공장〉이다.

모래밭을 스며드는 잔물결같이
잉크 롤라는 푸른 바다의 꿈을 물고 사르르 밀려갔다.
물색인 양 뛰어박힌 은빛 活字에
바야흐로 海洋의 전설이 옮아간다
흰 종이에도 푸른 하늘이 밴다.
바다가 젖어든다.
파열할 듯 나의 심장에 眞紅빛 잉크,
문득 고개 들면 유리창 너머 爛漫히 뿌려진 靑春,
복사꽃 한 그루.

당신의 시집을 인쇄하던 공장풍경이었을지도 모른다. 단조롭게 반복되는 공장의 기계음을 지켜보다 불현듯 당신이 꿈꾸던 시세계에 몰입했을 것이다. 시인이 색칠하는 찬란한 색감의 조화에 풍덩 빠질 수밖에 없다.

시인의 상상력은 칙칙한 인쇄공장을 상큼한 푸른 하늘과 푸른 바다에 젖게 만든다. 그리고 뭉툭한 인쇄 납활자는 은빛 갈매기가 되어 춤추게 한다. 만성피로의 먼지에 전 답답한 일상을 일순간에 광대무변 해양의 전설 속으로 환치시킨다.

아무도 관심 갖지 않았던 전부터 피어 있던 공장 유리창 너머의 복사꽃은, 시인이 문득 정말로 고개를 들고 바라보면서 의미를 갖는다. 그 꽃은 파열할 듯한 나의 심장에 진홍빛 잉크가 되고, 그 꽃은 난만히 뿌려진 나의 청춘에 다름 아니기 때문이다.

정신적 스승의 존재가치란 늘 그를 존경하는 사람의 현재를 그 스승이 감시하고 격려하는 데 있다. 내가 처한 이 입장을 스승이라면 어떻게 했을까, 내 행동이 스승의 기준에 비춰 부끄러운 것은 아닌가? 나를 엄격하게 지탱시키고 때론 비빌 언덕이 되어 주는 존재, 내게는 지훈 선생이 바로 그런 존재다.

자기 자신이 올곧은 길에 늠름하게 설 수 있을 때 비로소 남도 인정할 수 있다. 한국사회를 하나의 인격으로 친다면 아직은 늠름하고 의연한 것과는 거리가 멀어 보인다. 자신이 어떤 의미의 사회적 존재로서 역할을 하는지에 대한 자각, 그리고 잘하는 이에게 박수를 보내는 일, 이런 모든 일이 우리 사회에서는 힘겹기만 하다. 그보다는 어쩌면 의식의 하향평준화로 치달아야만 긴장을 감춘 채 골목대장의 불안한 평화를 누리려고 하는 건 아닌가.

에베레스트 산이 세계에서 가장 높을 수 있는 것은 그 산을 세계에서 가장 높은 히말라야 산맥이 받쳐 주기 때문이다. 그리고 에베레스트 산 비슷한 높이의 14개 봉우리들이 성좌星座를 함께 이루고 있다. 우리 사회의 문화의 격을 이처럼 함께 높이고자 하는 노력이 아직은 미진하다는 것을, 〈지훈상〉을 제정한 이후 자주 생각하게 됐다.

우리 젊은 날의 커다란 신화였던 지훈 선생의 추상 같은 〈지조론〉이 2011년 현재에는 어떤 모습으로 투영되어야 할지 늘 화두話頭가 되는 것도 그 때문이다.

더불어 "거짓과 비겁함이 넘치는 오늘, 큰 사람을 만나고 싶습니다"라는 기치가 〈지훈상〉과 함께 계속될 것임을 믿는 까닭이기도 하다.

〈지훈상〉, 2011. 5. 5

새해 시청 광장에 손자를 안고

새해는 항상 설렘과 함께 와야 한다. 그래서 미지未知의 순백純白 같은 가능성을 꿈꾸며 나름의 다짐을 해야 한다. 이러저러한 속세의 일들로 지난해가 신산辛酸했던 사람일수록 더욱 그러하리라.

어쩌면 남아 있는 세월이 손에 잡힐 듯 헤아려지면서 새해의 찬란함도 그저 그런 일상이 될 무렵에 하늘이 3세를 선물로 안겨준다.

항상 귀엽기만 한 어린 딸이라고 생각했는데 벌써 어머니가 된 것이다. 손자가 제 어미를 빼다 박았으니 외할아버지를 많이 닮았다는 것은 당연한 일인데도, 할아버지와 붕어빵이라고 호들갑을 떠는 주변의 치사는 아부인 줄 알면서도 그리 싫지 않은 손자바보가 된다. 주민등록번호 뒷자리가 3으로 시작하는 '김강민'이 그 녀석이다.

30여 년 전 남매를 키워봤지만 그때는 어떻게 키웠는지 이 새 생명이 전혀 생소하기만 하다.

어떻게 안아야 이 녀석이 편해할지, 울음의 의미는 무엇이 불편해서 보채는지, 배가 고픈 건지, 기저귀를 갈아 달라는 건지, 밤낮은 구별하는지, 할아비를 알아보는지, 뒤집는 건 몇 개월부터인지, 기기 시작하는 건, 일어서는 건, 걸음마는, 이는 위에서부터 나는지 아랫니가 먼저 나는지?

애들을 키워 보았으면서 그것도 모르느냐며 별걸 다 묻는다고 아내에게 핀잔을 들으면서도 궁금하기는 마찬가지다.

갑자기 할 일이 생긴 것처럼 마음이 바빠진다. 눈길을 마주치면 웃음도 띨 줄 아는 돌도 되지 않은 손자에게 세상구경을 시켜주고 싶어 안달이 난다. 새 이가 나오면서 간지러운지 오물거려 보기도 하고, 손가락을 넣어 부지런히 빨기도 하는 손자를 안고 서울시청 서울도서관을 처음으로 찾아 나섰다. 직업의식의 발로이기도 했지만 새로 생긴 서울도서관을 찾아보아야지 하면서도 짬을 내지 못하다가 밀린 숙제를 하는 마음도 있었다.

서울광장을 건너기 전 무교동쪽 부산은행이 있는 빌딩 앞에 다소곳이 자리한 돌에 새긴 "어린 것들 잇몸에 돋아나는 고운 이빨"이라는 시비詩碑의 글귀가 섬광처럼 스쳤다.

20년 넘게 그 앞을 스쳐 지났지만 신호등을 기다리며 칭얼대는 녀석을 다독이다가 오늘에야 내 눈에 띈 것이다. 처음 돌을 세울 때는 눈에 잘 띄는 곳이었겠지만 교통신호 박스가 그 앞을 가로막기도 했고 유동인구도 많이 늘었으리라. 하늘 아래 새로운 것

은 없다고 한다. 내가 이제 발견했을 뿐이다. 지훈상 운영위원으로 모셨던 김종길 시인의 〈설날 아침〉이었다. 돌에 새긴 서희환 선생의 글씨도 돋보였다.

세상은 험난하고
각박하다지만
그러나 세상은 살 만한 곳

한 살 나이를 더한 만큼
좀더 착하고
슬기로울 것을 생각하라

아무리 매운 추위 속에
한 해가 가고

또 올지라도

어린 것들 잇몸에 돋아나는
고운 이빨을 보듯
새해는 그렇게 맞을 일이다.

시청 광장에 젖먹이 손자를 안고서 다시 섰다. 이 광장의 품에서 성장한 나의 궤적이 어슴푸레하거나 혹은 뚜렷이 각인된 액자의 사진처럼 떠올랐다.

52년 전 까만 선글라스를 낀 박정희 쿠데타의 주역들이 시청 앞에서 찍은 거사의 성공을 알리는 흑백사진은 내가 직접 경험하기에는 어린 중학교 때의 일이다.

다시 시청 광장에 선 것은 대학 때의 일이다. 9년이 지나 대학에 입학하고서 9월 마지막 주말에 치러진 고연전高延戰의 마지막 행사는 동대문 서울운동장에서 시청까지 장안을 뒤흔드는 승리의 행진이었다. 시청 광장은 그때는 대학생에 대한 기대가 높았거나, 젊음의 야성野性이 예뻐 보였거나, 시민들과 함께 어울리는 낭만적인 잔치마당 같았다.

26년 전 민주화를 쟁취한 6·10 항쟁의 그날에는 출판사가 있었던 충정로에서부터, 신촌에서 출발한 군정軍政종식을 외치는 민주화 대열에 합류하여 시청까지 행진했다.

초여름 날씨의 무더움보다는 민중의 열기에 휩싸여서 김대중·김영삼 선생 등 원로 민주 투사분들의 뒤를 따라 행진하는 꽤나 먼 거리였다. 26년간의 군사통치가 외형적으로라도 종언을 고하는 6·29 선언으로 나타나 또 하나 시민의 승리를 쟁취했던 기억이 새롭다.

그리고 또 15년이 지난 그 6월은 2002년 월드컵 축구경기가 열기를 더하면서 시청 광장은 젊은 붉은 악마로 뒤덮인다. 분단의 상흔으로 빨갱이라는 레드 콤플렉스 유령에 주눅 들었던 금기의 붉은색이 응원 티셔츠가 된 것이다.

'Be the Reds!'라고 인쇄된 자극적인 응원문구가 춤추었고, 단군의 환단고기桓檀古記에서 찾아냈다는 도깨비 형상의 치우천왕이 전쟁승리의 표상으로 젊은 그들의 깃발이 되어 흩날렸다. 10년이 지나면 아이러니컬 하게도 보수당인 집권세력의 대통령 후보 선거전이 온통 승리의 상징이 된 붉은색의 머플러에 뒤덮이게 된다.

세계축구 4강에 진출하는 가슴 벅찬 승리라는 축제의 물결은 우리가 직접 경험한 어떤 의미의 사육제謝肉祭였다. 88올림픽처럼 국가가 기획한 것도 아니다. 자발적인 청년 시민들이 12번째의 축구선수가 되어 같이 뛰었다. 그동안 제도의 그늘에 가려지고 억눌리고 인내해야 했던 그들 맨얼굴의 열정과 희망과 욕망의 찌꺼기까지 활화산처럼 폭발한 셈이다. 그 중심에 시청 광장이 있다.

한국 사회는 2002년의 체험을 기점으로 그 이전과 이후의 시민 의식을 선명하게 나누어 보아야 하는지도 모른다.

2009년 5월은 시청 광장이 노란색으로 물들었다. 바로 한 해 전에 광우병 소고기 촛불시위대가 섰던 그 자리에 노무현 전 대통령의 노제路祭가 치러진다.

"… 너무 슬퍼하지 마라. 삶과 죽음이 모두 자연의 한 조각이 아니겠는가. 미안해하지 마라. 누구도 원망하지 마라. 운명이다.…" 라는 짧은 유서를 남기고 고향 뒷산에서 투신자살한 젊은 대통령을 마지막 보내야 하는 시청 앞 광장은 울음바다였다. 우리 현대사에 민주화의 꽃봉오리를 활짝 펴보지 못하고 님은 떠났다.

그이의 유언과는 반대로 우리는 너무 슬펐다. 그이를 죽음으로 내몬 권력을 원망했다. 그이를 지켜주지 못해서 정말 미안했다. 내가 할 수 있는 일이 없이 자꾸만 왜소화해 가는 내 모습이 못마땅해서 울고 또 울었다.

시청 앞 광장에서 손자를 안고 스치는 생각들이 나의 44년 서울사람 시간들을 메우고 있다. 이 녀석이 자라 그들 세대가 꿈꾸는 광장은 또 어떤 모습일지는 전혀 상상할 수 없다. 그 나름의 환희와 고통의 물결이 시청 앞 광장을 교차하며 그들의 역사를 써내려

갈 것이다.

지난해 가을 완공된 새 시청사는 유리로 뒤덮인 시카고의 현대 건축물처럼 위용을 뽐내지만 그 모습은 눈에 익지 않다. 당초 설계에는 없는 위풍당당한 장송과 느티나무 몇십 그루가 심어져 삭막함을 감추게 한다.

이제는 유물처럼 자그마해진 일제 식민지통치의 잔재인 구청사를 전부 부수지 않고 시청 도서관으로 개조한 박원순 시장의 창조적 상상력이 돋보이는 문화리더십이 고마웠다. 어쩌면 서울 르네상스 같은 현란한 선전문구로 도배되었을지도 모를 소중한 공간이 그곳이었기 때문이다. 시장 한 사람을 잘 선택한 시민의 기쁨이 이런 것이다.

20년 전 참여연대를 설립하여 시민운동에 앞장서던 독서광인 그이의 아파트에 초대받았던 적이 있다. 강남의 넓은 아파트 안방을 통째로 서고를 꾸미고 그 속에서 열띤 토론을 벌였던 그이의 책에 대한 열정이 데자뷰처럼 떠올랐다.

쓰레기 같은 권력의 욕망이 넘쳤던 곳이 희망과 꿈의 책으로 청정清淨의 생태계를 이루고 있다. 높은 책장의 벽엔 책이 가득하고 넓은 계단을 꽉 채우고 있는 부모의 손에 이끌려온 아이들이 책에 빨려 들어간 모습은 장관이며 희망의 폭포다.

좀이 쑤시는지 이리저리 뛰어다니는 녀석들도 있다. 처음 경험하는 도서관인데 조금 부산을 떨더라도 웃어넘기기로 했다. 바로 문을 열면 시청 광장에서 스케이트를 지치고 있는 친구들보다야 훨씬 인내력 있게 미래를 준비하고 있는 것이 아닌가. 어쩌면 한 세대가 지나면 이 사회를 이끌 꿈나무들이 그들 속에서 성장할 것이 틀림없기 때문이다.

손자 세대에게 녹색 공간을 남겨주어야겠다는 가까운 미래의 약속보다는 내가 살아가는 정직한 모습이 나남수목원 조성인지도 모른다.

겨울 산은 낙엽 떨어진 그 나무의 키만큼이나 다소곳이 낮아진다. 쌓인 눈으로 다시 키가 조금 커진다 해도 그 고즈넉한 나목裸木들의 합창으로 포근하긴 마찬가지다. 해서 무릎까지 빠지는 눈길이 초대하는 겨울 산의 초대는 쉽게 뿌리치기 힘들다.

겨울이 한겨울로 성숙하는 원시의 폭설 속에 나남수목원 산행에 초대된 외우畏友 KBS 임병걸 시인이 〈세상 가장 큰 책〉이란 시를 선물했다. 과거완료형이 아닌 '겨울에도 푸른 쉼표'로 마지막 구절의 새해 축복이 그지없이 고맙다. 손자가 청년이 되어 이 시를 통해 할아비의 한 단면이라도 그려볼 수 있으면 정말 좋겠다.

세상을 향해
종이 위에 침묵의 말

건네던 사람
언제부턴가 더 큰 침묵의 소리로
외치기 시작했다

돌멩이로 모음을 쓰고 나뭇가지로 자음을 썼다
흐르는 계곡의 물과 능선을 넘어온 바람으로
줄거리를 만들었다

책은 나무가 산고 끝에 잉태한 아들
평생 책이 아들이었던 그는
연어가 태어난 곳으로 회귀하듯
나무속으로 들어갔다

세상의 유혹에 흔들릴 때
구상나무 심고
세상이 그리울 때
빠알간 복자기 심었다

세상이 답답할 때는
쭉쭉 뻗는 낙엽송 심었고
세상에 고함치고 싶을 때는
활활 타오르는 자작나무 심었다

때로 그를 시샘한 세상이
폭우를 쏟아 부어 나무를 덮칠 때는
뒹굴던 돌을 쌓아 세상의 역류를 막고
흔들리는 마음 단단히 가두었다

마침내 세상 가장 큰 책을 쓰고는
흙 묻은 등산화에 낡은 청바지를 입은 그도
한 그루 느티나무 되어 책속의 쉼표로 찍혔다
겨울에도 푸른 쉼표로.

2013. 1. 29

미친 세월 뛰어넘기

1주일에 신간 한두 권의 원고를 읽어내야 하는 빠듯한 시간 틈을 헤집고 남의 출판사 책을 찾아 읽기가 그렇게 쉽지는 않다. 직업으로 정보의 바다를 항해하는 일이 30년이 넘는 일상이 되었다. 매번 죽기살기식의 출산의 고통을 거쳐 세상에 나와 이름을 붙여 준 책만도 2천 5백 권을 넘어서고 있다.

책 속에 파묻힌 직업이라고 부러움의 눈길을 보내는 친구들도 많지만 항상 내가 읽고 싶은 책만을 출판하는 것은 물론 아니다. 취미와 직업이 같다면야 더 바랄 것이 없지만 우리 삶에서 그런 직업이 어디 있으랴 싶다.

최근 언론인 작가의 책 몇 권을 출판사 전체직원들과 같이 읽었다. 이미 식상해버린, 취미가 독서라든지 가을이 독서의 계절이라는 호들갑도 싫었지만, 마침 금년을 비전도 없이 말로만 새삼스레 '독서의 해'라고 명명한 관리들의 무사태평한 밉상이 계기가 되기도 했다.

이러한 작은 실천을 통해서라도 젊은 그들이 우리의 삶만이 아니고 세상을 보는 시각도 넓어졌으면 좋겠다는 바람에서였다. 그리고 나도 이 책 속에서 몇 가지 작은 보석 같은 생각을 이삭줍기할 수 있는 망외의 기쁨을 같이 했다.

김영희 대기자의 유쾌한 반란

〈중앙일보〉 김영희 대기자의 《소설 하멜》(중앙books, 2012)을 오랜만의 감동으로 읽었다. 이제는 고전이 된 언론인 작가 이병주의 《관부연락선》이나 《지리산》이 주는 감칠맛이 되살아났다. 언론현장에서 국제정치의 흐름을 취재하고 분석하는 기자활동에도 여념이 없을 텐데 이 소설을 8년 동안 붙들고 창작욕을 불태운 작은 거인의 그 열정에 승복하고 만다.

30여년 전 김영희 대기자가 미국 미주리 대학에 유학할 때 인연이 시작되어, 《페레스트로이카 소련기행》의 대담한 책을 내가 출판하면서 일찍이 알아 모셨던 기자정신의 진수가 이 책으로 다시 드러난 것이다.

《하멜 표류기》를 읽지 않고 그 제목만 외우면서도 지식인인 척 살아남을 수 있는 오늘의 허위의식을 그는 일부러 탓하지도 않는다. 애써 모른 척하는지도 모른다. 그러나 팔순을 앞둔 이 노언론인의 2천 매가 넘는 대작이 지르는 마음의 빗장을 얼른 벗어나고 싶었다. 다시 일상이 된 허위의 껍데기에 숨기 위해서라도 밤새워

이 소설을 읽었는지도 모른다.

어디까지가 하멜의 표류기이고 어디까지가 작가의 소설인지를 구태여 가려볼 틈도 없이 소설의 마지막 장을 넘기는 자신을 발견한다. 그만큼 작가의 치밀한 구성과 함께 유려한 문체에 마법처럼 사로잡히기 때문이다.

언론인의 본분은 치열한 현장취재만이 아니라 이를 실어 나를 문장력이 제 1장 제 1과임을 절감한다. 그것이 신문기사이든 소설의 형식을 빌리든 말이다.

소설의 처음은 항상 사랑하는 여자와의 안타까운 이별로 시작된다. 우리의 주인공은 미지의 고난을 헤치고 살아남아 새로운 자의식을 발견하거나, 의도하지 않은 세속적인 성공을 거두기도 한다.

22세 청년 하멜은 '빠삐용'이 그러했듯이 음모로 인해 또는 오해 때문에 사랑하는 여인을 떠나기 위해 모두가 선망하는 증권중개인 자리를 내던지고 전혀 새로운 미지의 세계에 운명을 건다.

암스테르담에서 자카르타를 거쳐 극동 무역본부인 일본의 나가사키에 있는 네덜란드 상관을 향해 죽음의 항로로 가는 동인도회사 무역선이 그것이다.

가끔은 우연이 필연의 역사가 되기도 한다. 태풍 때문에 제주에 표류한 하멜 등 네덜란드 선원 36명이 그 주인공이다. 병자호란이 끝나고 17년이 지난 17세기 중반의 조선에게 "그들은 하늘이 내린 선물이었다".

조선에서의 13년 동안 세계최강의 무역대국 선원답게 조선造船, 화포제작, 천문 역서, 응급조치 등 서양의 문물을 우리에게 전할 수도 있었다. 이미 27년 전에 표류한 네덜란드인 벨테브레가 '박연'이라는 이름으로 훈련도감에서 총포제작에 종사했듯이 말이다.

못난 조선의 미친 세월

그러나 그때 조선은 중국을 세상의 중심에 모시고, 우리는 소중화小中華라도 열심히 해야 살아남는다는 세계 변방의 청맹과니에 불과한 채 캄캄한 동굴 속에 살고 있었다.

그때 조선에게 세상으로 열린 창은 중국으로 이르는 동지사冬至使 사신과, 조공을 바치는 무거운 발길로 뒤덮인 대륙으로 통하는 육로밖에 없었다.

이미 15세기 초 아프리카 케냐까지 30여 개국과 무역한 명나라 정화鄭和 함대의 기상은 배워오지 못하고, 실용성은 배제된 충효와 근검절약을 강조하는 성리학만을 지존으로 삼아 그들만의 왕국 속에 칩거하기 시작한 것이다.

세상에 자랑하는 5백 년의 기록인 《조선왕조실록》도 기실은 국가경영에 필요한 경험의 축적이라기보다는 왕권을 견제하고 사대부의 이익을 지키기 위한 계략의 일환일 수도 있다. 왕들은 자신의 인행만이 아니라 선왕의 언행도 볼 수 없었다. 선대의 체험은 기밀로 하고 오직 고대 중국 왕들의 가르침만 달달 외워 그 사례만을 가지고 국정이 논의되었다.

여러 차례 반정의 쿠데타에 성공한 무리들은 왕의 실정失政을 보면서도 무언가 새로운 설계를 가지고 새로운 국가를 만들어 보려는 의지가 전혀 없었다. 그냥 그대로의 틀 속에서 국가 속의 또 다른 국가로써 자신들의 영화만을 추구한 것으로 그쳤다.

백성들은 해마다 반복되는 한해旱害로 굶주림으로 죽고, 창궐하는 괴질이라는 전염병에 속수무책으로 병들어 죽는데도 말이다. 과연 조선이 백성들과 함께하는 국가였던 적이 있었던가?(김남, 《노컷 조선왕조실록》, 어젠다, 2012).

세상은 지리상 대발견으로 무역경제가 활성화되고, 심지어 일본에서는 이미 16세기부터 칠기漆器로 해외교역을 시작하여 나중에는 도자기를 유럽에 수출하고, 서양의 과학기술, 의학 등 새로운 학문을 도입하는 그때였다.

이 도자기는 우리가 이미 7백 년 전부터 1천 3백 도의 고온에서 구워내는, 자기瓷器생산의 비밀을 갖고 있던 지금의 반도체와 같은 혁신기술이었다. 어둠에 익숙한 동굴의 질서에 새로운 빛줄기를 수용할 우리의 왕은 없었다.

오히려 병자호란으로 헐벗은 백성들을 닦달하고, 신하들의 충심을 결집해 왕권을 지키는 방도로 삼아 새로 태어난 청나라를 치려는, 북벌정책이라는 망상의 안개에 질식하던 효종의 나라였다.

"도도한 변혁의 바람, 역사의 수레가 굴러가는 방향을 보지 못하는 이 나라의 혼암昏暗한 군주가 나라와 백성을 온전히 바람 앞의 등불로 내던졌다"고 저자는 개탄한다.

역사는 되풀이되지 않아야 한다. 그러나 시간이 필요한 역사의 패러독스는 있을 수 있다.

"한국인이 하멜의 이야기를 평정심을 갖고 읽기는 쉽지가 않다. 조선조정이 그들의 표착漂着을 계기로 넓은 세상에 눈을 뜨고 미래를 준비했더라면 그 후 우리 역사는 다른 길을 걸었을 것이다"라는 그의 육성의 울림을 다시 생각해 본다.

이미 16세기 말 임진왜란을 겪은 유성룡은 〈징비록〉에서 조선의 왕과 신하들의 못난 행태를 적나라하게 그렸지만, 소설가 이번영은《소설 징비록: 왜란》에서 나라이기를 포기한 그들의 지지리 한심한 작태를 오히려 담담하게 그려낸다.

왜구의 침략으로 나라가 폭풍전야의 위기였음에도 불구하고 적정을 살피고 돌아온 일본 특별조사단의 보고가 나라의 안위보다는 당파의 이익에 좌우되고, 엘리트 정여립의 모반사건을 조작해 피비린내 나는 숙청으로 날을 새는 등 온통 어둠의 빛깔로 도배된 무능한 선조의 나라였다.

7년 전쟁 동안 이민족이 휘두른 살육의 광풍 속에서 백성의 처절한 생존의 몸부림은 어떠했는가. 나라 전체가 공동화空洞化한 참담한 상흔을 반성하지 못한 왕과 지배계층의 무책임한 망각은 40년 만에 병자호란을 자초한다.

국제정세를 읽지 못한 성리학이라는 우물 안 개구리의 어리석음으로 선조의 손자인 인조는 청나라에게 항복문서와 함께 왕자 두 명과 30만 명의 백성을 포로로 바치고서야 나라를 구걸한다.

아, 하늘이여, 땅이여, 사람들이여! 이 나라를 굽어살피소서.

처음 경험하는 섬나라 사람으로 살아남기

그렇게 안타깝게 바랐던 그때 17세기 중반의 '세기 뛰어넘기'는 3백 년이 지나서야 이루어진다. 독립운동가의 손자인 서울신문 문소영 기자가 피를 토하듯 그려낸 17세기의 《못난 조선》(전략과문화, 2010; 나남, 2013)은, 20세기가 되면서 일본에 나라를 빼앗겨 40년 동안 세계지도상에서 이름이 사라졌고, 광복 후에는 민족의 명운을 건 6·25 전쟁으로 하늘과 땅이 맞붙는 듯 백성도 나라도 잿더미가 되었다.

5백 년 동안 천상의 규범인 듯 모셨던 성리학을 중심으로 한 유학儒學 지배체제의 허망한 붕괴도 예외는 아니었다. 세계 3차 대전에 버금가는 난리를, 누구를 위한 전쟁인지도 모르면서 이 땅 한

반도와 백성들이 온몸으로 치러내면서 우리의 중세시대나 봉건주의는 사라지고 없었던 것이다.

의도하지 않은 결과였지만 나라가 어찌되든 오직 일족만의 영화를 챙겼던 지배계층의 자기들만의 겉치레가 폭파당한 자리에, 모진 목숨을 부지해온 그냥 국민이라 이름 붙여진 생얼굴의 토착민들이 야생초처럼 모습을 드러냈다. 이들이 시민으로, 정확하게는 농민, 노동자로 성장하면서 소용돌이치는 시대의 대들보가 되어야 했다.

이병주의 장편소설 〈산하〉는 전쟁으로 몰락한 양반댁의 안방마님을 등에 업고 서울에 숨어든 머슴의 성공사례를 잘 그려냈다. 상놈의 시대가 되었다고 해서 그렇게 나무랄 일만은 아니었다. 그 말이 시민의 시대가 되었다고 들리기도 하는 것은 한 줌도 안 되는 양반의식보다는, 전쟁은 항상 살아남은 자의 기록이기 때문이다.

그래서 사실事實은 달빛에 물들면 신화神話가 되고, 태양에 바래면 역사歷史가 된다고 했는지 모른다.

전쟁은 한반도를 둘로 분단하면서 멈췄다. 이제까지 세상으로 통하던 창이었던 대륙으로의 길목은 다른 나라가 된 북쪽군대가 높이 쌓아올린 철조망으로 막혔다.

우리는 단군 이래 처음으로 대륙에서 분리된 고립무원孤立無援의 '섬'이 되는 냉혹한 대가를 치러야 했다.

이제는 걸어서는 물론 철도나 자동차로는 외국으로 나갈 수 없다. 더 이상 물러설 곳도, 잃을 것도 없게 되었다. 초근목피草根木皮

로 연명할 수밖에 없었으니, 살아남기 위해 험난한 뱃길[海路]을 개척하며 세계 무역국가로 거듭나기 위해 몸부림친 60년 세월의 비장함은 새삼 말해야 무엇할 것인가.

벌써 사반세기의 역사가 되었지만 1988년 서울올림픽은 우리가 주체적으로 처음 세계만방에 얼굴을 내민 평화의 제전祭典이었다. 《하멜표류기》에 묘사된 헐벗고 무지몽매한 조선의 얼굴이나, 1936년 베를린 올림픽에서 히틀러에게 월계관을 받는 일장기를 가슴에 새긴 식민지 청년 손기정의 얼굴도 아니며, 6·25 전쟁의 공포에 떠는 피난민이나 전쟁고아의 얼굴도 아닌, 환한 미소가 펴진 인간의 얼굴을 한 맨얼굴이었다.

서로 견제하고 냉전으로 갈등하며 반쪽 올림픽을 치렀던 제1세계(1984년 LA올림픽)와 2세계(1980년 모스크바 올림픽)가 화해의 장으로 점지한 곳은 아이러니컬하게도 지금도 이데올로기 냉전의 고질을 앓고 있던 서울이었다.

의외성은 또 의외의 결과를 부르기도 하는 모양이다. 전혀 기대하지도 않았던 장소에서 꿈꾸지도 못할 대변혁의 음모가 시작되었는지도 모른다. 우리는 단지 장소만 빌려주었고, 우리 사는 모습을 땀 냄새 그대로 보여주었을 뿐이다.

세계가 '손에 손 잡고 벽을 넘자'던 서울올림픽 합창은 그 다음 해에 동독이 무너지고, 소련연방이 해체되는 인류평화 공존의 단초端初를 여는 행운의 열쇠가 된 것이다. 한 세기 내내 여러 차례 이데올로기 전쟁에 휘말렸던 20세기 거대한 앙시앵레짐의 완고한 철벽이 타이타닉호의 침몰처럼 쓸쓸히 퇴장하고 만다.

우연히 세계 대변혁의 현장에 섰던 당사자인 우리들도 이 상황을 설명할 수 없는 것은 당연했다. 단지 국운國運이 있는 거라고 자위할 수밖에 없다.

그 서울올림픽이 있고 14년이 지나면 2002년 월드컵 축구가 서울에서 열린다. 하멜의 후손인 히딩크 감독의 멀티플레이어 리더십 전략과, "아직도 승리에 배고프다"는 불굴의 투지로 무장한 한국축구는 월드컵 최초 본선 진출만이 아니라, 아예 단숨에 세계축구 4강이라는 감동을 같이 나누기도 했다.

길거리 응원이 아니라 바로 전국의 광장에 물결친 붉은 악마의 함성은, 누가 시켜서도 아니고 전례에 따른 응원도 아닌 처음 시도해 보는 우리식의 사육제謝肉祭였는지도 모른다.

레드 콤플렉스의 극복이나 민족주의의 부활로 해석하려는 지식인인 척하는 허위의식에 대한 유쾌한 배반이었다. 그럴 만한 때에 그럴 만한 에너지가 월드컵 축구를 빌미로 5천 년 전 치우대왕의 깃발 아래 용솟음쳤던 것이다.

광장에서 함께 어울려 춤춰보았던 적이 언제였던가. '아! 대한민국'은 단순한 승리의 구호가 아니었다. 몇백 년 억눌렸던 저 폐부 끝에서 울리고 떨리면서 목 쉰 합창으로 터져 나온, 세상사람 모두를 향해 포효하는 새 시대의 겁 없는 집단추임새 그것이었는지도 모른다.

우리는 그때 잉글랜드 프로축구팀 맨유나 스페인 레알마드리드의 대표선수 한 사람의 몸값이 우리 축구대표팀 전체예산을 넘어서는지도, 그들의 인기가 세계적으로 그렇게 하늘을 찌르는지도 몰랐다. 박지성이나 박주영이 세계무대에 진출하기 전이었기 때문이다.

우리가 그 프랑스, 잉글랜드, 이탈리아, 스페인을 넘어 독일 전차부대와 겨루는 4강에 진출했으니, 축구에 열광하는 유럽 사람들에게 한국이라는 국가브랜드가 얼마나 강력하게 각인되었는지는 우리의 상상을 넘어설 수밖에 없는 일이다.

그때 우리 대표단 축구감독이 네덜란드 사람 히딩크였던 것이 우연한 일만은 아니었을 것이다. 17세기 베스트셀러 《하멜표류기》로 우리의 존재를 어설프게나마 유럽에 처음으로 알렸던 하멜, 이제는 암스테르담 어딘가를 떠돌 그 하멜의 영혼에게 우리는 야만의 나라였던 적이 있었다고 말해줘도 좋을 듯싶다.

한국인이 세계를 상대로 띄운 무수한 무모한 모험의 무역선은 험난한 파도 속을 뚫고 이제 만선滿船의 기쁨을 전하기도 한다. 북, 장구, 꽹과리를 드높이 울리며 경하해야 할 민족의 축제이다. 포항의 제철회사가, 울산의 조선소와 자동차회사가, 수원의 반도체 전자회사가 선진 일본의 동종 산업체를 앞서거니 뒤서거니 하면서 세계를 지배하는 시대가 되었다.

이제 세계적 기업이 된 이 기업들은 한 일족의 사유기업이라기보다는 우리 사회 모두의 땀의 결정체임을 존재이유로 새겼으면 좋겠다. 그리해야 잃어버린 시간을 되찾기 위해 최근 50년 모든 가치를 희생하고 광분했던 압축성장의 허기를 달래줄 수 있을 것이고, 잉여생산의 과실이 예술문화의 창조로 승화할 수도 있다는 성숙한 공동체 의식을 공유할 수 있을 것이기 때문이다.

더욱 바라옵기는 지금의 부자나라가 계속되어 우리 자식들이 선입견에 좌우되지 않고 세계인으로서 제 하고 싶은 일을 하며, 세상을 헤쳐 나갈 때에도 든든한 바탕이 되는 나라였으면 싶다.

'단군 이래' 가장 잘 살고 있는 개인평균소득 2만 달러시대의 세계무역 10대국의 깃발이 지금 우리의 역사여야 하는 이유가 여기에 있다.

2012. 11. 19

백척간두百尺竿頭 진일보進一步

신선했다. "백척간두百尺竿頭에서 진일보進一步했습니다."

스물다섯 청년이 프로야구 정규시즌 최우수선수 트로피를 치켜들며 포효하는 대신 침착하게 전한 수상 소감의 한 구절이다. 넥센 히어로 서건창 선수가 그이다. 홀로 된 어머니에게 강한 아들의 모습을 보여드리려고 더욱 노력했다고 덧붙였다.

꿈의 구장에 우뚝 선 그는 작은 거인이었다. 오랜만에 젊은 기상이 돋보이는 아름다운 청년에게 박수를 보낸다.

1982년 정통성을 잃은 전두환 군사독재정권이 국민을 다독거리려고 선보인 미국, 일본을 본뜬 프로야구가 갈수록 인기를 더하고 있다. 젊은이들의 관심을 돌리려고 청년문화의 재건을 앞세운다는 국풍國風이라는 생뚱맞은 법석을 떨던 관제 페스티벌도 그때 기획되었다. 그랑프리를 차지한 더벅머리 청년 이용이 부른 〈잊혀진 계절〉은 잊혀지지도 않고 지금도 10월의 마지막 날에는 이 노래가 불린다.

이제는 공적인 페스티벌이 많지 않은 우리 사회에서 중고등 여학생부터 젊은 여성들이 프로야구 관전보다 야구장을 그들의 감추어진 욕망을 분출하는 해방구로 만든 듯하다. 2002년 월드컵 거리응원단인 붉은 악마 때 경험했던 허락된 일탈의 외침들을 추체험하는지도 모른다.

함께 어울려 춤추는 그 광장에는 원래의 의도와 상관없이 삶의 축약을 보여주는 인간승리의 전설들이 탄생되기 때문이다.

전설의 진면목은 화려한 축제의 무대에 서기까지 흘린 땀의 결정結晶이다. 바다에 떠 있는 빙산氷山의 일각一角은 9할 이상의 몸 전체를 캄캄한 바다 속에 밀어 넣고 지탱해야만 우리 눈에 보이는 것이다. 우람한 소나무는 그 키의 절반 가까이 주근主根이 땅 속 깊이 박혔을 때 비바람에 흔들리지 않고 곧추설 수 있다.

서건창 선수는 안락한 카페에서 처세술이나 미리 공부하며 청년실업의 주술呪術에서 헤어나오지 못하는 여느 청년들과는 달랐다. 명문대학의 스카우트 제의도 생활비 마련이라는 현실의 벽을 넘지 못하고, 선택한 프로구단 연습생의 덫도 뛰어 넘어야 한다.

우선은 학맥 인맥의 정글에서 두 집이라도 만들어 완생完生시켜야 하는 미생마未生馬를 끌고 피 터지는 수읽기의 고통을 감당해야 한다. 항상 연습을 거듭해야 하는 흙 묻은 낡은 유니폼과 아물지 않은 부상의 흔적들을 그의 훈장으로 만들어야 한다.

오랜 벤치워머 끝에 찾아온 행운의 핀치히터라는 설렘도 늠름하게 극복하며 안타를 쳐내야 한다. 무대의 조명이 꺼지면 남들이 잠드는 달밤에도 피멍이 들도록 야구배트를 휘둘러댔던 고독한 밤들은 얼마나 많았겠는가. 자신을 알아주지 않는 세상을 향한 분노가 아니라 스스로 선택한 숙명의 이 길은 혼자 가야 한다.

박인환 시인은 〈목마와 숙녀〉에서 노래한다.

…인생은 외롭지도 않고
그저 잡지의 표지처럼 통속하거늘
한탄할 그 무엇이 무서워서
우리는 떠나는 것일까

사람들 속에 섞여 자신의 존재를 잊고 안락하게 살아가면 된다. 그러나 내가 나일 수 있으려면 나의 길을 개척하고 묵묵히 가야 한다. 내가 가지 않은 길에 한눈을 팔 겨를도 없다. 누군들 지구의 중력을 거스르는 황홀한 비상飛翔을 꿈꾸지 않겠는가.

타인의 욕망을 욕망하는 삶을 살라고 강요하며, 개인의 노력을 정당한 대가로 평가해주는 관용의 폭은 협소하기 이를 데 없는 우리 사회의 생태계에서는 더욱 그러하다.

해서 내가 나로써 살아남아야 하는 고비마다에는 천길만길 낭떠러지 위에 자신을 다그쳐 세워야 한다. 절벽에 세워지는 곤란한 지경에 봉착했다는 것은 이미 새로운 세계에 들어섰음을 뜻한다.

절벽이라는 과거의 관념에 구속되어서는 새로운 세계를 볼 수 없다. 이제까지 '꿈은 이루어진다'의 신념으로 자신의 길을 걸어온 호시우행虎視牛行의 걸음을 멈출 수는 없다. 힘들고 어렵다고 해서 지금까지 온 길을 다시 되돌아갈 수도 없는 일이다. 그렇다고 보이지도 않는 적들에게 무릎을 꿇고 항복할 일은 아니다.

미지未知의 가보지 않은 길에 대한 호기심의 모험이나 사회의 냉대에 대한 복수의 심정은 더욱 아니다.

스스로 인정하기에는 불편하지만 모든 것이 내 탓이라고 스스로 마음을 다스려야 한다. 어디서 무엇이 되어 다시 만날 때는 늠름한 모습을 보여야 한다. 더 이상 길이 없어 보이는 낭떠러지에서 두려움을 떨치고 이제까지의 걸음 그대로 한 걸음 더 내딛는 용기가 그것이다.

열정passion은 문자 그대로 괴로움과 외로움을 극복해야 하는 고난을 수반한다. 꿈꾸는 자가 창조한다 했다. 내가 선택한 길은 걸어가야 이루어지기 때문이다.

30여 년 전 프로야구가 시작할 무렵 우연히 인사동 골목에서 구입한 액자가 '백척간두百尺竿頭 진일보進一步' 글씨였다.

서울의 봄이라는 역사의 진공 같은 시절도 하수상했고, 안개의 깊이만큼 앞길도 쉽게 찾을 수 없는 모든 상황이 강팍한 출판사

초창기였다. 유명 서예가의 작품도 아니고, 익히 알던 글귀도 아닌 조그마한 액자에 끌려 부지불식간에 지갑을 열었다.

운명은 우연히 방향을 잡기도 하는 모양이다. 40여 년 전 최전방 방책선 참호에서 세월을 낚으려는 안타까운 몸짓으로 충무공의 '尙有十二'를 나무판에 새겨 전우들에게 나눠주곤 했다. 그렇게 각인했던 글귀는 이제 태고의 음향 속에 묻고, '百尺竿頭 進一步'의 글귀를 새롭게 가슴에 품었다. 아직도 내게는 열두 척의 배라도 남아 있다는 자긍심마저도 백척간두에 세우고 그 걸음 그대로 한 발짝을 더 내딛기로 했다.

조그마한 사무실 벽에 이 글귀를 걸어 놓고 세상과 화해하지 못하고 볼멘소리라도 지르고 싶을 때마다 이 글대로 벼랑 끝에서 또 한 걸음을 수없이 내디뎠다. 절벽 아래에 나를 받쳐주는 사회적 안전망이 있을 거라는 기대는 하지도 않았다.

낭떠러지에 떨어져 죽는 것 같은 일도 다반사였다. 그때마다 떨쳐 일어나 더 멀리 또 한 걸음을 내디뎌야 했다. 굴러 떨어진 바위 덩어리를 산 정상으로 다시 올려야 하는 일을 영원히 되풀이해야 하는 천형天刑을 받은 신화 속의 시시포스가 떠오르기도 했다.

단순 반복의 도로徒勞였지만 그 끝이 있어야 하는 것이 우리 삶이라는 믿음의 탑을 쌓았다.

노인이라는 말을 가끔 듣는 요즘에는 고등학생 때 읽고 감동한 너새니얼 호손의 단편 〈큰바위 얼굴〉을 다시 생각한다. 큰바위 얼굴이 우리가 기다리는 메시아나 미륵불彌勒佛 같은 사람만을 말하는 것이 아닐 수도 있다.

우선은 자신의 의지대로 백척간두에서 한 발짝 더 내디딜 일이다. 자신의 성장통을 이겨내면서 사람에 대한 배려와 관대함이 깊어지면 어느새 작은바위의 얼굴이라도 자신의 마음속에 들어와 앉아 있을지 모르기 때문이다.

이 글귀 百尺竿頭進一步 大死一番底(백척간두진일보 대사일번저)가 큰스님의 화두話頭였다고 하니 화식火食을 하는 나에게는 너무 큰 바위를 머리에 얹고 살았는지도 모른다. 이에 압도되지 않고 조금씩이라도 체화體化시켰다면 큰 다행이다.

30년이 지난 지금은 이 액자를 전 직원이 쉽게 볼 수 있게 엘리베이터 옆에 비밀의 문처럼 앙증맞게 걸어 놓았다. 없는 것을 찾는 젊은 그들은 이 글을 어떻게 받아들이고 있는지는 알 길이 없다.

아름다운 청년들은 또 아름다워야 한다.

2014. 12. 1

비바 파파
우리 교황님

프란체스코 교황이 다녀가시고 우리에게 남겨준 메시지를 해독하느라고 마음이 바쁘다. 아시아 청년대회 참관이 목적이고, 화해와 평화를 위해 북한 인권을 언급하지 않았다고 해도, 이번 교황 방한이 우리에게 던진 잔잔한 폭풍현상의 실체를 읽어내기가 안개 속을 헤맬 만큼 어렵기 때문이다.

교황이 가는 길과 세속의 우리들이 가는 길이 같을 수는 없다.

교황청이나 가톨릭이 주는 선입견은 이미 1천 5백 년 전에 세속 군주들을 이기고 신정국가를 구현했던 흔적들에도 있다.

11세기 십자군 전쟁의 아우라는 이슬람과의 종교전쟁의 다른 형태로 지금도 이스라엘이 가자지구 주민을 학살하는 만행이 계속되는지도 모른다. 유대민족의 국가보전이 우선이지 팔레스타인 민족의 생명은 그 다음일 뿐이다.

유엔 사무총장의 평화를 위한 현실적인 중재도 힘이 부치는데, 인류 평화와 사랑의 보편적 가치를 내세워야 하는 교황의 설 자리는 없을 수 있다. 이제는 천국의 문을 두드리는 약한 사람들에게 우선 인간의 문을 열어야 한다는 메시지라도 전달해야 하는지도 모른다.

1백여 년 전에 순교한 124위의 시복식과 미사가 광복절 다음날 광화문 앞 광장에서 열렸다. 시청 앞 광장까지의 넓은 세종로에는 1백만 명 가까운 가톨릭 신자, 시민들이 교황을 영접하기 위해 질서정연하게 운집했다. 빛을 비추게 하라는 하느님의 말씀이 아니더라도 처음 겪는 장관이 펼쳐졌다.

그 광장은 1987년 6월 민주화운동 그날이나, 2002년 8월 붉은 악마의 월드컵 응원 때나, 2009년 5월 노무현 전 대통령을 마지막 보내는 노제 때 운집한 30, 40만의 시민들의 함성과 슬픔이 하늘까지 폭발했던 곳이다.

텔레비전에 비친 1백만에 가까운 환영인파의 얼굴들은 그때와는 전혀 다른 모습들로 그렇게 간절하고 선하게 다가온다.

이 시대 순교자의 얼굴이 있다면 이러하다는 듯이 너무 건강하고 맑은 모습들이다. 얼마 만에 보는 우리의 맨얼굴들인가.

이제는 세속의 권력에 휘둘렸던 트라우마들을, 가장 낮은 곳에서 인권을 실천하는 유별난 교황인 프란체스코 교황을 통해서라도 위안의 폭포라도 받고 싶었나 보다.

광화문 앞의 소박한 인간의 눈높이에 맞춘 제대가 더욱 겸손해 보인다.
경복궁 너머 똬리를 틀고 앉아 있는 세속권력에게 더 많은 메시지를 던지는 듯하다.

빛의 대문인 광화문光化門 앞에는 하늘을 찌를 듯한 십자가도 세워지지 않았고, 근엄한 권위주의로 덧칠한 화려하고 드높은 제대祭培도 없었다. 소박한 인간의 눈높이에 맞춘 무대이다.

국민의 지도자라고 구두선처럼 외치는 어느 집권자도 상상이라도 해본 적이 없는 광경을 지금 우리는 경험한다.

삼엄한 경호부대도 없이 인파를 헤치며 작은 차 쏘울과 순박하게 개조한 승합차를 타고 웃으시며 입장하는 교황의 파격은 권위주의에 익숙했던 우리들에게는 신선한 충격 그 자체이다.

우선은 대형 승용차나 화려한 의자에 익숙한 한국교회 고위성직자들이 몸을 도사려야 했을 것이다.

권력은 군림하는 것이 아니라 사람들 속에서 이렇게 함께하는 것이라고 경복궁 너머 똬리를 틀고 앉아 있는 세속권력에게 더 많은 메시지를 던지는 듯하다.

종교의 역할이 이런 것이며 세속의 권력이 하지 못하는 부분일 수도 있다.

그러나 교황청의 교황에게 세월호 참사의 진실을 밝혀 달라고 노란 편지봉투를 전하는 유가족의 초췌한 모습에서 우리 자신의 모든 것을 드러내 보이는 듯해서 더욱 부끄럽기 짝이 없다. 유가족의 손을 잡고 절박한 심정의 토로를 묵묵히 들어주는 교황의 몸짓 하나만으로도 그러했다.

그저 종교적 위안만을 받고자 함이 아닐 것이다. 속세의 우리

헌법기관들은 무엇을 하고 있었는지에 대한 안타까움의 절규에 다름 아니다. 이 참사는 지금 여기서 일어났고, 수백 명의 청년들이 우리 눈앞에서 죽어갔다. 1백 일 넘게 미적대는 한 줌밖에 안 되는 정치지도자들의 진실규명과 책임자 처벌논란이 얼마나 부끄러운 우리의 수준인지를 백일하에 드러냈다.

항상 들어왔던 메시지가 교황의 미소와 사랑의 손길을 통해 큰 울림으로 다가선 것은 우리가 이제야 인간의 본모습에 마음을 여는 용기를 얻었기 때문이 아닐까. 교황께서 자신을 돌아보고 이웃에게 눈길을 주는 것에 주저하고 혹은 겁내게 했던 우리 마음속의 어떤 빗장을 열게 한 것이다.

동굴 속에 갇힌 줄도 모르면서 갇힌 삶을 사는 사람은 자신을 위한 탐욕의 경쟁에 빠질 수밖에 없다. 어둡고 답답한 이 동굴을 뚫고 비추인 한줄기 빛으로 어둠에 익숙한 사람들은 인지부조화認知不調化의 빈혈증에 시달릴 수도 있다.

이제는 우리 스스로 어떻게 균형을 잡고 광장에 나가 바로 서느냐가 교황방한 현상해석의 요체가 아닌가 싶다.

비바 파파!

새 천년을 코앞에 둔 1999년은 새해부터 괜시리 마음이 갑자기 바빠졌다. 나이도 50을 넘기고 있었다. 새로운 천년이 곧 시작된다는데 무엇인가 준비해야 할 것 같은데 그 무엇이 무엇인지를 몰리서 그랬던 것 같다.

이 무렵 출판사가 있던 양재역 지훈빌딩 주변 이웃들의 권유였는지 또는 스스로 선택했는지 성당에 나가 교리공부를 시작하게 되었다. 아마도 독실한 가톨릭 집안인 처가의 30년 넘는 무언의 압력도 작용했을 것이다.

영세 때 대부代父가 되어주신 조남호 서초구청장이 양재성당 오지영 신부님에게 어린 양을 끌고 갔다. 오 신부님은 오래 전 미국에 유학하여 커뮤니케이션 석사공부를 하신 분이셨기 때문인지 언론학 전문출판사 사장을 과분하게 반겨, 예비 교리공부를 속성으로 마치는 특전도 주셨다. 그분은 나중에 평화신문 평화방송을 책임지게 된다.

젊은 날 최전방 방책선 소총수로 3년 내내 읽을 수밖에 없었던 성경지식도 한몫했을 것이다. 태고의 침묵에 짓눌린 산등성이의 경계참호 속에서 친구가 보내준 교양서적을 읽었다는 죄목으로 군대영창을 경험하기도 했다. 책의 지식에 중독된 후유증 치료용으로는 관물대에 나뒹구는 유일하게 허용된 영한대역 빨간 포켓판 성경책이라도 읽는 일이었다.

'진정한 책'이라는 뜻을 가진 '바이블'인 성경의 바다에 빠져들기보다는 세상과 격리된 이곳의 무료함을 때우고 영어라도 익히려는 얄팍한 속세의 욕심이 더 컸을 수도 있다.

결혼을 앞둔 면접의 마지막 코스였는지 수녀원 생활에 전념하며 구도의 길을 가는 처형이 되는 스텔라 수녀님과의 만남도 생각난다. 큰 저수지 너머 광활한 영남대학이 한눈에 보이는 경북 경산의 수도원이지 싶다. 독일 출신 원장 수녀님의 해맑은 미소와 유창한 우리말 유머, 노동의 거친 손이 지금도 일루전으로 남아 있다. 한참 지나서 스텔라 수녀님께서 미국 로스앤젤레스에서 원장수녀를 할 때는 그곳 수녀원에서 기숙하는 영광도 가졌다.

'토마스 아퀴나스'라는 세례명을 갖고 신앙생활을 일상화하기에는 스스로 부딪혀 헤쳐 나가야 할 속세의 격랑이 너무 거셌거나, 지저스 크라이스트에 대한 신앙심이 엷었음에 틀림없다.

냉담자冷淡者가 되어 성당 제대祭臺 앞에 서 본 지가 제법 된다. 그곳으로 돌아가 고해성사를 해야 한다는 채찍이 이번 교황님의 우아한 미소에 답하는 일일 것 같다.

2014. 8. 26

싱난 세월의 평형수

세월도 강물도 쉬지 않고 흐른다. 같은 흐름이면서도 보이지 않게 흐르는 것은 세월이고, 맑게 혹은 탁하게 그 흐름이 보이는 것은 강물이다.

세월은 그 모습이 보이지 않는다고 하지만 그 시대의 바람과 구름은 사람들의 마음에 역사거나 신화라는 이름의 거대한 뿌리로 틀어 앉아 대를 이어 전승된다. 그것이 자랑스러운 명예라면 선순환이 될 것이고, 원초적인 콤플렉스라면 그 트라우마를 극복하려는 노력도 삶의 한 방편일 것이다.

콤플렉스를 합리적으로 극복하는 과정을 '자유하다'라고 말하는 사람도 있다. 자유인을 꿈꾸는 사람은 모름지기 자신이나 공동체의 콤플렉스의 근본을 예리하게 해부하고 치유하여 위대한 콤플렉스로 승화시킬 일이다.

강 같은 평화라고 말하지만 강 속의 뒤틀림이나 강 표면에 이는 찻잔 속의 폭풍 같은 요동은 없겠는가. 강물은 구석진 곳, 소외된 곳까지 모두를 채우고서야 낮은 곳으로 흘러 바다에 이른다. 그래서 상선약수上善若水라고 한다.

세월은 태양에 비추면 역사가 되고, 달빛에 물들면 신화가 된다고 소설가 이병주는 명언을 남겼다. 세월을 거스를 수는 없다고 하지만 세월이라는 호랑이 등에 올라탄 운명도 우리들의 의지에 따라서는 태양을 좇을 수 있으리란 희망으로 살기도 한다. 인간의 유일한 존재이유일 수도 있다.

그 세월이 지금 기우뚱하며 흐른다. 항상 과도기이고 긴장을 놓쳐서는 안 된다는 것이 우리의 삶이지만, '세월호' 참사로 인해 겪는 어지럼증에 긴장하지 않을 수 없다. 우리 모두가 거미줄로 그네를 타는 것 같은 현기증이기 때문에 더욱 그러하다.

공동체의 상식에 기반한 예측이 가능한 방향이 전혀 아닌 미증유의 대형 참사를 바로 눈앞에서 목도한 것이다. 캄캄한 해저 밑으로 가라앉는 세월호와 그 속에 갇힌 생명들의 아우성을 환청으로 듣는다. 컬러텔레비전의 생중계는 우리를 속수무책의 무력감과 자괴감에 시달리게 한다.

그때 그곳에 국가는 없었다. 구조대도 없다. 책임자도 없다. 정부관료들의 자기이익 극대화를 위한 국가의 폭력성에 시달리면서도 공동선共同善을 위해 인내한 대가가 이것인가. 한없는 절망감의 수렁에서 헤매게 한다.

세월도 성난 세월이 지금이다.

성난 얼굴로 돌아보아야 한다.

벌써 3달이 다 되어간다. 3백여 명의 피지도 못한 청춘들을 진도 팽목항 앞에 수장시킨 책임 없는 어른들이 벌인 귀족놀음의 허위의식이 그렇게 부끄럽다.

인천과 제주를 오가는 최대 호화여객선인 '세월호'가 돈이 되는 화물을 더 싣기 위해 배의 중심을 잡아주는 평형수平衡水를 빼내고 운항하다 침몰한 것이다. 탐욕의 종교비즈니스에 취한 졸부도 못되는 청해진해운 회장이라는 유병언의 체포에 검찰과 경찰이 부족해서 군대까지 동원되는 희극이 세상에 남부끄럽다.

국민의 생명과 재산을 보호하는 책무로 권력을 위임받은 이른바 공무원이라는 지배계층의 무책임과 직무태만과 몰염치는 치가 떨리는 분노의 전형이다.

민주주의는 실패한 신인가?

이 총체적 난국을 돌파하는 상징으로 국무총리를 모신다고 했다. 국가를 개조한다고 한다. 책임 없이 특권만을 향유하는 전직 관료를 마피아 소탕의 차원으로 적폐를 일소한다고 한다. 탈법 위법으로 돈만을 추구하는 천민자본주의를 척결하고 국민 생명이 최우선인 안전사회를 제도적으로 구축한다고 한다.

대통령이 그 직을 걸고 헤쳐 나가야 할 이 책임정치를 구현하기 위해 덕망 있는 국무총리를 모신다는 것이다. 헌법기관인 국무총리의 지위가 갑자기 그렇게 근사할 수도 있나 싶었다.

답답한 마음에 자유지상주의자 호페의《민주주의는 실패한 신인가 – 군주제, 민주주의 및 자연적 질서의 경제와 정치》(박효종 역)를 읽다가 그의 돈키호테 같은 자유분방함에 동의하기도 한다.

군주제의 왕은 왕권을 보존하고 대대손손 자식들에게 튼튼한 국가를 세습시키기 위해서라도 민주주의보다 정치를 더 잘할 수밖에 없다는 민주주의의 패러독스도 있다. 국민은 그 반사이익만 향유하면 된다는 것이다.

왕은 무한책임을 지고 무한권력을 누린다. 국가가 위기에 처하면 먼저 자식이라도 전쟁의 최일선에 내보내 죽음으로써 국가를 지키는 살신성인殺身成仁의 리더십을 과시하며 그 왕권을 지킨다. 왕은 군림만 하고 정치는 신하가 하면 된다. 신하는 왕족의 인사풀을 벗어나 전국에서 인재를 구하고, 실패한 신하는 그때그때 준엄한 책임을 물으면 된다. 왕은 부덕의 소치라고 안타까워하기만 하면 된다. 젠틀맨십이라고 중산층 시민들을 치켜세우고, 왕궁의 화려한 의식의 아우라 속에 적당한 훈장을 가슴에 안겨주면 된다.

호페는 민주제의 국가를 사유재산 소유자에 대한 징발, 과세 및 규제를 행하는 지속적이며 제도화된 재산권의 침해와 착취에 몰두하는 강제 독점자라고 한다. 그러나 그들은 소유자가 아닌 한시적 임시관리자에 불과하다는 데 민주주의의 아킬레스건腱이 있다. 해결책은 보험회사에 국민의 안전과 정의의 임무를 맡겨 자유의지에 의한 사회계약을 체결할 수밖에 없다고 농치면서, 이제는 '기본으로 돌아가자'고 강조한다.

지금이 대통령은 왕이고, 국무총리는 신하의 대표인가. 6백 년 전 조선 건국 무렵의 설화들이 21세기에 인기드라마 〈정도전〉으로 우리의 건전한 민주시민 의식을 덧칠하는 광기를 부리고 있다.

다시 우리에게 일본은 무엇인가?

중도사퇴로 끝났지만, 문창극 국무총리 내정자가 3년 전 교회에서 강연한 동영상에 드러난 일본에 대한 역사인식으로 시끄럽다. 교회 내부에서의 강연이 민낯으로 세속에 흘러나와 민망하기도 하다. 지금은 홉스가《리바이어던》에서 그린 신정神政국가 시절도 아니며, 교회가 세속권력과 긴장관계일 수도 없다.

그중에서 조선조 5백 년이 망한 것은 무능한 군주와 게으른 백성들이라는 진단이나, 일제 강점하의 위안부 논란이 하느님이 우리를 단련시키기 위해 주신 시련이라는 교회장로인 그의 비유가 안타깝다.

용서와 화해의 종교적 잣대에 동의하기에 앞서 일본이 대한제국을 병탄하면서 내세운 총독의 목소리가 먼저 떠오르기 때문이다. 그때는 식민지배의 대의로 동아시아의 평화공영을 양두구육羊

頭狗肉으로 내세웠지 싶다. 지금은 무슨 망언으로 신군국주의의 검은 속내를 감추고 있는가.

일본의 얄팍한 일부 언론이 그의 역사인식에 맞장구를 친다는 보도는 분노보다 더 깊은 절망의 나락을 보게 한다. 2년 전에 집권한 극우정객 아베 총리의 갈 때까지 가보자는 일본 군국주의軍國主義의 망령이 다시 고개를 치켜들고 광분하는 요즘이기에 더욱 그러하다.

그는 일본 극우파 정치인의 대표격인 기시 노부스케(岸信介) 전 총리의 외손자이기도 하다. 백 년이 지나도 인간은 이렇게 간교해질 수 있다. 그리고 지금은 70주년의 광복절을 눈앞에 두고 있다.

일본을, 일본의 군국주의를 다시 생각한다.

벌써 40년도 지난 대학생의 초롱초롱한 눈망울로 역사의 울림과 떨림을 같이 했던 류주현의 대하소설 《조선총독부》를 다시 꺼내 읽어야 했다. 이 책은 대한제국 시절인 19세기 말부터 1945년 해방까지 50여 년의 격동기 한국의 현대사이다. 아! 광화문이여 하는 탄식을 넘어 빼앗긴 들에도 봄은 다시 와야 한다는 절규의 서사시일 수도 있다.

일제 강점기에 일본 군국주의의 희생양으로 한국인들이 겪은 신산한 삶, 독립투사들의 치열한 투쟁, 조선 총독의 행패, 친일주구들의 탐욕까지 여느 역사책보다도 정확하고 실감나게 그리면서도 작가의 상상력과 통찰력으로 긴장의 끈을 놓치지 않는다.

그 조선총독부는 20년 전 광복 50주년을 맞아 김영삼 대통령의 '역사 바로 세우기'의 일환으로 다이너마이트 폭발로 사라졌다. 모든 일본사람들이 조선을 지배한 것은 아니라는 새로운 국제화 선린善隣의 궤변을 쉽게 하지만, 모든 조선 사람들은 일본의 지배를 당했다.

모질게 식민지배를 당한 한국인들의 트라우마는 대를 이어 면면히 핏속에 이어질 수밖에 없다. 다시는 나라를 빼앗기지 않아야 한다는 함성과, 못난 조상이 되지 말자는 결연한 의지가 그것이다.

'세월호'의 나라가 풍운에 흔들릴 때 지도자를 꿈꾸는 사람들은 물론이지만 우리도 최소한의 역사의식의 평형수平衡水를 위해서라도 이 책을 읽어야 할 일이다. 위대한 역사소설은 역사책 그 이상의 그 무엇이다. '소설로서의 역사, 역사로서의 소설'이 뉴저널리즘이 될 수 있기 때문이다.

2014. 7. 7

김민환 교수의 정년 기념식에서

8월 말의 태풍이 빗겨가던 광화문 근처의 레스토랑에 50여 명의 사람들이 모였다. 장소의 제한 때문에 김 교수의 말처럼 조각組閣하기보다도 힘들었다는 30여 년 교수 시절의 그리운 사람들이 초대되었다.

대학과 언론, 예술 주변의 사람들이 대부분으로 그이를 연결고리로 해서 서로 만나는 반가움이 컸고, 이 자리가 여느 교수의 정년停年기념식과는 다른 예사롭지 않은 자리임을 눈치챘다. 우선은 모두들 여기에 초대받았음에 안도하는 것 같다.

재개발로 헐리게 되어 오늘이 마지막이라는 모임장소도 그렇고, 회비나 화환 하나 없는 분위기는 말할 것도 없고, 잠깐 눈인사나 하고 예의를 다했다고 김 교수의 정년기념 저서《민주주의와 언론》한 권을 공짜로 챙겨 중간에 도망갈 수 있는 자리는 더욱 아니었다.

여느 교수 정년퇴임 기념식이 아니었다.

우리가 이제까지 경험했듯이, 당신이 주인공이며 스스로 학계의 가장 큰 어른이 되어, 그리고 사모님과 함께 박수 받으며 제자들이 눈물의 추억담을 밝히는 사제지간의 아름다운 풍속도라는 그런 식상食傷한 정년퇴임 기념식은 더욱 아니었기 때문이다.

식순도 없고 둥그렇게 앉아 그냥 돌아가며 사랑방 이야기를 나누는 것이다. 선배 동료들이 김 교수와의 에피소드들을 회고하면 당사자인 당신은 부끄러워 얼굴을 붉히며 조용히 듣기만 하는 분위기였다. 해서 이 자리가 정년 퇴임식이 아니라 마치 새로운 출발을 다짐하는 김 선배의 초임교수 축하식처럼 느껴지게 만들었다.

그이가 10년 전쯤 정년기념식을 세속적으로 거창하게 치러드렸을 스승까지도 눈치 없이 함께 자리하여 그이의 대학원 시절을 회고하는 것을 보면 더욱 그러했다.

바늘로 찔러 피 한 방울 나올 것 같지 않게 단단히 무장한 단아한 학자 이미지는 사실은 부끄러움을 잘 타는 김 선배의 결백증을 감춘 갑옷에 불과했음을 고백하는 자리였다.

항상 청년이고 싶어했던 김 선배인지라 세월을 거슬러 보고픈 욕망도 숨기지 못하고, 그 시간이 되면 통과의례通過儀禮처럼 하는 정년식을 갑자기 닥친 것처럼 당황해하고 무척 쑥스러워했다.

김 선배는 고향인 광주가 신군부의 총칼에 불타던 그해에 국립

전남대학 교수가 되면서 처절한 세월의 광주 소식을 서울에 전해야 하는 남녘의 밀사密使가 될 수밖에 없었다. 안락한 일상에 익숙한 서울사람들에게 고통스러운 메시지를 전해야 하는 일은 쉽지 않은 일임에 틀림없었을 것이다.

그리고 권리만 있고 책임은 없는 기득권의 성城에 안주하는 서울사람들에게 자주 실망하며, 속으로 부글부글 끓어오르는 화를 참는 빛이 역력했다. 신문과 방송이 눈을 감고 귀를 닫고 또는 재갈이 물린 시대에 김 선배는 신문방송학 초임교수였다.

김 선배는 자유·정의·진리를 외치던 젊은 날의 꿈이 거대 권력에 좌초되지 않으려고 몸부림칠수록 그것은 거미줄로 엮은 그네를 타는 형상일지도 모른다는 자괴감에 빠졌을 것이다. 비겁한 시대와 불화할 수밖에 없는 것이 그이의 운명이었다.

이청준의 소설처럼 젖은 옷을 입은 채 몸의 체온으로 옷을 말리면서 이 장엄한 세월을 대학교수로 견디는 일상이 무슨 의미가 있는지 모르겠다고 나에게 자주 되뇌었다.

이성理性의 힘으로는 더욱 어쩔 수도 없는 역사의 막장을 보면서 부끄러움 속에 김 선배가 감추려 했던 무등산의 분노는 안으로 내연內燃할 수밖에 없었다. 얼굴에 웃음기가 사라지고 말수가 적어지면서 표정은 굳어만 갔다.

나는 가끔 바둑판 앞에서 일부러 바둑을 져 주기도 하면서 그이의 씁쓸한 미소리도 유도해 보려 했고, 삶은 낡은 잡지의 표지처럼 통속通俗한 것인데 그렇게 애면글면하기만 할 것도 아니라고 가당치도 않게 위로해 보았지만 별로 도움이 되는 것 같지 않았다.

그러던 김 선배가 모교인 고려대학으로 옮기고 3년이 지났을 무렵, 원고지 3천 매 분량의 대작《한국언론사》를 불쑥 내밀었다. 지난 10년 동안 시간을 보내기 위해 정리한 것이라고 겸손해했지만, 그 격동 치던 장엄한 세월을 학자의 초심으로 견뎌낸 그이 나름의 전리품일 수도 있다.

이 책은 그때까지 언론사 연구논문이나 언론인 인물사 몇 편에 그쳤던 언론학계에 튼튼한 사관史觀이 뒷받침된 통사通史로써, 신선한 충격을 주는 저술이었다.

역사책을 집필하는 일은 오랜 시간 자료를 찾아야 하고, 사관을 굳건하게 세워야 하는 사명감에 불타는 고난의 장정長征인지라 누구도 쉽게 덤벼들려고 하지 않는데 그 일을 해낸 것이다. 그 동안의 정신적 내홍內訌을 이 책의 집필을 통해 혼자 다스렸던 모양이다.

답답한 현실에 타협하지 않고 스스로의 감옥에 자신을 유폐幽閉시켜 누구도 알아주길 바라서가 아니라 스스로 선택한 일에 매진한 결과였다. 고독한 저항의 몸짓이 이 책으로 화려하게 날갯짓을 하여, 성불成佛 직전의 환한 미소와 함께 이제는 언관言官과 사관史官의 어느 자리에 오른 것이다.

그 김민환 교수가 벌써 정년이다. 김 선배는 앞으로 광화문을 떠나 완도 보길도 해변에 마련한 초당草堂에서 소설이나 시나리오를 쓰겠다는 문학청년의 꿈에 한창 부풀어 있지만, 그 음모는 쉽게 이루어질 것 같지 않다고 나는 확신한다.

한국의 언론자유와 표현의 자유라는 시대적 책무責務가 김 선배를 한가하게 고산 윤선도나 흉내 내며 유유자적하게 내버려 둘 것 같지 않기 때문이다.

2010. 10. 11

[추신]

이 글을 발표하고 3년이 지난 어느 날 김 선배는 나의 확신이 얼마나 엉성했는가에 보란 듯이 유쾌한 배반을 한다.

보길도의 고독한 갯내음이 듬뿍 담긴 장편소설《담징》을 상재上梓하여 많은 사람들의 부러움 속에 화제의 소용돌이에서 회오리친다. 정년퇴직 후의 그 시간들을 이렇게 알차게 보내고 있다는 소리 없는 함성을 뇌성벽력처럼 터트렸기 때문이다.

일상에 찌들어 자꾸 작아져 가는 우리들에게 그렇게 살지 않아도 된다는 죽비를 치는 그이는 작은 거인임에 틀림없다. 또 어떤 창작품으로 우리들을 놀라게 할지 은근한 기대를 하면서 다시 김 선배의 건필을 기대한다.

다시《삼국지》를 읽다

《삼국지》를 다시 펴든다. 〈중앙일보〉 양선희 논설위원이 편작編作한《여류余流 삼국지》전 5권을 삼복더위의 대항마로 삼아 단숨에 읽어냈다. 자꾸 왜소화하고 메말라가는 두뇌에 '고전 다시 읽기'의 폭풍희열을 선사한 저자에게 기립박수를 보낸다.

공명功名을 다투는 조직 내 인간의 삶과 처세를 2천 년 전의 삼국지 스토리에 얹어 지금 여기의 시대정신에 맞춰 엮어 낸 공들인 역작이다.

작가의 현란한 언어의 마술은 갓 낚아 올린 대어가 몸부림치듯 지금 여기의 언어로 시공간을 넘나들며 우리에게 생선의 비늘보다 많은 상상력의 꿈을 꾸게 한다.

글쓰기의 조그마한 비틂에도 우리는 유쾌한 배반의 늪에서 행복한 유영遊泳을 할 수 있다. 작가가 우리에게 익숙한 삼국지의 영웅들이 바로 우리 모습일 수 있다고 내미는 거울에 비친 낯선 모습이 우리를 긴장하게 한다.

오랜만에 다시 읽은《삼국지》가 기실은 포커페이스의 달인인 몰락한 집안 자손 23세 현덕, 그 원천을 알 수 없는 자부심과 자존심으로 똘똘 뭉친 외로운 도망자 청년 관우, 다혈질에 말보다 주먹이 앞서는 고아소년 16세 장비, 이 세 청년이 도원결의桃園結義하여 천하를 도모하는 40년간의 꿈 이야기夢임을 알 수 있다.

주류 사회에 편입되지 못하면서도 세상에 굴종하지도 못하는 강한 성정을 타고난 불우한 청년들에게 유일한 야망은 기존의 질서와 상관없는 자신들의 세상을 만드는 것이리라.

사교와 인맥으로 세를 형성하는 중앙 엘리트들은 타고난 집안 배경을 바탕으로 우아한 예의범절과 풍류로 자신의 영역을 더욱 넓힐 수 있었으나, 변방에서 온 마이너리티들에게는 몸을 사리지 않는 저돌성과 권력자들에 대해 몸을 던지는 아부의 기술이 처절한 정치무대에서 생존할 수 있는 핵심역량이다.

또 '외로운 승냥이' 전략으로 때로는 무섭게 때로는 더럽게 굴어서 자신에게 돌아올 것은 하나도 뺏기지 않고, 빼앗은 자에겐 반드시 보복한다. 그리하여 자신에게 아무도 손대지 못하게 날을 세워야 비로소 한 단계씩 올라갈 수 있다. 해서 도움이 될 자와 아닌 자들을 가려내는 동물적인 감각을 가지고 있어야 한다. 도움이 될 자들을 위해서는 몸을 던지고, 그렇지 않으면 내던져버려 에너지를 분산하지 않는 것이 이 세 청년들에게는 삶의 비책이 된다.

실패도 해보고 스스로 더러운 일도 해본 자만이 세상의 두려움을 알고, 자신도 의심하여 한 번 더 주변을 챙긴다. 그들은 30년 동안 이 긴장의 끈을 놓치지 않는다. 과거 성공의 기억은 잊어야 한다. 과거의 도전에 성공적으로 응전했던 기억이 시간이 흘러 엄습하는 새로운 도전에 적절하게 대응하는 것을 방해하기 때문이다.

원래 권력은 건달과 깡패 기질이 승承한 이가 얻는 것이지만, 집권 후에도 건달로 살면 생명은 길지 못하다. 집권 후엔 권력을 노리는 자들을 향해서는 무자비한 건달 정신으로 대응해야 하지만, 겉모습은 인의와 충의의 정신을 담은 가면으로 재빨리 바꿔 써야 한다. 동탁의 경우가 그러했다. 대업으로 가는 길에 정직이 반드시 도리라 할 수 없다. 그저 상황을 최선의 상태로 꾸미고 만들어 우리가 원하는 바에서 벗어나지 않으면 되는 것이다.

말도 오랫동안 반복해서 하면 신념이 되고, 위선도 오래 하면 진정성이 된다. 한나라의 황숙皇叔이라는 외피 속에 충忠과 의義를 앞세우는 것이 버릇이 되고, 인자함을 기치로 내건 맏형 유비현덕의 경우가 그러하다. 어떤 모진 상황에서도 온화함을 가장할 수 있는 능력과 냉정하게 손익을 금세 계산해낼 수 있는 능력이 그것이다. 그는 인간의 마음을 온전히 간직한 지도자가 조직에 얼마나 위험한 존재인지를 온몸으로 보여준다.

용龍은 본시 몸의 크기를 맘대로 조절하고 높이 오르고 낮게 떨어지기를 수월하게 하며, 구름을 일으키고 안개를 토해내며 몸집을 숨겨 형상을 감추는 데 능하다. 높이 오를 때는 우주 사이를 날고, 아래로 숨을 때는 파도 속에 깊이 숨어버린다.

이와 같이 영웅이란 가슴에는 큰 뜻을 품고, 뱃속에는 좋은 꾀를 숨기고, 천지의 뜻으로 숨 쉬며, 우주의 섭리를 삼키고, 천리를 기다릴 줄 아는 느긋한 성품과, 기회가 왔을 때 날래게 잡아채 먹을 수 있는 매와 같은 타이밍을 갖춰야 한다.

비상한 사람만이 비상한 일을 행하고, 비상한 일이 있어야 비상한 공을 세울 수 있다. 이는 진실로 비상한 사람만이 세상의 일을 비상하게 처리할 수 있기 때문이다.

원래 남다른 일을 행하는 자만이 세상을 얻는다. 리더의 본질은 실제론 지성은 부족하고 의리와 위엄을 내세워 힘으로 강요하는 데 이골이 난 마초들이다. 또는 조조처럼 자신에게 유리할 때는 기존 질서에 순응하고 따랐지만, 자신에게 불리할 때는 남을 곤경에 빠뜨리더라도 반드시 자신에게 유리한 국면으로 전환시키는 재주가 있어야 하기도 한다.

영웅에겐 마음이 없다. 남다른 위선과, 땅에 사는 보통 사람들은 눈치도 채지 못할 만큼의 거악巨惡을 실행할 수 있는 자, 그리고 이를 실행함에 있어 자신의 정의로움을 결코 의심하지 않는 자만이 자신의 땅을 치지하고 더 나아가 왕조를 열 수 있다.

영웅을 제왕으로 만드는 재상은 오직 제왕의 그릇을 알아보고, 앞장서 그 위선과 거악을 계획하고 도모할 수 있는 자여야 한다. 그리고 이를 실행함에 있어 자신을 의심하지 않고 양심에 거리낌을 두지 않는 자만이 위대한 재상이 될 수 있다.

원래 야심이 크고 자기 대에 크게 성취하는 사람의 특징은 가르침을 주는 사람 앞에 간이고 쓸개고 빼줄 줄 알고, 사소한 일에 의심하지 않아야 한다. 말은 백락伯樂을 만나야 울고, 사람은 자기를 알아주는 이를 만나야 목숨을 바치는 법이기 때문이다. 유비와 제갈량의 모습이 그러하다.

권력을 쥐었던 자들은 바람이 불어 잠시 몸을 숙였다가도 바람만 지나가면 곧바로 자신을 위협했던 그 바람을 겨냥하게 되는 법.

최고 권력자가 가장 경계해야 할 것은 사소한 인간적 연민이다. 권력의 자리에서 인간적 의리를 들어 머뭇대는 순간, 그것이 칼이 되어 자기 목을 겨눈다. 천하평정의 기회를 눈앞에 두고도 유비는 관우, 장비의 원수를 갚겠다고 백제성에 들어가 종말을 맞는다. 이를 말리던 제갈공명도 주군의 인간적인 연민을 받아들일 수밖에 없다.

이 무렵 현덕은 늙어가는 자의 노여움이 충만해 있는 데다 자신의 인생에 어느 정도 지쳐 있었다. 그는 30여 년을 한결같이 전쟁터를 누비며 자기 자신이 아닌 대의와 명분을 좇아야 했던 위선의 삶에 피로감을 느낀다. 한 사람이 짊어지기에 녹록지 않았던 지나온 그들의 삶의 무게 때문이리라.

다시 분노가 치민다. 그 분노가 자신을 향하는 것인지, 아니면 지나온 세월을 향하는 것인지 할 수 없다. 현덕은 관우와 장비를 잃은 당황을 이제 오직 고집과 분노로만 표출한다. 자신을 망치는 사악한 사이클의 정점을 향해 브레이크도 없이 달려가고 만다.

해서 우리의 주인공인 세 청년들의 야망과 꿈은 천하통일이라기보다는 1/3 천하라도 족한지 모른다. 다만 지금도 시대상황의 무대만 바꾼다면 어디서나 일어날 수 있는 그들의 생사를 넘나들며 삶의 무게를 견뎌내는 우정이 소용돌이치는 울림을 준다. 그런 의미에서 천하경영을 위해 처닫는 그들의 자식세대나, 제갈공명, 조조, 손권 등 3국의 정치지도자나 결국은 3국 통일의 초석을 깐 사마의까지도 모두 조연일 수밖에 없다.

모든 것은 욕망으로부터 시작한다

최고 권력자에게 직언直言은 언제나 독이다. 원래 최고 권좌에 올라가는 자들의 최대 가치는 이기심이다. 그들은 자기 목숨을 살리기 위해 누구의 목숨과도 바꿀 용의가 있으며, 부하를 위해 목숨을 걸지는 않는다. 애민愛民정신도 그가 편안하고 자신에게 유리할 때만 발휘하는 정신이다.

제 할 말 다 하고 자존심을 지키는 선비는 눈엣가시다. 누구나 자존심을 높이며 살고 싶으나 대부분은 현실에 타협해 그러지 못하는 것이다. 이런 자들이 존재함으로써 자신의 치부를 증명하고 '아첨의 삶'을 의심하고 고단하게 만들기 때문이다.

세 치 혀만으로 권좌에 있는 자들의 구린 뒷얘기만 캐내 떠들어대는 자들은 다수의 소인배들 속에 있는 울분을 끌어내는 힘이 있는지라 소인배의 영웅이요, 소인배들 사이에선 어진 이로 치부된다. 그러나 그 타고난 머리와 언변에서 조금씩 덜어내 자신의 지혜를 세상에 베푸는 방법도 타고 나야 한다.

사람은 누구나 구린내 나는 것을 몸 안에 품고 살지만, 이를 끌어내 진열하지 않는다. 그것이 공공연히 세상 밖에 돌아다니면 세상이 더러워지기 때문이다. 사람들은 내 것이 아니면 남의 것은 함께 욕하고 싶어지고, 제 것이 드러나면 수치심을 느끼게 하니 이런 독설이 세상인심을 더럽힌다.

원래 임금은 마음과 뜻이 맞는 신하를 사랑하나, 제 마음을 읽어내는 신하는 미워하고 두려워한다. 훌륭한 신하는 임금의 마음을 읽어내리고도 짐짓 모른 체하며, 동서고금의 각종 이치를 들이대며 그런 뜻이 얼마나 훌륭한 것인지 맞장구쳐 주어 임금으로 하여금 자신이 훌륭한 생각을 한 것처럼 믿도록 해야 한다.

사람의 마음속엔 남들에게 들켜서는 안 되는 더러운 생각이 많기에 누군가 내 생각을 읽는다는 걸 알게 되면 누구나 그를 미워하기 때문이다.

아랫사람은 정보를 수집하고 의견을 개진하는 것에 그치고, 판단은 리더가 외롭게 혼자 하는 것이다. 아랫사람이 판단까지 대신할 수는 없는 터에 판단의 짐을 아랫사람에게 지우면 여러 가지 폐단이 나타난다.

2천 년 전의 시대상황이 밑그림으로 깔려 있기도 하지만 아직도 동양적 사고방식의 틀을 탈각脫殼하지 못하는 한계를 인정한다면 권력과 탐욕, 인간관계의 어려움을 극복하는 고난의 행군은 지금 오늘의 우리에게 아직도 시사하는 바가 크다.

그것이 벤처기업에 승부를 거는 창업자거나, 권력의 주변에 기생하면서 항상 햇볕만을 도모하는 모리배들이거나, 거대조직의 톱니바퀴 노릇을 하면서도 리더십에 목말라 있는 사람이거나 모두에게 해당될 수도 있다.

이 책을 통해 권력에의 의지를 전수받거나, 인간경영학의 에센스를 뽑아내거나, 인생훈人生訓이나 처세술의 달인 흉내를 배우겠다는 얄팍한 계산보다는 슈퍼우먼 저널리스트인 작가가 장쾌하게 이끄는 대로 그이의 사자후獅子吼를 받아들이면 된다. 동의하거나 시큰둥하거나는 전적으로 독자의 몫이다.

원래 자신의 뜻을 성취하는 데는 욕먹는 걸 두려워하지 않고, 욕을 먹을 때 웃지는 못하더라도 마음의 평화를 유지할 수 있는 사람만이 위대한 길로 갈 수 있는 법이라는 작가의 천둥 같은 죽비를 맞으면서도 내가 책을 손에서 놓지 못하는 것은 불안한 가까운 미래의 틈이라도 엿보고 싶은 조바심 때문인가 싶다.

원본《삼국지》를 한 자 한 자 그대로 번역하지 못해 안달하는 책에 익숙한 우리에게, 작가가 21세기 언어로 행간에 쏟아낸 촌철살인寸鐵殺人의 아포리즘이 유쾌 상쾌 통쾌하다.

그녀가 이끄는 대로 부지런히 밑줄 그었던 다음과 같은 작가의 육성肉聲을 그대로 따라가며 왜소한 소시민을 광야에 서게 하는 위안을 받을 수밖에 없다.

> 줄을 먼저 서고 공을 세워야지, 공을 먼저 세우고는 줄 설 곳도 없고, 아무도 챙겨주지 않는 이치를 뼈저리게 느낄 것이다.
>
> 민심은 조용한 듯하나 때가 되면 엄청난 파괴력을 갖게 된다. 결국 기존 질서를 지키는 것도 무너뜨리는 것도 그 힘의 원천은 바로 백성이다.
>
> 나눠 가질 이권이 뭉침으로써 커지면 힘을 합치고, 이권이 없어지면 떠나고, 이익이 줄면 상대를 해치는 것이다.

권력이란 사람을 행복하게 해줄 힘은 없지만, 괴롭히고 해코지하고 죽일 수 있는 힘은 넘치는 것이다.

자신이 절정에 이를 때, 곧 패망의 길이 시작된다.

배신을 하려거든 반드시 너를 보호해 줄 그보다 더 큰 세력과 함께 명분을 세우고, 그 사주를 받아 뒤를 튼튼히 한 뒤 움직여야 하느니라.

극단적으로 뛰어난 재능은 순풍을 타면 아무도 따라올 수 없는 성공을 이루지만, 역풍을 타면 바로 그 재능 때문에 스스로 파멸을 맞게 된다.

명분도 없이 이유 없는 증오로 시작된 싸움에 화해란 없다. 이런 싸움일수록 승자도 없고, 파괴는 크다. 양쪽 모두 돌이킬 수 없는 파멸로 이른 다음에야 싸움은 끝난다.

원래 강건한 조직에서도 불만분자는 있게 마련이고, 측근의 배신 위험은 상존한다. 이를 다스리는 것이 합리적이고 강한 법과 수긍할 만한 신상필벌信賞必罰제도다. 이 때문에 비합리적인 법으로 사람을 통제하고, 신상필벌이 갈팡질팡하면 조직은 서서히 무너져 내린다. 신상필벌이 어그러지면 원한이 쌓이는 법이다.

대개 망조亡兆의 근원은 주인의 착각에서 비롯된다. 주인은 신하가 자신의 소유이며, 그래서 무례하게 대해도 된다고 생각한다. 실제로 현실적인 명줄을 주인에게 잡힌

신하들은 참기 때문에 그러하지만, 실제로 주군의 명줄도 신하들이 쥐고 있다.

원래 투항한 자들은 공을 세우기 위해 더 나대고, 자신이 속해 있던 조직의 허실을 잘 아는 터라 더욱 잔혹하게 상대를 제압해 들어가는 힘이 있다.

자존심이 강한 자는 자신을 지배하는 주인이 자기 자신이어서 인간인 주군보다는 자신이 속한 조직 혹은 나라에 충성하는 성향이 강하다.

백성에게 권력의 자리는 먼 딴 나라와 같은 것이다. 그저 자신들의 목숨과 재산을 해치지만 않으면 누구인들 상관없는 것이다.

상서롭지 못한 일은 늘 사람에게서 시작된다.

친구 모시기가 어린 주인 모시기보다 어려운 법이다. 지위가 높아진 친구를 직접 모실 때는 간이고 쓸개고 빼놓고, 그 아래서 배로 바닥을 쓸며 모셔도 불편한 법이다.

인물 됨됨이가 모자란 자가 분에 넘치는 자리를 차지하면 늘 화를 부른다.

거센 바람에 풍랑이 이는 강물 위에 부서지는 달빛이 마친 수만 마리의 황금 뱀이 물결을 희롱하는 듯하다.

전투를 통해 경제적 가치를 창출하는 것이야말로 전투의 승패를 가늠하는 주요 잣대다. 엄청난 초기 투자가 필요한 전투에서 한 번의 전투로 투자금을 회수하고 순익을 남기는 게 중요하다.

가족과 같은 운명공동체에선 공명功名을 다투지 않고 오직 목적만을 추구하나, 관료 조직화되면 구성원들은 공명을 다투게 된다.

'잠시 이별'이라는 것은 없다는 것을 알기에 그는 마음으로부터 이별하는 수순을 밟고 있는 것이다.

지도자는 관용과 회유의 전략을 거꾸로 사용한다. 무릎 꿇고 항복한 리더는 이후 백성과 신하들이 용납하기 쉽지 않으니 사정을 살펴 인물이 지나치게 뛰어난 구석이 없으면 살려두는 것이 방법이다.

그의 생존은 민심의 이반을 막는다. 그리고 생존한 리더에 대해선 강한 감시와 계책으로 스스로 도태되도록 할 일이다. 그러나 죽임을 당한 왕의 비운의 충신은 살려두어서는 안 된다. 반드시 그가 반란세력들을 규합하고 명분을 만들게 될 것이기 때문이다.

원래 재물을 탐하는 신하는 주인과 부귀영화는 함께 누리나, 주인에게 곤란이 오면 반드시 다른 길을 도모하는 법이다.

원래 왕은 뛰어난 자를 곁에 두나 의심하고 두려워하게 되어 있다.

소수가 다수를 지배하려면 무리를 짓고 파당을 만들어 저희들끼리 복록을 나누고 불공평하게 법이 베풀어지는 것을 경계해야 한다. 법을 엄정하게 세우고 차등을 두지 않을 때에만 비로소 지배할 수 있다.

버리고 취하는 때를 아는 것, 부드럽고 굳세게 다루어야 할 대상을 가리는 것, 나아가고 물러서는 상황을 판단하는 것, 약하고 강하게 대해야 할 때를 아는 것이 세상살이에 가장 중요한 덕목德目이다.

이성理性의 울림이 그의 의지意志까지 꺾지는 못한다. 위대한 사람은 언제나 이성보다 의지가 앞선다.

원래 욕먹는 걸 두려워하지 않고, 욕을 먹을 때 웃지는 못하더라도 마음의 평화를 유지할 수 있는 사람만이 위대한 길로 갈 수 있는 법이다.

말도 오랫동안 반복해서 하면 신념이 된다.

작은 일을 참지 않으면 큰일을 망친다.

촉蜀나라, 청두成都 무후사와 두보초당

20년 전에 서울대 강현두 교수의 권유로 많은 언론학 도서를 기증한 연분이 있는, 우리나라의 신문방송대학과 같은 북경 광파대학의 초청을 받았다. 중국 23개 성 중 몇 곳의 방송시설을 순방하던 길에 쓰촨성 청두成都에 들른 적이 있다.

이곳은 유비현덕의 촉蜀나라 중심이다. 무후사武侯祠에는 제갈량(181~234)을 모신 사당이 유비 사당보다 상석에 있다. 촉나라의 후예인 이곳 사람들의 머릿속에는 유비보다 제갈량을 더 존경하는 믿음의 표상인지도 모른다. 사당 맨 뒤에는 도원桃園 결의를 했던 3형제를 모신 삼의묘三義廟가 따로 있다. 뒷편의 널찍한 정원이 매우 인상적이었다.

곰보 할머니가 끓여 주었다고 해서 유명하다는 마파두부는 서로 원조라고 간판을 크게 단 사당 앞의 식당 풍경도 새로웠다. 민간신앙으로 부富를 가져온다는 관운장을 기리는 사당이 우리나라에도 많은 현상도 이채롭기는 했다.

지난 3월 말 청두를 다시 방문할 기회가 있었다.

이곳 논도論道 죽엽청竹葉青 찻집에서 열린 이세돌과 구리古力의 바둑 10번기 중 3번째 대국에 이사로 봉사하는 한국기원을 대표하여 참석했다. 시진핑 주석이 바둑을 좋아한다는 소문이 사실인 듯 사회주의 국가의 권위주의답게 쓰촨성 성장의 대접이 유별났다.

일부러 여행계획을 세우기에는 너무 먼 거리의 불편한 여정旅程이어서 우연에 의지할 수밖에 없는 일이다. 기억의 장소를 다시 찾게 된 것은 데자뷰의 재확인보다는 문득 세월의 흐름이 확실하게 손에 잡혔기 때문이다.

세상을 바꾸자고 무릉도원의 결의를 한 유비 · 관우 · 장비 3형제의 꿈이 서린 곳이다.

지난날 서울의 중국식당에서 마파두부를 먹을 때마다, 비포장길이어서 먼지가 자욱했던 무후사 앞길의 낡은 마파두부집 촌을 아련하게 떠올리며 그곳을 다시 찾고 싶었다. 그러나 마파두부촌은 이제는 흔적도 없고 왕복 6차선의 포장도로에 고층빌딩이 즐비한 변화의 한복판이 되었다.

20년 동안의 중국개발은 이곳 중국 내륙에서도 상해上海에서 보았던 우리의 압축성장에 비할 수 없는 백발白髮이 3천 장丈이라는 과장법의 실현이었다. 이제는 흙먼지 대신에 산업화의 멍에인 스모그가 기분 나쁘게 그 풍경을 대신하고 있다.

제갈량을 모신 무후사를 20년 만에 다시 찾았다.

무후사 옆에 인사동처럼 조성된 금리錦里에서 마파두부를 다시 먹었다. 그때 그 맛이 어떠했는지는 시간의 진폭만큼이나 알 수 없다. 복잡한 시장통 같은 데서 기념품가게 간판 하나가 눈길을 끌었다. 유유삼국대본영悠遊三國大本營. 기억하기도 싫은 일본 제국주의 육군 '대본영'의 그 대본영과 같은 문자인데도 여기서는 하도 앙증맞아 피식 웃고 만다. 문자가 꼭 권력만은 아니지 싶다.

무후사를 다시 둘러보다가 중국의 명필 악비岳飛가 쓴 제갈량의 출사표出師表를 또다시 구입했다.

20년 전에는 이 두루마리 글씨를 출판사 복도에 길게 붙여놓고

'삼국대본영'의 큰 간판이 걸린 소규모 기념품가게도 중국스럽다.

오가며 제갈량으로 빙의憑依하여 외우기도 했고, 《지훈전집》을 편집하면서는 이 초서체 글자 하나하나를 대조하면서 희열을 느꼈던 기억이 새로웠기 때문이다. 이번에는 예쁘게 조그마한 책자로 아담하게 제본된 것이 변화이다.

갑자기 느껴지는 변화는 주말인데도 사람들이 별로 없다는 사실이다. 지난해에 찾았던 시안西安의 진시황 병마총兵馬塚에서 사람들에 깔릴 뻔한 인파는 아니더라도 20년 전에는 온통 사람들 틈바구니에서 그들 어깨너머로 현판을 읽느라고 고생했던 생각이 나서 더욱 그러했다.

두보초당과 광대한 정원이 도원경에 온 듯 기분 좋은 나른함에 빠지게 한다.

그 중국 사람들이 다 어디 갔을까. 이제는 해외여행의 깃발을 따라다닐 만큼 부자가 되었는지, 더 재미있는 스마트폰이나 컴퓨터게임에 빠졌는지 알 수는 없다. 변방의 조선 나그네만이 새삼스럽게 2천 년 전의 남의 나라 삼국지 열전이나 엿보고 있다.

조금 전에 다시 찾아보았던 두보초당杜甫草堂에서도 한가한 것은 같은 느낌이었다. 20년 전 외국인인 나에게 구걸하던 노파를 대나무 숲 뒤쪽으로 끌고 가 심하게 꾸짖던 중국 젊은이의 날카롭던 눈빛은 다시 찾을 수 없다. 동냥하는 거지도 없다. 그 젊은이는 지금은 쓰촨성의 공산당 고위간부가 되어 있을지도 모르는 일이다.

시성詩聖의 초당을 감싼 주변의 공원에는 그 파란 대나무들도 여전했고, 거목이 된 꽃나무에서 흩날리는 꽃잎이 호수에 가득했다. 그중에는 도원경桃源境의 복숭아 꽃잎도 분명 있었지 싶다. 상해와 나란한 위도여서인지 이곳 대륙의 골짜기에도 봄이 무르익었다.

봄의 화사함은 유비현덕이 제갈량의 충언에 따라 촉나라를 건국하기 위해 비장하게 잔도棧道를 불태우며 넘어간 그 험준하다는 파촉령巴蜀嶺을 넘는 것은 일도 아닌 것 같다.

이젠 가슴에만 묻어두지 생전에 이곳을 기억의 장소로 또다시 찾는 일이 있을까 싶어 더욱 허허롭다.

2014. 4

자유! 너 영원한 활화산이여

개교 105주년 기념식이 있는 안암의 언덕은 화사한 봄의 꽃동산이다. 개나리와 산수유, 생강나무의 노란 꽃이 봄의 서장序章이라면, 이제 새싹의 연두색과 아우르는 진달래나 영산홍, 철쭉이 핏빛을 토해내며 지금이 봄의 한가운데임을 웅변하고 있다.

마침 본관 석탑石塔 앞에 걸린 초대형 크림슨 색 교기가 파란 하늘에 호랑이의 포효를 보내고 있다.

옛날 대운동장이 있던 자리에 심은 장송과 느티나무, 단풍나무가 군락을 이룬 솔숲 아래에는 뛰노는 어린아이들의 해맑은 웃음소리가 유난히 길었던 지난겨울을 헤치고 나온 꽃보다 더 싱그럽다.

오늘 하루는 모교방문의 해당학번만이 아니라 또 하나의 고대 백년을 준비해야 하는 교우들이 자녀들, 손주들의 손을 잡고 어린 천사들의 천국을 만들며 미래로 가는 시간여행을 함께하는 듯싶다.

금년 '자랑스러운 고대인 상'으로 50주년을 맞은 4·18 의거에 참여한 고려대 졸업생이 선정됐다. 처음에는 '4·18 혁명의 고대 정신'이 바로 자랑스러운 고대인으로 선정되었다. 참 잘한 일이었다고 뜨거운 박수를 보냈다.

그러나 4·18은 의거義擧이지 학생혁명은 아니라고 목청을 돋우는 완고한 사람들의 주장에, 50년 전 나라가 어려울 때 일신의 안위를 돌보지 않고 분연히 떨치고 일어섰던 선배들의 천지를 뒤흔든 정의의 함성은 혁명보다는 아래개념인 그냥 의거에 묻히고 말았다.

그것이 '미완의 혁명'일지라도 4·18 기념탑의 동판에 새긴 지훈 선생이 목 놓아 불렀던 '자유! 너 영원한 활화산'이며, 이 분화구가 바로 고대이며, 자랑스러운 고대의 4·18혁명이 곧 이 나라의 4·19 학생혁명에 다름 아니라는 역사인 것을 왜 모르는지 안타까울 뿐이다.

〈자유! 너 영원한 활화산이여!〉

사악과 불의에 항거하여

압제의 사슬을 끊고

분노의 불길을 터뜨린

아! 1960년 4월 18일

천지를 뒤흔든 정의의 함성을 새겨

그날의 분화구 여기에 돌을 세운다

고대 4·18 기념탑, 지훈 선생의 〈자유, 너 영원한 활화산이여!〉

또한 처음에는 자랑스러운 고대인으로 '고대정신'을 의인화하여 수상자로 선정하였다. 그러나 상상력이라고는 눈곱만큼도 없는 속 좁은 위인들의 편견이 득세하여 고대의 집단의지이자 공동선으로 계속 추구해야 할 '고대정신' 대신에 '4·18 의거에 참여한 고려대 졸업생' 집단으로 바뀌었다.

그들은 젊은 날 우리가 어깨동무하고 목이 터져라 외쳤던 오탁번 시인이 쓴 응원가, "나가자 폭풍같이 고대 건아여, 장안을 뒤흔드는 젊은 호랑이,… 외쳐라 고대정신, 태양을 향해"라는 타는 목마름에 동참 해보지도 못했던 사람들이었는지도 모른다.

지금 우리는 이 '고대정신'을 어떻게 계승 발전시키고 있는지

가슴 가슴마다 물어야 하는 시간이다. 그리고 어느 자리에 서 있든지 작은 실천이라도 치열하게 계속하여야 한다. 부분의 합이 전체보다 클 수 있기 때문이다. 가까운 과거의 살아 있는 전설을 신화 속에 묻어버리는 어리석음을 범하지 않기 위해서도 그렇다.

훨훨 나는 모교의 웅비에 뿌듯함을 느끼며 세파에 시달려 자꾸만 작아지는 내 모습을 떨쳐내기 위해서라도 마음 저 한구석에서 불끈 용솟음치는 '고대정신'의 현장이라도 확인하고 싶어 4·18 기념탑을 다시 둘러본다.

지구를 박차고 포효하는 호상虎像의 대리석에 새겨진 지훈 선생의 글을 다시 읽는다. 험난했던 최전방 방책선 시절을 견디면서, 이 글귀는 나의 북극성北極星이었기 때문이다.

민족의 힘으로 민족의 꿈을 가꾸어 온
민족의 보람찬 대학이 있어

너 항상 여기에 자유의 불을 밝히고
정의의 길을 달리고 진리의 샘을 지키느니

지축을 박차고 포효하거라
너 불타는 야망 젊은 의욕의 상징아

우주를 향한 너의 부르짖음이

민족의 소리되어 메아리치는 곳에

너의 기개氣概 너의 지조志操 너의 예지叡智는
조국의 영원한 고동鼓動이 되리라

지훈 선생이 작시한 교가 3절을 윤이상 선생의 곡에 맞춰 나지막하게 읊조려 본다. "그윽한 수풀은 우리 꿈의 요람이요, 저 넓은 벌판은 우리 힘의 소망이다. 드는 이 나가는 이 돌려서 지켜 힘차게 이어가는 이 정신 자유·정의·진리의 큰 길이 있다. 고려대학교 고려대학교 마음의 고향 … 영원히 빛난다."

〈고우회보〉, 2010. 5. 5

파주 캠퍼스를 꿈꾸며

파주 출판도시에 둥지를 튼 지 벌써 6년이 되었다. 하늘이 내린 한강 하류의 녹색공간 12만 평에 120여 출판사 동무들과 공동체사회 같은 문향文香이 넘치는 아름다운 소도시의 꿈을 이루고 있다.

서초동 양재역 앞의 지훈빌딩 시절보다 출퇴근이나 시내 출입이 어려운 교통사정만 빼고는 모든 것에 만족하고 있다.

석양 무렵 원고 속에 파묻혀 있다가 퇴근하는 길은, 한강을 가슴에 가득 안으며 거슬러 올라가는 자유로 변의 풍광이 충일한 하루를 보냈다는 기분 좋은 허기를 느끼게 한다.

큰 강의 하류는 넓기 마련이다. 그리고 모든 것을 다 받아준다는 바다에 강의 자락을 맞대고 있다. 서해의 간만의 차이만큼 바닷물이 행주대교 앞까지 드나든다.

그 바닷물의 흔적이 얼었던 강이 풀리면 감추었던 강바닥의 모래사장을 드러내 보이기도 하고, 겨울 한철 얼어붙은 강가에는 톱니같은 얼음으로 증거하고 있다. 바이칼 호숫가의 물결쳤던 곳에 성

채처럼 쌓였던 얼음 조각들의 환영을 여기 한강에서 보기도 한다.

이제 파주는 삶의 터전이며 살아 있음의 사랑스런 현장이 되었다.

빠듯한 살림에도 불구하고 이 사회에 늠름한 기상을 심어주고자 조지훈 선생의 선비정신과 문학세계를 구현하는 지훈상芝薰賞을 제정하여 운영한 지 벌써 10년이 되었다.

제3기 지훈상 운영위원장이신 이배용 이화여대 총장의 이대 파주 캠퍼스 조성 후원의 밤에 강연 요청을 받은 것은 혼자하기에는 너무 화사한 지난 봄날이었다.

처의 모교에서 20만에 가까운 이화대학 사위 중 대표성이 부족한 한 사람인데도, 파주에 터를 닦고 있는 문화예술의 첨병尖兵으로 사랑해 주시는 이 총장의 배려로 소중한 자리에 섰다.

이날은 여성 신교육으로 나라를 바로 세우겠다는 선각자들의 건학이념의 위대한 뜻을 21세기에 이어받아 파주 넓은 들에 이화캠퍼스를 조성하는 용틀임하는 자리였다. 참석자들은 이를 위한 열렬한 응원대장이어야 하며, 또는 이화여대 정신의 구현을 위한 환희의 나팔수여도 좋을 것 같은 모임이었다.

파주캠퍼스의 예정부지는 파주의 남쪽인 월롱산 자락이다. 봄나들이 삼아 대학시절 가슴 태우던 미팅의 기억이라도 떠올리면서 신촌역에서 기차를 타면 월롱역까지 30분 거리의 바로 이웃이다. 지금의 통일로나 자유로 말고도 5년 후 제2외곽순환도로가 열리고, 월드컵 경기장이 있는 상암동에서 문산까지 민자고속도로가 완공되면 승용차로도 신촌에서 강남역 가는 길보다 훨씬 가까울 것이다.

세계문명의 발상지는 거의가 큰 강의 하류였다. 기름진 옥토와 바다로의 길이 열렸기 때문일 것이다. 한반도의 제일 큰 강인 한강이 서해바다로 나가는 하류가 바로 이곳 파주이다.

여기서 임진강과 만나 비옥한 교하평야를 이루는 이곳은 고려의 수도 개성과 조선의 수도 한양의 꼭 중간지점이다. 해서 통일한국의 수도 자리로 오래 전부터 찜해 놓았는지도 모른다.

국토분단과 한국전쟁으로 가장 큰 고통을 받았던 이곳이 60년이 지나자, 의도되지 않았던 결과였지만, 천혜의 자연환경자원을 갖춘 녹색공간이 되어 이 나라 엘리트가 학문을 절차탁마하는 연구시설의 캠퍼스로는 최적의 공간이 될 수 있다.

나라가 어려울 때 여성 신교육의 기치를 높이 들었던 이화의 개척정신이 다시 승화하여 후손들에게 통일과 평화의 염원이 이곳에서 꽃피울 수 있도록 할 것이다. 바로 이러한 하늘이 내리신 길지에 이화의 파주캠퍼스가 거인의 모습으로 주춧돌을 놓는 것이다.

봉황이 내려앉기 위해서는 거대한 벽오동의 숲이 있어야 한다고 한다. 이화의 올곧은 선비정신을 반갑게 맞이할 파주에 계신 가까운 과거의 선비들을 찾아본다.

먼저, 율곡栗谷 이이李珥 선생은 외가인 강릉 오죽헌에서 신사임당의 셋째 아들로 태어나 임진강변인 파주 파평면 율곡리에서 성장했고, 법원리에 묘가 있다. 율곡이 후학을 가르쳤던 자운서원과 화석정이 문화재로 지금도 건재하다. 화석정 주변에는 국난을 대비해 밤나무 1천 그루를 심었던 율곡의 뜻을 새롭게 잇기 위해 파주시는 5년 전에 일본 소나무를 베어내고 밤나무 999주와 나도밤나무 한 그루를 다시 심어 복원사업을 했다.

청백리로 유명했던 황희黃喜 정승도 이곳 사람이며 탄현면에 묘가 있다. 방촌서원을 열어 후학을 지도했고 문산읍 임진강 변에 반구정을 세워 갈매기와 한가롭게 벗을 하였다.

여진을 정벌한 고려시대의 명장 윤관尹瓘 장군도 파평면 출생으로, 광탄면에 홍살문을 앞세운 왕릉 규모의 묘가 있다. 이곳은 파평 윤씨와 청송 심씨 간에 소송에 휩싸여 정조 임금도 해결하지 못하다가 최근에 해결되어 세간에 화제를 모았던 바로 그곳으로, 아무튼 명당자리임에는 틀림없는 모양이다.

마지막으로 한 분을 더 들면 구암 허준 선생도 파주사람이다. 선조의 어의御醫로 임진왜란 때 다들 도망가기에 급급했던 상황에서도 의주까지 동행하였고, 광해군의 어의를 지냈다. 7년 왜란의 깊은 상처를 치유하기 위한 백성의 길잡이로《동의보감》을 저술했다. 피폐한 산천의 주변에서 쉽게 구할 수 있는 약초를 안내했으니, 그이가 나라를 다시 세울 수 있는 원동력을 마련해준 것이다.

이러한 역사와 문화, 그리고 평화와 통일의 도시 파주를 선택한 이화대학의 혜안은 범상을 넘어 아무도 꿈도 꾸어보지 못한 비범한 민족적 결단이었음에 우레와 같은 박수를 보내야 한다.

그것은 이화대학의 정신이 어지신 어머니의 뜨거운 마음으로 분단된 산하를 감싸 안고, 통일 후의 세대까지 생각하고 대비하여 통일 후의 한국사회와 여성교육을 이끌어가려는 자랑스러운 국내 유일의 대학이기 때문이다.

지난 연말 유난히 길었던 겨울 끝자락에 파주시 문화회관에서는 이화대학 파주캠퍼스 착공식을 위한 고천제告天祭를 겸하여 도지사, 파주시장, 시민들과 함께 어울려 이화 음대의 고품격 선율을 감상하는 황홀한 겨울밤을 같이하기도 했다. 벌써 이화대학의 문화의 향기는 파주를 포근하게 감싸는 듯하다.

124년 전 이화대학 건학의 선구자들이 꿈꾸었던 곳이 여기 새로운 마을 신촌이었다면, 21세기 지금 또 하나의 이화 백년, 천년을 꿈꾸는 새로운 마을 신촌新村은 파주캠퍼스임에 틀림없다.

말 달리던 대륙으로의 웅비雄飛를 꿈꾸는 초석을 놓는 파주캠퍼스 조성 후원을 위한 우리들의 이 위대한 약속을 위해, 정성어린 후원자 여러분들의 손을 맞잡고, 이화대학이 잘 되어야 이 나라가

잘된다는 민족에게 희망을 주는 이화의 정신을 구현하는 대열에 어깨동무하여 춤이라도 추고 싶었다.

거인의 의로운 첫걸음에 영광이 함께하길 빌었다.

2010. 4. 21

3

자신을 찾는 여행

- 〈바이칼 기행〉 시베리아 횡단열차와 바이칼
- 〈터키 기행〉 살아 숨 쉬는 터키 궁전
- 〈스페인 기행〉 지중해를 건너는 법 혹은 사막을 건너는 법

시베리아 횡단열차와 바이칼

사진: 황평우

그냥 떠날 일이다. 설날 집안일들이 마음에 걸렸으나 하늘에 계신 아버지에게는 더더 큰아버지가 사셨을 그곳에 다녀오겠다고 혼자 용서를 빌었다.

섣달그믐 한겨울에 바이칼 호수를 알현하러 떠나는 길은 춥기도 하지만 멀기도 했다. 고구려를 자기 역사에 편입하려고 백두산 주변을 호시탐탐 노리는 중국의 속 좁은 동북공정 소동을 건너뛰고 싶어 우리 알타이 민족의 시원始原인 바이칼을 찾았는지도 모른다. 그리고 김종록 소설가의 10년 넘는 바이칼 자랑을 잠재우려,

출렁이는 바다 같은 한여름의 바이칼이 아니라 거꾸로 엄동설한에 길을 나섰다.

사실은 혹독한 시베리아의 강추위 속에 자연 그대로의 자작숲에 다시 안겨보고 싶은 마음이 컸다. 휴화산이 시도 때도 없이 폭발하는 것은 아니지만 이번의 폭발은 감당하기 어려웠다.

시속에 자꾸 찌들어가는 심신을 자학自虐하자는 것은 아니래도 어쩌면 야생의 대자연 속에 나를 던짐으로써 더 정직한 내 모습의 편린이라도 재발견해야 할 것 같았다.

20년 전 사전검열의 유혹에 넘어가지 않고《학자와 부총리》를 출판해 주었던 젊은 고승철 기자가 질풍노도 같던 언론계를 졸업하고, 장편소설을 벌써 3권이나 집필한 이병주를 닮은 소설가가 되어, 연어가 회귀하듯 나남출판 책임을 맡게 되었다.

35년 동안 단기 필마로 내달았던 나의 장정길이 외로웠던지 백만 원군을 얻은 것 같고, 우선은 말벗이 생겨 고맙다는 인사 겸 이 여행에 동행했다.

첫 번째 러시아 기행은 20세기가 끝날 무렵 연방이 해체되고 여행길이 열리자 기다렸다는 듯이 행장을 꾸렸다. 혁명이 시작되었던 상트페테르부르크에서 도스토예프스키와 푸쉬킨의 문학공간을 순례했고, 개혁 개방 혼란기의 열악한 경제상황 속에서 모스크바에서 하루 온종일 버스를 타야 하는 야스나야 포랴나에 있는 톨스토이 장원莊園을 찾는 일이었다.

20세기는 숫자상의 1백 년이 아니라 제2세계를 구축했던 1917년 러시아혁명에서 그 체제가 붕괴된 1990년의 페레스트로이카 그때까지인지도 모른다. 소련(소비에트연방)이라는 이름보다는 러시아라는 이름이 편하게 와 닿는 것은, 러시아혁명의 핏빛 권력투쟁보다 혹한 속에 인간의 웅혼한 삶이 훨씬 깊게 배어나오는 러시아 문학의 향기 때문일 것이다.

두 번째 러시아 기행은 세계 유물을 약탈이 아닌 돈을 주고 수집한 제정帝政러시아 지도자의 안목이 돋보이는 예술품을 소장한 상트페테르부르크 에미르타주 박물관 기행이었다. 세계 3대 박물관으로서의 명성과 함께 3백 년 넘게 그들의 체제에 영향을 미쳤던 칭기즈칸 후예들의 유산도 잘 보존되어 있었다.

자작나무숲에 포근하게 안겨 있던《닥터 지바고》의 보리스 파스테르나크의 자작나무 통나무집을 찾아 나섰던 일은 크나큰 기쁨이었다. 사랑의 홀림과 울림과 떨림을 경험했던 명장면들이 나의 젊은 날을 지배했던 영화였기 때문이다.

그러나 파스테르나크의 자전인《닥터 지바고》가 소련 내에서는 판금되었기 때문에 러시아인들은 '닥터 지바고'도, 그의 연인 '라라의 노래'도 몰랐다. 우리에게 널리 알려진 드라마〈모래시계〉의 애잔한 배경음악이었던〈백학〉도 그들은 알지 못했다. 다만 민

시베리아 횡단열차의 종점인 블라디보스토크 혁명광장의 전사들.
진군나팔과 깃발을 움켜쥔 적군(赤軍) 병사의 거대한 동상.
러시아혁명의 완결점이기도 하다.

요풍의 〈백만 송이 장미〉만을 강강술래 같은 군무群舞 속에 합창할 뿐이었다.

블라디보스토크 혹은 해삼위

한여름 성수기에는 서울에서 이르쿠츠크까지 비행편이 있지만, 한겨울에는 먼저 72시간 시베리아 횡단열차를 타고 이르쿠츠크로 가서 다시 버스로 8시간을 가야 바이칼이다.

횡단열차의 시발역인 블라디보스토크에 왔다. 항일 독립운동가들이 일제의 칼날을 피해 러시아 국경을 넘어 카레이스카야 슬라

보드카 신한촌新韓村, 곧 '개척리'를 건설했던 해삼위海蔘威라고 불렸던 곳을 찾아 나섰다. 박경리《토지》에서도 잘 그려진 그때 신한촌은 광복의 의지에 불탔던 혼령만 따로 배회하는지 흔적이 없고 도시개발로 아파트촌이 되어 있다.

아파트 단지 입구 나지막한 눈 덮인 동산에 우뚝 선 오석烏石으로 다듬은 '연해주 신한촌 기념탑'이 허허로움을 달래준다. 1999년 광복절에 뜻 있는 의로운 인사들이 세운 것이다. 우리의 정신적 영토에 표지석을 세워준 그분들에게 큰절을 올린다. 항상 역사는 관군들보다 의병들에 의해서 기록되는지도 모른다.

탑 뒷면의 건립기에는 해외한민족연구소가 전국경제인연합회의 협찬을 받고, ㈜백미산업 이인기 사장이 건립비를 부담하여 이 탑을 세웠다고 적고 있다. 탑 전면은 한글과 러시아 말로 적었다. '연해주 신한촌 기념탑문'을 여기에 옮기는 것도 역사의 현장을 공유하고 싶은 소롯한 소망 때문이다.

연해주 신한촌 기념탑문

민족의 최고가치는 자주와 독립이다. 이를 수호하기 위한 투쟁은 민족적 성전이며, 청사에 빛난다. 신한촌은 그 성전의 요람으로 선열들의 얼과 넋이 깃들고, 한민족의 피와 땀이 어려있는 곳이다.

1910년 일본에 의하여 국권이 침탈당하자 국내외 지사

연해주 신한촌 기념탑문

들은 신한촌에 결집하여 국권회복을 위해 필사의 결의를 다졌다. 성명회와 권업회 결성, 한민학교 설립, 신문발간, 13도의군 창설 등으로 민족역량을 배양하고 1919년에는 망명정부(대한국민의회)를 수립하여 대일항쟁의 의지를 불태웠다.

그러나 한민족은 1937년 불행하게도 중앙아시아에 흩어지게 되고 신한촌은 폐허가 되었다. 이에 해외한민족연구소는 3·1독립선언 80주년을 맞아 선열들의 숭고한 넋을 기리고, 재러·중앙아시아 고려인들의 마음의 상처를 위로하며, 후손들에게 역사인식을 일깨워 주기 위하여 이 기념탑을 세운다.

1999년 8월 15일

얼지 않는 군항을 찾는 러시아의 집념이 담긴 블라디보스토크 우수리강 하구 아무르만을 둥글게 감싸고 있다. 독수리 전망대에서 내려다본 항구의 겨울 풍경

러시아 해군항이 내려다보이는 곳에 정주영 회장이 북방의 웅지를 튼 계동 현대건설 사옥과 똑같은 외양의 현대호텔 건물이 반갑다. 아직도 고층건물에 속한다.

이곳에서 '삭풍회'의 전설을 듣는다. 해방이 되고 일제징병에 끌려간 한국청년들도 패전국 일본의 관동군으로 분류되어 시베리아 개발의 강제노동에 동원된다. 나라를 되찾았으나 50년 가까운 냉전상태는 그들을 적성국가 인민으로 간주했다. 우리는 그들에게 아무 관심도 갖지 못한 죄송스러움에 고개를 떨군다.

시베리아 횡단열차에서

열차는 정시에 출발했다. 모든 열차시간은 모스크바 시간을 표준으로 하기 때문에 7시간의 시차가 있었다. 꼬박 3일 동안 횡단열차의 4인실 쿠페에서 먹고 자고 뒹굴며, 데카메론적인 이야기에 푹 빠진다. 기차가 삶을 느리게 살라고 하지 않아도 우리는 벌써 자연의 일부가 되어 매일 밤 시베리아의 달빛에 젖는다.

잠시 정차하는 역에서 내려 동토凍土의 왕국을 건설한 현지민들의 생활이라도 엿보려다 보면 강추위의 환영 역풍을 맞기 마련이다.

좁은 공간에서 원고 쓰기

횡단열차 복도에서
자작나무숲 구경하기

잠깐 기차가 정차하는 틈에 시베리아 사람들의 삶을 구경하러 나서기도 한다.
기차역사 앞의 얼음조각이 너무 서두르지 말라고 여유를 보이고 있다.

처음 정차 역은 횡단열차와 중국으로 가는 철도가 갈라지는 우수리스크이다. 이곳에 발해성터와 1907년 헤이그 밀사사건의 주역인 이상설 유허비가 있다. 하바롭스크는 독립투사 홍범도·이동휘·양기택의 거점이기도 했다.

꿈나라를 헤매고 있는데 덜컹거리는 열차의 진동으로 배낭에 걸어두었던 컵이 떨어져 콧날 위에 생채기를 낸다. 나중에 보도를 보니 그 시각쯤에 우랄산맥 동쪽에 커다란 운석隕石이 떨어졌다 한다. 우주의 신호에 감응하는 선혈의 피를 시베리아에 뿌린 셈이다.

데카브리스트의 유배지로 짐작되는 간이역 같은 곳을 무심하게 지나던 열차는 이제 꽁꽁 얼어붙은 바이칼 호수를 둥그렇게 감싸며 달린다. '바이칼이다'라는 탄성이 여기저기에서 터져 나와 열차를 흔든다. 설원 속에 파묻힌 바이칼을 어림짐작으로 그려 볼 뿐 아직은 맨살을 드러내지 않는다.

액자사진의 슬라이드처럼, 차창 밖으로 스쳐 지나가는 자연 그대로의 눈에 파묻힌 태고의 원시림인 타이가 대산림을 온통 뒤덮은 자작나무숲에 지칠 때쯤이면 이르쿠츠크에 도착한다.

상트페테르부르크가 북유럽의 파리라면, 시베리아의 파리는 이곳이다.

횡단열차 창가에서 본 바다 같은 바이칼 호의 얼어붙은 한겨울 모습

3일 동안 숱한 시베리아의 자작나무숲을 스쳐 지나야 했다.

아! 이르쿠츠크

1812년 나폴레옹의 60만 대군은 러시아를 침공했다. 모스크바에 입성했으나 소개작전의 일부였는지 대화재로 도시는 폐허로 변하고 오랜 장정에 지친 프랑스군은 퇴각한다.

1백 년이 지나면 히틀러의 독일군도 모스크바의 추위와 굶주림으로 패퇴하여 2차 세계대전을 끝맺는다. 이때 러시아군은 후퇴하는 프랑스군을 쫓아 파리에 입성한다.

전쟁이 끝나고 귀국한 서유럽 자유의 세례를 받은 젊은 장교들은 1825년 12월 혁명을 감행했으나, 시대는 아직 그들의 시간이 아니었다. 시대는 항상 역사라는 이름으로 선각자의 희망보다 반 발짝 더디게 굴러가기 때문이다.

귀족 청년장교들인 데카브리스트(12월당)는 참혹한 시베리아의 유형지에서 더 뜨거운 사랑과 영원한 자유와 목숨을 담보로 하면서 그들의 미완의 혁명을 온몸으로 완성한지도 모른다. 훗날 톨스토이는 데카브리스트였던 숙부의 못다 이룬 꿈을 불러와 명작 《전쟁과 평화》를 남긴다. 그 중심에 이르쿠츠크가 있다.

큰 건물들의 외벽 상단에는 벽시계처럼 영하 30도를 넘나드는 온도를 표시하는 온도계가 사인을 보내고 있다.

1921년 고려공산당의 이르쿠츠크파가 결성된, 당시 인민회관 대강당이었던 극장 옆을 지나 한밤에 얼음공원 산책을 하기도 한

이르쿠츠크 시내 메리어트 호텔 앞. '이르쿠츠크 바이칼'의 문구가 선명한 관광버스

다. 훨씬 남쪽으로 며칠이나 기차를 달려야 몽골 울란바토르와 만주리滿洲里를 거쳐 간도까지 오갔을 일제 치하 선조들의 피눈물 났던 족적을 상기한다.

이광수의 〈유정〉有情에서 남정임은 바이칼 호변에서 지고지순한 사랑을 구가하고, 이제는 폐선이 된 환環바이칼 횡단열차 일부 구간은 관광열차가 한가롭게 달린다.

러시아 혁명기간 중 적군파와 백군파가 혈전을 벌여야 했던 이르쿠츠크 대첩의 〈제독의 연인〉이나, 데카브리스트의 애잔한 사랑을 그린 〈러브 오브 시베리아〉 영화를 여기서 촬영했다 한다. 이

영화는 한국에서도 개봉되었으나 그때 함께 개봉되었던 〈타이타닉〉의 광풍에 휘말려 침몰하고 만다. 가난한 시인인 닥터 지바고가 설원의 자작나무 궁전에서 손을 호호 불어가며 성에가 얼어붙은 유리창에 사랑의 시를 썼던 장면은 예상외로 이곳이 아닌 스페인 세트장에서 만들었다 한다.

알함브라 궁전이 있는 시에라 네바다 산맥의 설원이 그곳이다.

설원의 바이칼

바이칼 호수의 알혼 섬으로 들어가는 선착장까지는 8시간을 버스로 달려야 한다. 시베리아의 눈발은 습기가 없어서 바람에 날리

바이칼 호수로 가는 길에 버스를 세우고 폭설에 잠긴 자작나무 숲에 들어갔다.
그들의 체온을 안아보고 싶어 무릎까지 빠지는 눈길을 헤쳐 나가야 했다.

그들의 토테미즘인 우리의 솟대와 같은 세르게.
이 시베리아 벌판에서 무엇을 그렇게 기원했을까.

므로 눈길 버스운행이 가능하다. 한겨울이라선지 오가는 차량이 뜸해 설원을 가르는 우리의 행군은 조금은 외로워 보일 수도 있겠다.

우리의 솟대 같은 세르게 기둥이 곳곳에서 우리의 안녕을 비는 듯 추위 속에 서 있다. 나뭇가지나 나무허리에 묶어둔 소망을 비는 형형색색의 헝겊인 지아라가 삭풍에 떨고 있다. 잠시 길가에 차를 세우고 자작나무 처녀림을 직접 만져보기 위해서는 무릎 넘게 빠지는 순은純銀의 눈길을 헤쳐 나가야 한다.

선착장에는 미지의 세계로의 입국수속 절차도 없다. 바이칼을 눈앞에 두고 마음을 설레는 착한 인간의 얼굴을 한 우리들만이 강파른 혹한의 바람을 맞으며 설원 위에 서 있다.

영하 40도의 혹한에 얼어붙은 불한 바위.
여름의 북적대던 인파에 시달렸던 이곳도 웅장한 신비만 가득하다.

마중 나온 개조된 지프에 실려 얼어붙은 바이칼 호수 위를 달려 알혼섬에 바로 상륙한다. 흙먼지 날리는 이 길을 50분쯤 달리면 성스러운 불한 바위가 있다.

바이칼의 장엄함과 생명력에 경배할 일이다.

둘레만 2,100킬로미터, 세계 민물의 20퍼센트, 세계 식수의 80퍼센트, 세계인류가 40년을 먹을 수 있는 바다 같은 호수, 생성된 지 3천만 년이나 되었다는데도 지금까지 살아있는 물이 바이칼이다.

화석化石으로 지구 생성의 생태계를 보여줄 수밖에 없지만 오직 이 물만이 지구 최고령의 자연의 신비가 살아 꿈틀대는 성소다.

불한 바위 앞 꽁꽁 얼어붙은 바이칼 호수 위에서

세상에서 가장 깊고 오래된 바이칼 호. 세계 민물의 20퍼센트가 담겨 있다.
부르는 이름도 많다. 성스러운 바다, 시베리아의 푸른 눈,
시베리아의 진주가 그것이다. 가장 깨끗한 민물의 보물창고이어선지
가장자리의 얼음은 수십미터 물속까지 비추어 준다. 투명한 블루처럼.
현대 기계공학이 흉내 낼 수 없는 기하학적인 디자인이 더욱 자연스럽다.

선달그믐의 바이칼 호수는 주변의 하얀 산까지 아우른 광대무변의 설국 그 자체이다. 한여름의 바이칼이 어디가 하늘이고 어디가 대양인지 알 수 없다는데, 지금은 장자莊子의 대붕大鵬이 날갯짓치기에도 어려운 광활한 설원 그 자체이다.

1미터 넘게 얼어붙어 콘크리트보다 더 튼튼하다는 바이칼 위를 지프로 달린다. 불한 바위 앞에 선다. 바다 같은 호수의 잔물결들이 원형 그대로 겹겹이 얼어붙은 빙판 더미를 조심스럽게 헤치고 성스러운 불한 바위를 만지며 마음에 품는다. 거대한 생명의 살아있는 지구의 자궁이 이곳임을 선험적으로라도 느껴야 한다.

최남선은 불함문화론에서 이곳을 민족의 시원始原으로 읽어냈다.

호숫가의 빙판은 현대 건축 디자인이 흉내 낼 수 없는 곡선과 직선을 교차시키며 얼음 틈으로 투명한 맨바닥을 잠시 보여준다. 방위를 알 수 없고, 굳이 찾으려고도 하지 않으며 눈의 제국 곳곳을 질주했다.

빙판 위에서 바이칼에서 잡히는 연어과 물고기를 훈제한 '오물'이라는 특산품과 검은 빵으로 점심을 먹는 호사를 누렸다. 우주의 큰 신으로부터 영성체를 받는 것이 아닌가 하는 환상이 스쳤다.

저녁에는 '바냐'라는 러시아식 사우나에 바이칼의 환상체험에 얼어붙은 몸을 맡겼다. 이 의식을 위하여는 영하 35도의 추위가 짝하여도 괜찮다. 자작나무 통나무의 뜨거운 훈증만은 아닐 것이다.

무엇을 회개悔改해야 하는 자학自虐은 아니지만 자작나무 가지로 땀에 젖은 온몸을 때린다. 자작나무의 향이 온몸을 감싸며 몽혼한 기분이 든다. 옛날 초야初夜에 자작나무 조각들로 화촉樺燭을 밝히며 새 생명의 잉태를 기원했던 그 불빛과 향기가 어른거리는 것 같다.

바이칼의 마지막 밤에는 별들의 폭포를 보아야 한다. 가없는 빙판에 반사되는 별빛도 금방 얼어붙는다. 오늘 밤 얼어붙은 별 하나를 내 가슴에 품어야 하는 우주의 신비를 겸허하게 세례洗禮받아야 한다.

…별을 노래하는 마음으로
모든 죽어가는 것을 사랑해야지
그리고 나한테 주어진 길을 걸어가야겠다
오늘밤에도 별이 바람에 스치운다.

-윤동주 〈서시〉

시베리아의 푸른 눈, 초승달 모양의 바이칼은 이제 만월滿月로 두둥실 떠오를 일만 남아 있는지도 모른다. 끝닿은 데 없는 민족의 시원을 여기에서 찾을 일이다.

2013. 4. 7

살아 숨 쉬는
터키 궁전

나만 그러는 것이 아니겠지만, 언젠가는 꼭 가 보아야지 하면서도 시속의 일상에서 헤어 나오지 못한 채 애써 욕망을 잠재웠던 곳이 있다. 우연히 텔레비전 프로그램 〈걸어서 세계 속으로〉에서 그곳이 소개되면 질화로의 불씨처럼 되살아나는 가고 싶은 그리움의 갈증이 인다.

잠시 지금 하는 일이 그렇게 가치 있는 것이기에 일상의 무게를 떨쳐내지 못하는가 하는 현실의 벽을 안타깝게 실감하며 무력감에 빠지기도 한다. 그중 하나가 터키이다.

《나는 걷는다》의 대기록을 온몸으로 완성한 프랑스 퇴직기자가 신비의 동양을 향해 중국 시안까지 1만 2천 킬로미터나 되는, 살아있는 전설의 실크로드인 대상隊商의 길을 4년 동안 걸었던 대장정의 첫걸음을 내딛던 곳도 이스탄불이다.

동서양 문명 접점의 궤적을 아슴푸레하게라도 그리고 싶거든

우선 이스탄불에 발을 들여야 하는지도 모른다.

보스포루스 해협의 파도가 부르짖는 아우성은 무엇이고, 콘스탄티노플로 상징되던 로마인들의 잔영이나, 이스탄불로 불리는 오스만 투르크 제국 후예의 그리 오래되지 않은 영광의 혼불이라도 느낄지 모르는 일이기 때문이다.

금년 5월 서울에서 열릴 '터키 문화유산 교류전'을 준비하는 국립중앙박물관의 이스탄불 방문팀에 합류하는 행운을 얻은 것은 작년 10월 말이었다. 그때 터진 터키지진 뉴스에 걱정되기도 했지만, 한반도의 3.5배 크기여서인지 이스탄불에서는 동쪽 끝 시리아 접경에서 일어난 지진을 일상처럼 무덤덤하게 느끼는 것 같았다. 올리브유 생산이 주된 농업국으로 천혜의 자연혜택을 누리지만 지진은 항상 껴안고 살 수밖에 없는 원죄이다.

1인당 국민소득이 우리의 절반이지만 유전油田을 보유하고도 개발하지 않고 전량 수입에 의존하며 비싼 유류비의 고통을 감내하는 것은 국제분쟁을 피하고자 하는 지혜인지, 자원을 후손에게 물려주려는 지도자의 배려인지 그 깊이를 알 수 없다.

성소피아 성당 혹은 아야소피아 모스크

5세기 로마제국이 멸망한 후 콘스탄티노플에 자리를 튼 동로마제국이 537년에 세운 성聖소피아 성당은 비잔티움 제국의 전성기

를 드러내는 로마식 기념비이다. 로마 가톨릭이 신에게 바치는 대리석의 제단이자 제국의 자존심을 온 세상에 떨친 화려함의 극치였다.

이 성당의 원래 이름은 '하기야 소피아'Hagia Sophia였다. '신성한 지혜'라는 뜻이다. 1453년 오스만 제국이 콘스탄티노플을 정복한 뒤에는 아야소피아Ayasofya라고 부르며 이슬람 모스크로 사용했다. 1934년 박물관으로 지정된 뒤 공식이름은 '아야소피아 박물관'이다.

2천 3백 평의 대성당은 동로마 유스티니아누스 황제가 6년 공사 끝에 537년 완성한 가톨릭 세력의 기념비적 건축물이다.

동서 길이 77미터, 남북 길이 71.7미터, 정사각형의 벽 위에 올린 직경 33미터의 중앙 돔은 높이 54미터로 세계 최대 규모이며,

107개의 기둥이 받치는 거대한 돔과 유리창을 통해 쏟아져 들어오는 찬란한 빛,
헬 수 없이 많은 샹들리에가 종교에 상관없는 성스러움으로 무릎을 꿇게 한다.

성 소피아 성당 내부

기둥 하나 없이 성전으로 받쳐 주는, 인간이 창조할 수 있는 가장 성스러움 그 자체였다. 인류는 처음으로 기둥과 아치 위로 둥근 돔 지붕 및 천장을 구현하는 데 성공한 것이다.

대성당 내부의 황금 모자이크 벽화는 화려함의 극치였다. 천년 동안 기독교의 자존심이었던 대성당 벽화에 회칠이 덮이고, 첨탑이 추가되어 이슬람 모스크로 바뀐 뒤 다시 5백 년 세월이 흐른다. 1천 5백 년간 수많은 지진을 견디어낸 건물은 세계 7대 불가사의 건축물로 손꼽힌다.

비잔티움 석조공예의 진수를 보여주는 107개의 기둥이 받치는 거대한 돔과, 유리창을 통해 쏟아져 들어오는 찬란한 빛, 헬 수 없이 많은 상들리에가 종교에 상관없는 성스러움으로 무릎을 꿇게 한다. 이 성당은 동방 정교회 수장인 대주교가 머무는 곳으로, 비잔티움 제국 가톨릭 신앙의 중심 역할을 했다.

'콘스탄티노플의 함락'보다는 '이스탄불의 탄생'

크고 작은 1천 번의 지진을 견뎌내고 1천 년이 지나 이슬람의 손에 들어간 뒤에는 모스코의 거대한 첨탑 미나레트 4개가 덧붙여진다.

종교적 차이 하나만으로 인류문명의 금자탑을 쓰러트리지 않고

원형을 그대로 보존하면서, 코란과 그들 선지자의 이름을 새긴 직경 7.5미터의 거대한 둥근 원판 8개를 매달고, 벽과 천장에 아로새긴 이교도의 상징인 황금 모자이크에 회칠하는 것에 그친 제국의 도량은 얼마나 넓고 깊은가.

또 6백 년이 지나면 회반죽이 떨어져 나간 틈으로 간간히 그 모습을 드러내 본래 가진 그 화려함의 일부만으로도 사람들을 압도한다. 아기 예수, 성모 마리아와 세례 요한이 그려진 특수기법의 모자이크여서인지 벽화 속 그리스도의 눈동자가 계속해서 이방인인 나를 뒤좇는다.

이슬람 세계를 공격하기 위한 11세기 십자군 전쟁은 이 성당을 지나가면서 시작된다. 이제는 그 주체가 로마제국에서 미국·이스라엘로 바뀌고, 원유확보나 테러방지라는 대의명분만 달리 표현할 뿐 1천 년이 지난 지금까지도 기독교와 이슬람의 종교전쟁은 아직도 현재진행형인지 모른다.

지하저수지 예레바탄

소피아 성당 맞은편의 지하저수지인 예레바탄의 위용은 어떠한가. 길이가 140미터, 폭 70미터, 높이 9미터로 8만 톤의 물을 저장할 수 있는데, 콘스탄티노플이 적에게 포위될 경우를 대비하여 물

거꾸로 박힌 메두사 머리. 무슨 앙갚음이었지 싶다.

비축용으로 지었다 한다.

물은 도시에서 북쪽으로 20킬로미터 떨어진 베오그라드 숲에서 끌어왔다고 한다. 이 지하 저수조를 지탱하는 336개의 대리석 기둥이 물속에 뿌리를 내리고 열병하듯 서 있다. 기둥마다 조명을 받아 환상적인 모습을 연출하고, 언제부터 거기에 있었는지 모를 큰 잉어들이 유유자적 헤엄치고 있다.

이 기둥들은 제각각의 모양으로 그리스 등의 고대 신전에서 뽑아다 썼다고 한다. 맨 안쪽으로 가면 돌로 조각한 2개의 메두사 머리를 만날 수 있다. 하나는 뺨을 바닥을 댄 채로, 또 하나는 아예 머리를 땅에 박은 채 서 있는데, 당시의 그 주술적 의미는 알 수 없다.

술탄 아흐메트 광장

17세기 오스트리아 합스부르크 왕가와 접전을 벌이고 지중해를 지배한 오스만 제국의 전성기에 조성된 술탄 아흐메트 광장이 광대하게 펼쳐진다. 이 광장에는 비잔티움 황제 테오도시우스 1세가 이집트 룩소에서 가져왔다는 오벨리스크가 우뚝하다.

이 오벨리스크 기단에 새겨진 부조는 이 황제의 가족과 측근들이 마차 경주를 관람하는 장면을 묘사한 것이라고 한다.

술탄 아흐메트
광장의 오벨리스크

오벨리스크 기단의 부조

이슬람이 창조한 블루 모스크

술탄 아흐메트 광장의 압권은 블루 모스크 사원이다. 오스만 제국의 14대 황제였던 아흐메트 1세는 성소피아 성당에 가득한 기독교 냄새를 압도하기 위해 미나레트를 세우고 이슬람 모스크로 바꾸긴 했지만 불편하기는 마찬가지였을 것이다. 비잔티움 제국이 세운 이 성당을 능가하는 이슬람 본연의 멋진 모스크를 세우기로 했다.

블루 모스크. 정식 이름은 '술탄 아흐메트 1세 자미'다. 자미는 이슬람 사원을 말한다. 터키어로 '꿇어 엎드려 경배하는 곳'이라는 뜻이다. 블루 모스크는 1609년에 착공돼 1616년에 완공됐다.

높이 43미터, 직경 27.5미터의 거대한 중앙 돔을 4개의 중간 돔이 받치고 있고, 그 주변으로 또 30개나 되는 작은 돔들이 몽골 게르처럼 배열되어 장관을 연출한다.

이 사원이 유명한 것은 내부의 아름다움에 있다.

수없이 많은 창을 통해 들어오는 빛들이 쳐놓은 그물을 넘나드는 환상에 경외심을 갖는다. 어쩌면 이 빛을 만나기 위해 그 먼 길을 달려왔는지도 모른다.

소피아 성당보다 큰 사원복합단지인 블루 모스크가 6개의 거대한 첨탑인 미나레트와 함께 이슬람의 종주국임을 웅변한다.

지금도 예배를 드리는 이 모스코는 직경 23미터의 중앙돔이 43

이슬람의 자존심이 뚜렷한 블루 모스크

수없이 많은 창을 통해 들어오는 빛들이 쳐놓은 그물을 넘나드는 환상에 경외심을 갖는다.
어쩌면 이 빛을 만나기 위해 그 먼 길을 달려왔는지도 모른다.

미터의 하늘에 걸려 우아함을 뽐낸다. 내부는 타일생산으로 유명한 이즈텍에서 가져온, 튤립, 포도, 석류 등이 청색으로 디자인된 2만 개가 넘는 명품타일로 덮여 있다.

260개의 스테인드글라스 창으로 들어오는 빛이 푸른색 타일과 어우러져 신비로움을 더해 준다. 환상적인 푸른빛의 커튼이 바닥에 깔린 거대한 실크 카펫과 마주하며 성소로서의 위엄을 갖추고 있다.

파노라마 1453 역사박물관

13세기 말부터 4백 년간 세상을 뒤흔들었던 오스만 투르크 제국은, 1453년 이슬람 세계의 중심에 알 박혀 있는 로마 가톨릭의 동쪽 끝 천혜의 요새이자 상징인 3중의 성벽에 둘러싸인 콘스탄티노플을 함락시켜 1,123년간 이어온 비잔틴 제국의 숨통을 끊는다.

술탄 메흐메트 2세가 그 자리에 이슬람의 이스탄불을 건설한다. 《로마인 이야기》로 유명한 시오노 나나미가 '콘스탄티노플의 함락'을 안타까워하는 것도 기실은 가톨릭의 시각을 반영한 것뿐이다. 역사의 현장인 그곳은 로마제국, 비잔틴제국을 거쳐 원래의 주인인 오스만제국의 품에 되돌아간 것이기 때문이다.

우리 박물관 답사기행팀이 여느 관광객과는 달랐는지, 오로지

정복자, 술탄 메흐메트 2세

가이드를 맡은 터키 유학생의 사려 깊은 배려 덕분으로 '파노라마 1453 역사박물관'을 찾았다. 2009년에 개관하여 터키 관광책자에도 실리지 않은 곳이라 한다.

14년 동안 이스탄불의 버스터미널로 쓰였던 가장 번화가였던 그곳에 토프카피 문화공원을 조성하고, 이곳에 승리의 금자탑으로 역사박물관을 세운 것이다.

정복자의 칭호를 얻은 술탄 메흐메트 2세의 오스만 군대가 토프카피 성벽을 넘어 콘스탄티노플로 입성한 승리의 길목이 바로 그곳이기 때문이다. 제국을 경영했던 선조의 DNA는 후손에게 이

1453 역사박물관 맨 윗층의 파노라마

1453년 그날의 활화산

런 안목을 전승케 하는지도 모른다.

역사박물관 3층에 오르자 신세계가 파노라마로 펼쳐졌다. 오스만 군대의 포성이 진동하며, 콘스탄티노플 성벽으로 진군하는 말발굽 소리와 함성이 귓전을 때렸다. 컴퓨터 기술의 파노라마라고 애써 중심을 잡아보지만, 1453년의 그 현장의 소용돌이 속으로 빠져들 수밖에 없는 벅찬 감동이었다.

IT강국이라는 우리가 스마트폰으로 시시콜콜한 잡사나 뒤적이며 보이스피싱에 시달릴 때, 그들은 6백 년 전의 웅장한 역사를 IT의 옷을 입혀 파노라마로 만들어 거대한 서사시처럼 눈앞에 재현시키고 있다.

무엇을 위한 SNS 정보시대 구현인지를 다시 생각해 본다. 하기는 기술발전만이 능사는 아니다. 무엇을 실어 나를 것인가의 메시지 창출이 더 큰 과제임에 틀림없다. 우리는 천산만고 끝에 세계적인 IT강국이 되었지만, 1453년의 활화산과 같은 그들의 메시지가 있는가 하는 자괴감이, 그들이 정녕 부러운 이유다.

다시 광화문 앞에 박제된 채 벽화가 되지도 못하는 세종이야기나, 못난 임금을 위해 자신은 싸우다 죽어야 하는 이순신의 명량해전 승리를 위안 삼아야 하는 자신이 자꾸 오그라들었다.

제국의 위용, 톱카프 궁전

팍스로마 이후 앞서거니 뒤서거니 하며 세계를 제패한 유목민인 칭기즈칸의 몽골제국은 노마드 정신 때문에 '바람의 제국' 그대로 흔적이 별로 없지만, 오스만 투르크 제국이 거대한 석조물로 자신들의 표상을 남긴 것은 종교전쟁에서 승리한 것을 과시하려는 욕망의 정치적 표현이었는지 모른다.

마르마라해, 보스포루스해협, 골든혼으로 둘러싸여 최고의 풍경을 자랑하는 그 승리의 자리에 바티칸의 두 배 크기인 21만 평 규모의 톱카프 궁전을 지어 제국의 수도로 삼는다.

거목 사이의 톱카프 궁전 박물관을 보기 위해 줄지어 선 관광객들

톱키프 궁전은 황제의 문, 경의敬意의 문, 지복至福의 문 등 3개의 문과 그에 딸린 4개의 드넓은 중정中庭의 거목에 둘러싸여 있다. 유목민들이 생활공간을 중심으로 둥그렇게 게르를 치는 것처럼 정원을 중심으로 사방에 건물을 배치했다.

이제는 개방된 제국의 보물창고에는 주위에 49개의 조그만 다이아몬드가 장식된 무려 86캐럿의 초대형 다이아몬드, 6,666개의 다이아몬드로 장식된 황금촛대, 2만 5천 개의 진주로 장식한 황금 도금된 왕좌, 왕자의 황금요람 등이 제국의 영광을 노래한다.

3~4백 년 살아남은 거목의 숲길 사이로 세계 각국에서 온 여행객 3~4천 명이 관람 차례를 기다리고 있다.

49개의 조그만 다이아몬드가 장식된 무려 86캐럿의 초대형 다이아몬드

보물창고에서 그 보물의 실체를 사진에 담기는 어려웠다. 두터운 유리벽 속의 보물에 정신이 팔린 운집한 관람객의 뒷모습도 그러했지만, 경비원의 눈초리도 여간 매섭지 않았다. 거금을 들여 무거운 도록을 구입하는 것으로 만족해야 했다.

3년이 지나서 오세영 작가의 장편소설《대왕의 보검》을 출판하면서 이 도록에 실린 사진을 유용하게 활용했다. 신라 내물왕계가 흉노의 후손으로, 실크로드를 통해 경주와 이스탄불이 문화 교류한 증좌로 이 보검과 신라 금관의 교류를 추적하는 내용이었다. 이 궁전에 전시된 이 보검이 틀림없을 것 같은 확신은 어디서 나오는 걸까.

세계문명의 발상지 유물

1백만 점이 넘는 소장품을 자랑하는 세계 5대 박물관인 고고학박물관을 찾았다. 수많은 대리석 조각품과 유물들이 아직도 모두 정리되지 않은 채로 있다.

전시된 함무라비 법전의 점토판과 8만 점의 설형문자판 덕분에 메소포타미아 문명 발상지에 온 듯한 환희를 느꼈다. 처음 법과대학에 입학에 입학하면 처음으로 눈에 밟히는 그림이 이 점토판 법전이다. 법과 정의가 강처럼 흐르는 세상을 그리는 인류의 소망은 그토록 오래된 전설이다. 항상 누구를 위한 정의여야 하는 테제로 수많은 고통과 전쟁에 함께해야 했다.

세계문명의 발상지인 시리아 티그리스 강과 유프라테스 강의 하안이 4백 년 동안 세계를 지배한 오스만 투르크 제국의 땅이었음을 이 먼 길을 찾아오고서야 인식한 것이다.

오스만 제국은 강력한 군사력으로 아시아, 아프리카, 유럽 3개 대륙에 걸친 강대국이 된다. 현재의 알바니아, 그리스, 불가리아, 헝가리, 크로아티아, 세르비아, 루마니아, 시리아, 이라크, 이집트, 알제리에 아라비아 반도 일부를 통치한 것이다.

발품을 얼마나 팔아야 바른 안목의 주변이라도 눈치챌 수 있을까. 하늘은 마냥 높고, 땅은 그렇게 그냥 있을 뿐인데, 사람들만 오고 갈 뿐인지도 모른다.

4면에 전투하는 병사들과 알렉산더의 뚜렷한 부조浮彫가 돋보이는 알렉산더 대왕의 거대한 석관石棺은 압권이었다. 지배자는 죽어

알렉산더 대왕의
석관묘와 부조들

서도 그 권력을 보여주는 모양이다. 영혼이 떠난 빈 그릇을 치장하려는 욕망은 어디서 연유하는 것일까. 석관을 화려하게 채색했다는 흔적을 찾아보려는 마음이 앞섰는지 뿌연 무지개 비슷한 아우라가 스치는 기분 좋은 환영을 쫓기도 해 본다.

박물관 숍에서 이즈텍타일 몇 점을 기념품으로 건졌다. 고즈넉한 박물관을 나서다 축구 중계하는 텔레비전 앞에 모여 있는 터키 청년들을 본다. 이집트와 중동의 패자인 오스만 투르크 제국의 후예들이 축구채널에 빠져 있다.

2002년 월드컵 축구 준결승전에서 우리와 맞붙었다. 터키는 유럽조에 편성되었기에 월드컵 본선진출이 30년 만의 쾌거였다. '형제의 나라' 한국을 이겼으니 그 열광이 어떠했겠는가. 개명된 이슬람국가 터키의 남성오락은 축구광풍에서 헤어날 길이 없어 보인다.

어쭙잖게 1차 대전에서 독일 편에 섰다가 패전국인 된 터키는 1923년 로잔조약으로 이스탄불이 있는 유럽 쪽 영토를 선택하여 유럽국가의 명맥을 유지하고, 에게해의 섬들을 숙적 그리스에게 넘겨준다. 역사박물관의 유물들만이 찬란한 제국의 영광을 반추하는 듯하다.

제국의 마지막 불꽃 돌마바체 궁전

유럽의 신흥 해양세력에 밀리던 오스만 제국이 그 위엄을 세우려고 몸부림친 마지막 불꽃이 1853년 11년간의 공사를 거쳐 보스포루스 해변에 완공한 화려함의 극치를 이룬 돌마바체 궁전이다.

술탄 압둘 메지드는 제국의 쇄락을 되돌리는 상징으로, 프랑스 루브르 박물관과 영국 버킹엄 궁전을 능가하는 8만 3천 평의 부지에 웅장한 술탄의 문과 285개의 방, 43개의 연회실을 만들었다. 화려한 실크 카펫이 깔린 550평 규모의 그랜드 홀에는 45미터의 천장에 걸린 4.5톤의 샹들리에가 750개의 촛대를 꽂고 그 위용을 자랑한다. 영국 빅토리아 여왕의 선물이라 한다.

터키를 여행하다 보면 터키 국기와 함께 아나투르크의 초상과 동상이 가장 많이 눈에 띈다. 지금도 이렇게 국민의 사랑을 받는 '터키의 아버지'라는 뜻의 아나투르크 무스타파 케말 파샤(장군)는 터키 민족주의를 표방하고 1923년 공화정의 시대를 연다.

위대한 독재자인 그는 15년 동안 초대 대통령으로 정치와 종교를 분리한 세속주의를 택해 서구식 근대화를 이끈다. 이슬람 최고 지도자인 칼리프 제도를 폐지해 이슬람 신도가 9할이 넘지만 이슬람이 국교는 아니다. 알파벳을 원용한 새로운 터키문자를 만들어 문맹률 제로를 만든 것은 우리 세종대왕이 생각나게 한다.

오스만 투르크 제국의 마지막 불꽃 돌마바체 궁전.
무스타파 케말 파샤는 공화정을 선포하고도 이곳에서 집무했다.

돌마바체 궁전의 그랜드홀
45미터 천장에 걸린 4.5톤의
샹들리에. 750개의 촛대가
불을 밝힌다.

보스포루스 해변가의 돌마바체 궁전 강가

그가 새로운 공화국의 수도를 국토의 중앙부인 앙카라에 정했지만 이 돌마바체 궁전에서 집무를 보기도 했다. 대제국의 후예인 그가 꿈꾸었던 공화국의 모습은 무엇이었을까. 그 집무실의 흔적이 그대로 보존되어 있다.

유럽, 중국에서 들여온 온갖 자기와 일상가구, 장식품, 1천 4백개 유리창문의 화려한 커튼들이 어우러져 궁전이 살아 숨 쉬고 있는 듯하다. 이들처럼 우리도 이승만 대통령의 공화국 집무실이, 일제 잔재인 조선총독부를 역사에서 지워낸, 경복궁 근정전일 수 있었다면 좋았을 거라는 소박한 상념들이 햇살 좋은 늦가을의 지중해를 향한 파도에 부서지고 있었다.

문득 눈을 들면 무슨 국경일이었는지 크림슨 색 빨간 바탕에 노란 초승달과 별 하나가 박힌 터키 국기가 이스탄불의 하늘을 덮으며 힘차게 펄럭이고 있다.

에베소에서 만난 성모마리아

이스탄불이 오스만 투르크 제국의 문화였다면 남서부 에게해 주변의 이즈미르의 에베소는 눈부신 거대한 기둥만 남은 아르테미스 신전과 사도 요한, 성모마리아 교회(성모마리아가 예수의 어머니인지 신의 어머니인지에 관한 종교회의가 5세기에 이곳에서 열렸다 한다)가 있는 기독교 성지 문화권이었다.

대리석의 길이 시작되는 유적지 초입에서 로마시대 니케의 조각 '승리의 여신'이 시간여행을 시작하는 우리들을 먼저 반긴다. 왼손에는 승리를 상징하는 월계관을, 오른손에는 밀다발을 들고 있다.

사도 바울은 에베소에 살면서 〈요한복음〉을 집필했다. 사도 요한의 무덤은 같은 언덕에 있는 성모마리아 교회와 함께 성지 순례의 압권이 되었다. 그날도 파란 하늘 아래 한국 수녀분들의 경건한 참배가 성스러웠다. 사람이 가장 겸손해질 수 있는 현장이다.

한동안 베스트셀러였고, 영화로도 만들어진 〈다빈치코드〉는 성

승리의 여신 니케

사도 요한의 묘

모마리아의 무덤에 관한 추리소설이다. 작가인 댄 브라운은 소설의 마지막 장면에서 성모마리아는 숱한 세월 우여곡절을 겪고 나서 파리 루브르 박물관에 안치되었다고 쓰고 있다.

이곳 에베소에서는 성모마리아가 이곳에서 요한의 품에서 영생했다고 한다. 종교 지식에 밝지 못한 냉담자에게는 성모마리아의 집과 성모마리아 교회가 주는 감동만으로도 2천 년의 성스러운 역사에 기도할 수밖에 없다.

이곳에 2천 년 전 세계문명의 흔적을 탐구하는 고고학 발굴사업의 재정을 지원하는 삼성그룹 표지판이 우뚝 서 있다. 세계인으로 거듭나고 있는 우리들의 자존심을 추어올려 주는 소리 없는 함성의 징표 그것이었다. 20년 전 캄보디아의 앙코르와트를 복원하

성모 마리아의 집

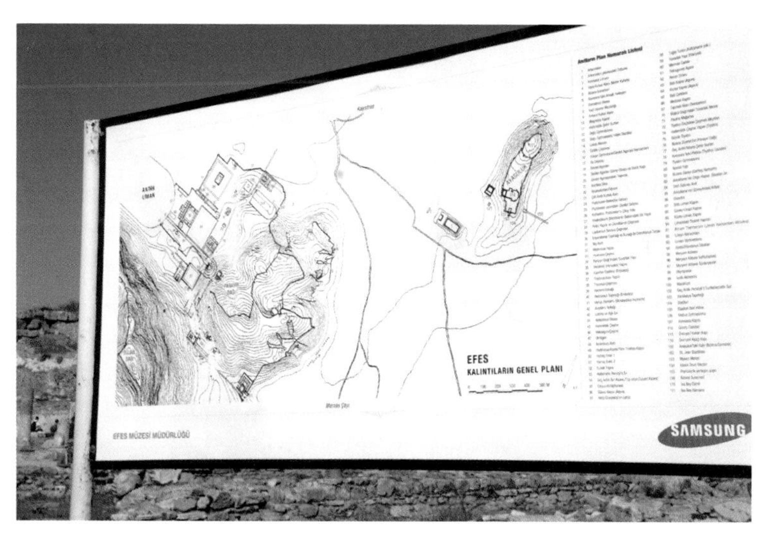

에페소 고고학 발굴사업을 지원하는 현장에 우뚝 선 삼성그룹의 표지판

는 현장에서 이를 프랑스와 일본이 재정지원을 한다는 표지판을 부러움의 눈길로 바라보던, 그 표지판이기도 했다.

원형을 가늠해 볼 수 있을 정도로 열주와 대리석 벽체가 온전히 남은 거대한 셀수스 도서관 앞에서 지식축적을 위해 책들을 채워 넣었던 2세기 초의 그들을 생각했다. 제국의 경영은 무력의 위세만이 아니라 눈에 보이지 않는 지적 인프라가 선행되어야 한다.

아고라에서 대리석 기둥의 열병을 받은 뒤 대형극장으로 가는 대리석 거리 중앙쯤 바닥에 새겨진 뚜렷한 발자국과 여인의 모습을 보아 사창가로 가는 표지석임을 알 수 있다. 항구의 사내들을 유도하는 광고 사인이었을 것이다.

대리석에 깊이 새겨 놓은 까닭에 2천 년 가까이 지난 뒤에도 광고 교과서에 실린 세계최초의 광고판을 밟아 보며 인간의 삶을 생각해 본다. 로마시대에 에베소는 오리엔트 속주 5백여 도시의 수도로, 에게해 상권의 중심지인 대도시였다.

항구거리로 향하는 길에 2만 5천 명을 수용했다는 대형 야외극장이 있다. 3단의 반원형 관람석은 각 단마다 22열이며, 극장의 직경은 50미터이다. 눈치껏 소리를 질러 보며 과학적으로 설계한 자연공간 속에 놓인 원형극장의 울림을 실험해 보기도 한다.

셀수스 도서관. 제국의 경영은 무력의 위세만이 아니라
눈에 보이지 않는 지적 인프라가 선행되어야 한다.

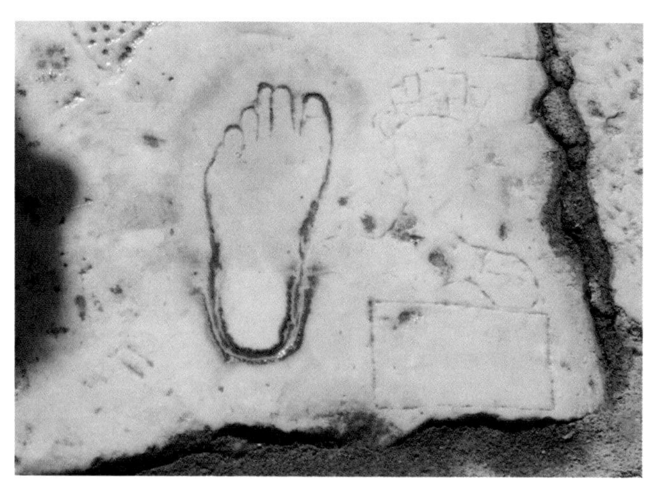

세계 최초의 광고사인.
발자국과 여인의 모습으로 보아 사창가로 가는 표지석임을 알 수 있다.

원형극장

귀족과 평민을 가르는 표지석이 아직도 뚜렷하다. 계급사회의 권위였겠지만, 평민들의 입장료를 귀족들이 대신 내주었다고도 하니 노블레스 오블리주의 흔적으로 눈감아 주기로 한다.

사도 바울을 중심으로 한 기독교도와 우상숭배자들인 현지인과의 치열한 논쟁에 불꽃이 튀기도 했다는 무대는 깊은 눈망울이 고혹스러운 터키 청소년들의 재잘거림과 노래소리에 덮여 있다.

에베소 박물관에서 만난 작은 대리석 조각상이 반갑다. 에베소를 떠나며 머리 위에 거대한 관을 쓴 아르테미스 여신의 석상 복제품을 샀다. 작은 것이 아름다운 것이 아니라 10여 년 전 앙코르와트에서 왕의 다면상 복제품에 혼을 뺏겨 큰 것을 사는 바람에 비행기에서 고생한 일을 생각해서 조그마한 것으로 만족해야 했다.

2012. 3. 3

스페인 기행

지중해를 건너는 법 혹은 사막을 건너는 법

몇 년 만에 작심하고 휴가를 강행했다. 8월 하순을 원초적인 태양이 작열하는 스페인에서 보내는 용기를 부렸다.

"열심히 일한 당신! 떠나라"라는 히트한 광고카피가 나에게 말하는 것 같아 울컥한 적도 여러 해 전의 일이다. 이 카피는 의도하지 않게, 늦게 태어난 특권밖에 없는 젊은이들의 해외 배낭여행을 부추겨 그들만의 세계화 잔치를 벌였다.

대학을 4년에 졸업하는 것이 비상식이 되고, 해외 어학연수나 배낭여행으로 한두 해를 더 보내는 것이 일상화된 듯하다. 대학생이라는 이름의 낭만이나 사회진출의 스펙 쌓기라고는 하나 치열한 개인주의의 또 다른 포장술일지도 모른다.

앞만 보고 이 나라의 산업화, 민주화에 청춘을 바친 우리 60대들은 이를 뒷감당하면서, 성난 얼굴로 돌아보지도 못하고 혀만 끌

마드리드공항
천장의
곡선 예술

끌 찼다. 이제라도 다리에 힘 있을 때 세상구경을 하자고 길을 나섰다.

국립중앙박물관 고위과정의 늦깎이 학생인 아내의 학부형 자격으로 유럽미술 현장학습에 동참했다. 피카소 · 달리 · 미로 · 벨라스케스 · 고야 · 보쉬의 그림과 가우디의 예술건축이 공부대상이었다.

알량한 미술책에서 조악한 복사본 그림으로 예술의 허기를 달랬던 그 어렵던 시절을 보상받고 싶은 욕망이 고개를 쳐들었는지도 모른다.

새벽부터 부지런을 떨어 14시간의 비행 끝에 스페인 마드리드 공항에 내렸다. 가우디의 곡선의 미학이 유감없이 발휘된 공항청사가 나를 반긴다. 여기서 국내선으로 갈아타고 2시간 만에 바르셀로나에 도착했다.

스페인이 낳은 천재 건축가 가우디의 성가족 대성당(사그라다 파밀리아) 사진 : Jordiferrer

지중해를 고즈넉하게 안고 있는 카탈루냐 지방의 수도이자 스페인 제 2의 도시인 바르셀로나는 20년 전인 1992년 8월에 열렸던 88서울올림픽 다음의 제 25회 올림픽 개최지였다.

이곳의 도심 중앙에 자리 잡은 몬주익 언덕을 가로지르며 마라톤 금메달을 향해 내달았던 황영조 선수의 거친 숨결이 귀에 닿는 듯하다. 베를린 올림픽의 손기정 선수의 쾌거를 57년 만에 다시 이룩한 것이다. 이곳이 자꾸 왜소해지는 한국 젊은이의 기백을 만천하에 알렸던 성지가 되었으면 싶다.

사그라다 파밀리아 성당의 내부는 가우디의 천재성이 유감없이 드러난다. 성당의 드높은 열주는 나무가 하늘을 떠받드는 것 같아 더욱 경건하게 한다.

가우디의 구엘공원 동굴과 세라믹 모자이크로 수놓은 벤치. 이곳에 앉아보면 인체 공학을 배려해서인지 그렇게 편안할 수가 없다. 빗물 빠지는 공간을 찾아보는 것은 작은 기쁨이다.

가우디의 카사밀라. 주거공간이 가게로 바뀌었다.

카탈루냐 산정의 수도원

몬세랏 성당을 보기 위해 바르셀로나에서 버스로 1시간을 달려, 톱니모양의 산을 케이블카를 타고 올랐다.

가우디가 이 산으로부터 영감을 얻었다고 한다. 채석장·바다·산·사막을 연상케 하는 카사밀라, 돌기둥과 둥근 아치로 자연적 동굴 같은 느낌을 주는 구엘 공원의 세라믹 모자이크의 향연이나, 150년째 짓고 있는 성가족 대성당(사그라다 파밀리아)의 포물선을 그리며 떨어지는, 젖은 모래를 나타내는 종루鐘樓의 곡선과 아름다

그날도 산정의 수도원 앞에서는 카탈루냐 분리독립을 외치는 집회가 있었다.
이 카탈루냐 문장이 FC 바르셀로나 축구팀 유니폼에 아로새겨져 있다.

움을 둘러보면, 아르누보 양식을 대표하는 그의 구불구불 신드롬이 빈말은 아닌 듯싶다.

우리나라 마이산馬耳山을 닮은 우뚝 솟은 바위 위에 휘날리는, 분리독립을 외치는 카탈루냐 문장紋章이 황금방패 위를 내려 긋는 4개의 붉은 줄로 선명하다.

전통적인 스페인 투우의 광기가 그대로 축구로 옮겨왔는지 축구열풍은 나라 전체를 뒤흔든다. 레알 마드리드와 이 문장을 가슴에 새긴 FC바르셀로나가 시합하는 날이면 한일전 몇 배의 긴장과 환호가 터진다고 한다. 분리독립을 오랫동안 외치며 카탈루냐 문자도 따로 배우는 바르셀로나의 자존과 분노가 함께하기에 더욱 그러리라 싶다. 사실 서울에서 이곳까지의 직항편을 허용하지 않고 수도 마드리드를 거치게 하는 스페인 중앙정부의 심보도 알 만하다.

검은 성모상

이런 척박한 바위투성이의 돌산에 수도원을 건축한 그들의 신앙심이 경외로울 뿐이다. 이곳 몬세랏 성당은 베네딕투스 수도회

몬세랏 성당. 이 안에 '검은 성모상'이 있다.

성모 조각상의 눈길과 표정이 예사롭지 않다.
여러 각도에서 볼 때마다 눈길이 따라오고 표정이 변화한다.

의 수도원으로, 나폴레옹 전쟁의 참화 속에서도 보존한 검은 성모상을 모시고 있다.

카탈루냐의 자존심이자 신앙의 결정체이지 싶다. 검은 그리스도를 품에 앉은 이 영험한 성모상을 보기 위해 세계 각국에서 몰려온 참배객의 줄이 끝이 없다. 튼튼한 유리관을 뚫고 봉긋하게 내민 성모 마리아의 오른손 손등은 수많은 기도의 화답처럼 반질반질하게 빛났다.

대성당 앞 성모 조각상의 눈길과 표정이 예사롭지 않다. 여러 각도에서 볼 때마다 눈길이 따라오고 표정이 변화한다. 1천 년 전의 작품인데 그들은 3D화면 구성을 이미 터득했단 말인가. 하긴 1천 5백 년 전에 지은 터키 소피아 성당의 벽에 모자이크로 만들어진 그리스도의 눈길도 쳐다보는 사람을 계속 따라다녔다. 피카소

검은 성모상. 참배하려면 한 시간은 기다려야 한다.
오른손 손등은 수많은 기도에 화답한 듯 반질반질하게 빛났다.

대성당 앞에는 카탈루냐 전통복장을 한
자원봉사자들이 기념사진을 풍성하게 만들어준다.

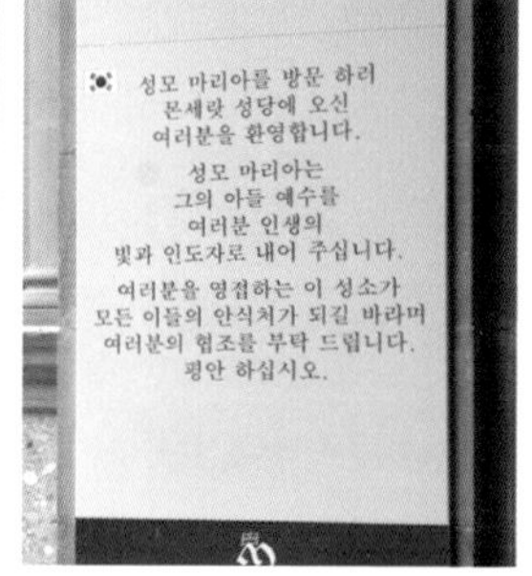

검은 성모상을 알현하려
기다리는 긴 회랑 옆에 붙여놓은
여러 나라 말 중 한글 안내판이
반갑다.

미술관에서 체험한 그림 속의 침대는 보는 위치에 따라 늘어나기도 하고 줄어들기도 했다.

달리미술관

프랑스와 가까운 한적한 피게레스까지 달려 어렵게 찾은 달리미술관은 지붕 위에 도열한 거대한 달걀과 황금색 사람들이 뜨거운 햇살과 바다 같은 하늘을 이고 우리를 맞는다. 이곳이 달리의 고향이고, 작품의 산실이며, 그의 무덤이다.

달리미술관은 그가 작업했던 공간이며 그가 묻힌 곳이기도 하다.

달리의 묘비명

중정에서 바라보면 달리미술관 내부의 창문마다에
황금빛 사람 조각들이 손짓한다.

달리의 작품을 큰 공간에 따로 떼어 배치하고
관람객이 직접 참여하여 완성시키게 하는
체험의 공간이다. 사물을 인식하는
인간의 좁은 시각을 꾸짖는 것 같기도 하다.

달리의 눈속임기법으로 탄생한
링컨의 대형 모자이크 얼굴이 반긴다.

많은 사람들이 바르셀로나를 찾지만 멀리 떨어진 달리미술관까지 일부러 찾는 사람들은 많지 않은 모양이다. 한적한 시골에서 꽃 피운 달리의 세계적인 초현실주의 작품은 열렬한 팬들의 박수 속에 더욱 빛나 보인다.

유감없이 발휘된 달리의 치밀한 사실주의와 눈속임기법과 그의 편집광적인 취미를 보면서 문득 레오나르도 다빈치가 20세기에 현현한 것 같았다.

프라도미술관

제국을 경영했던 선조들은 후손들에게 여러 가지를 남길 수 있을 것이다. 이렇게 풍성한 작품들을 껴안은 큰 미술관이 부러웠다.

세계 3대 미술관인 프라도미술관에 벨라스케스 작품 〈시녀들〉이 있다.

이 작품을 볼 때도 큰 캔버스 앞에 붓을 든 화가의 시선을 따라가다 보면 누가 객체인지 누가 주체인지 헷갈리기도 한다. 마르가리타 공주가 주인공인지, 난쟁이 시녀가 주인공인지, 아니면 뒤편 거울에 투영된 왕 부처가 주인공인지 모르겠다.

세계적 거장이 된 피카소도 공부삼아 이 〈시녀들〉을 50여 장으로 나눠 그려볼 정도로 이 시대를 대표하는 작품인 것 같다.

미술관 숍은 전시작품을 실크인쇄로 리프린팅하여 판매한다.

벨라스케스의 〈시녀들〉

〈시녀들〉의 복제품을 구해 지금도 사무실 벽에 걸어두고 대가의 향기를 누리고 있다.

고야의 〈벌거벗은 마하〉와 〈옷 입은 마하〉가 나란히 진열되어 비교감상의 기회도 있었으나, 예술의 감동을 떠나 기실은 나체모델이 권력자의 애인이어서 고야가 살아남기 위해 다시 옷을 입혀 그려서 전시했다는 시시한 이야기가 뒤따른다.

동행한 큐레이터 조 박사가 한 그림 앞에 숨을 멈춘다. 보쉬의 〈쾌락의 뜰〉이다. 공부하면서도 풀리지 않았던 이 작품의 원본을

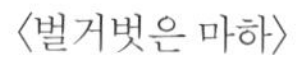

〈벌거벗은 마하〉 〈옷 입은 마하〉

보고 싶어 그 먼 여정을 자원했다고 소녀처럼 들떴다. 그렇게 크지 않은 그림인데도 화면 전체에 기지가 넘치며, 쾌락이라는 이름보다는 사람의 생과 사를 말하는, 미술사에서 터닝포인트를 이룬 작품이라고 감동을 전한다.

그녀는 미술사 교과서에 실린 축소된 그림에서는 찾기 어려웠던 보쉬의 얼굴을 원작에서 드디어 찾았다며, 그렇게 기쁜지 깡충깡충 뛰었다. 예술가의 집념과 천진난만함이 함께 묻어난다.

피카소의 〈게르니카〉

아들의 재능에 반해 그림을 관두었다는 피카소 아버지의 기원에도 불구하고, 정작 파리로 진출한 피카소는 실의에 빠져 바르셀로나로 돌아와 칩거했다. 그 무렵 자주 드나들었다는 카페 〈4catz〉에서 차 한잔을 같이했다.

보쉬의 〈쾌락의 뜰〉. 미술사의 터닝포인트를 이룬 작품이라고 한다.
팁으로, 3쪽 병풍처럼 제작된 작품에서 작자인 보쉬의 얼굴은
오른편 상단 중간쯤에 있었다.

피카소의 〈게르니카〉

피카소가 바르셀로나에 돌아와
칩거하던 시절 출입했던 카페
〈4catz〉에서 차 한잔을 같이했다.

여느 유럽의 골목길과 같이 마차 하나가 간신히 지날 수 있는 좁은 길에 검은 고양이 4마리가 그려진 간판이 앙증스럽다.

외부에 엘리베이터를 덧붙여 국립병원을 개조한 레이나 소피아 미술관은 피카소의 〈게르니카〉 한 작품을 위한 미술관 같다.

예전에는 왕궁 경비대가 경비를 섰고, 해외전시가 불가능하다는 가로 7.8미터 세로 3.5미터의 초대형 거작 앞에 숨이 막힌다.

피카소는 파리에서 단기간에 광기에 가까운 열정으로 완성한 이 작품 하나로, 모든 여성편력이나 그 자신의 콤플렉스를 잠재우고 스페인의 대표적 화가로 우뚝 선다.

스페인이 프랑스로부터 이 작품을 돌려받는 데는 프랑코 총독의 독재가 끝나고 50여 년의 시간이 필요했다.

이 작품은 1937년의 바스크 마을에서 일어났던 독일군의 무차별 폭격을 고발한 내용이다. 전쟁의 부조리와, 인간의 무너진 자존심과, 공포로 울부짖는 인간의 절규가 핏빛 하나 없이 검은색과 회색톤만으로도 장엄하다.

이 거대한 작품을 자세히 볼수록 칠흑 같은 검은색 속에 꿈틀거리는 모습에서 또 무엇인지 모를 전율이 느껴진다.

스페인 왕궁. 파란 하늘만이 눈에 부신 것이 아니다.
넓은 광장과 하얀 대리석의 왕궁이 바라보기만 해도 햇볕에 눈이 시리다.

콜럼버스 동상이 가리키는 곳

해안가에 먼 이방인의 세계를 가리키며 하늘 높이 서 있는 콜럼버스 기념탑을 둘러보았다. 1588년 스페인의 무적함대가 대영제국에게 침몰되기 전 그 세력이 세계 곳곳에 떨친 해양강국의 면모를 웅변으로 보여준다.

높이 솟은 동상의 콜럼버스가 손가락으로 가리키는 곳은 아메리카 대륙이 아니고, 기실은 인도일지 모른다고 썰렁한 농담을 했다.

콜럼버스는 수도사로 여겨질 만큼 독실한 가톨릭인이었다. 그가 항해를 떠날 때 귀족 칭호를 받고, 총독이 되고, 귀금속의 1할을 소유할 수 있다는 약속을 왕으로부터 받고, 후엔 교황에게 자기 아들을 추기경을 시켜 달라고 청탁했지만, 표면적인 명분은 '선교'였다.

백일의 항해 끝에 도착한 곳은 인도가 아닌 산살바도르(구세주)라고 이름 붙인 신대륙이었다. 그곳 원주민은 인도사람이라는 '인디언'이 된다. 의도하지는 않았겠지만, 그가 가져온 총과 병균으로 그들은 구원이 아닌 재앙을 맞았다. 신대륙은 아메리코 베스푸치의 이름을 딴 '아메리카'가 되었으니 우리의 삶의 허망한 구석도 보인다.

누구의 표현처럼 요즘 스페인이 "이끼가 숨어있는 푸른 바위의 냄새"가 나는 것은 IMF 지원을 간청해야 하는, 경제상황이 안쓰러운 제국의 후예들에 대한 연민일 것이다.

형식적인 상징에 그치는 여느 나라와는 달리 지금도 현실정치의 핵을 이루는 스페인 왕의 위상 때문인지 20년 전 유럽연합(EU)의 결성 조인식이 스페인 왕궁의 집무실에서 열렸다. 그 역사적인 열기가 나무 하나 없이 넓디넓기만 한 대리석 광장에 내리꽂는 햇살에 지금 증발되고 있는지도 모른다.

영화 〈엘시드〉의 무대인 빠빠루나 성. 성벽 아래 하늘과 바다가 하나 된 지중해 너머에는 녹색 공간과, 마르지 않는 샘을 찾아 긴 항해를 해야 하는 북아프리카 이슬람 세력들의 기도소리가 들리는 듯하다.

지중해를 건넌 이슬람 세력

바르셀로나에서 지중해를 끼고 서진西進하여 빠빠루나 성에 들렀다. 버스 안에서 친절한 해설자의 배려로, 그 시대상황의 이해를 돕기 위해 40여 년 전에 개봉했던 영화 〈엘시드〉를 2시간 동안 미리 감상했다.

지중해를 건너 침공한 이슬람 군대를 물리친 가톨릭 기사의 영웅담으로, 바로 지중해로 돌출된 천연요새인 이곳이 촬영지였다. 높은 성 위에서 손에 닿을 듯 투명한 블루의 푸른 물결부터 시퍼런 검은 물결의 수평선까지 좇다 보면, 그 끝닿는 곳에 또 하나의 바다가 하늘의 이름으로 뜨거운 햇살을 쏟아내며 다시 나를 덮친다.

시간이 멈춘 그렇게 파란 진공 속에 황홀한 실종을 만끽하지만 휴양객들의 소음이 나를 제자리로 돌려놓는다.

북아프리카의 이슬람세력이 지중해를 건넌 것은 종교전쟁보다는 사막을 건너 유럽대륙에서 오아시스를 찾으려는 염원 때문이었을 것이다. 지리적으로 가장 가까운 지브롤터 해협까지의 지중해 물길이 어떠했는지는 알 수 없다. 그 항해가 얼마나 고단했는지도 모른다.

1백여 개의 종탑이 있는 발렌시아에서 하루 묵고 그라나다까지는 버스로 7시간의 여정이다. 버스 안에서 가수 이상은의 〈스페인 기행〉 CD를 틀어 주지만, 잘 편집된 화면과는 달리 직접 발품을 파는 현실은 그리 녹록지 않다. 이제까지의 여정을 잘 참아왔던 아내가 멀미에 시달리기 시작한다.

알함브라 궁전을 찾아가는 길은 멀었다. 스페인 남부의 열악한 버스길을 달린다. 올리브 나무가 띄엄띄엄 녹색의 공간을 만들어 줄 뿐, 사막이 초기단계에 저러했지 싶을 삭막한 풍경이 구름 한 점 없는 하늘에서 내리꽂는 햇살 앞에 알몸을 계속 드러낸다.

여행하다 보면 대개 보고 나면 그저 그러려니 하기 일쑤인 지방

특산명품을 구경하자며 좁은 동굴 속의 플라멩코 공연장으로 피곤한 나그네를 이끈다. 60여 명이 옛날 초등학교 의자를 다닥다닥 붙여 앉아서 집시의 아련한 춤사위를 기대했지만 실망하고 만다.

늙은 집시의 춤은 끼가 말라서인지 심드렁하다. 세월의 연륜이 체감법칙으로 작용하는 분야도 있는가 보다. 작년에 갔던 터키의 벨리댄스의 열정이 생각나서인지도 모른다.

상쾌한 공간과 그윽한 분위기라는 보조장치가 부족하더라도, 관객이 어찌 받아들이든 내 혼자라도 무아의 경지에 빠져드는 열정이라도 있어야 그 존재이유가 있는 것은 아닌지 싶다.

알함브라 궁전. 적의 공격을 막기 위해 성 주변에 해자를 파서
물을 채우는 대신 벽돌의 골을 깊게 만들어 놓았다.

화려한 궁전과 초록의 궁전 중정

알함브라 여름 궁전과 식물원

알함브라 궁전의 추억

유럽 사람들은 피레네 산맥 서편 이베리아 반도의 스페인을 유럽이라 부르지 않으려 한다. 이 지역이 8백여 년 동안 가톨릭이 이슬람에게 지배당했던 트라우마 때문일 수도 있다.

역설적이게도 스페인 남부에는 가장 로마네스크한 성당과 가장 아라베스크한 예술이 혼재해 있다. 그 중심에 석류의 붉은색이 투영된 그라나다의 알함브라 궁전이 지중해를 바라보고 있다.

그들은 삶의 터전을 마련하기 위해 3천 1백 미터의 만년설이 뒤덮인 시에라 네바다 산맥을 향해 북진했음에 틀림없다. 그 산 아래 성을 무너뜨리기 전에는 만년설이 녹아내린 헤닐 강의 물길을 끊을 수 없는 천년 성을 그리며, 이슬람문명의 상징인 물의 궁전을 세운 것이다.

그들은 사막에서는 꿈도 꾸지 못할 물의 호사를 누린다. 돌사자 입에서 솟는 분수만이 아니라 기하학적인 계산 끝에 나온 수로의 배치로 냉방의 혜택을 누리고, 관개수로의 정비로 농산물을 충당한다.

숲에 둘러싸인 여름궁전은 온통 분수와 꽃밭의 천국이다. 그들이 이 지상에 건설하여 알라에게 바칠 천국의 모습을 꿈꾸었던 것일까.

습기가 없는 기후의 특성으로 지금까지 잘 보존된 왕궁의 호사스러운, 정말 아라베스크한 예술에 이방인의 눈이 과분한 호사를 누리는 행운을 안기도 한다.

그들은, 1492년 콜럼버스의 신대륙 발견 대항해를 지휘하고 무적함대의 영광을 구현한 이사벨라 여왕에게 성을 내주고 다시 지중해를 넘어 북아프리카로 돌아가기까지, 250년 동안 환상적인 세계가 펼쳐지는 이슬람 예술의 결정체를 구가했다.

그리고 알함브라 궁전의 추억은 클래식 기타의 선율로도 지중해의 푸른 물결과 함께 꿈꾸듯 지금도 우리 곁에 남아 있다.

톨레토 성당이여 안녕

스페인을 떠나기 전 마지막 일정으로 마드리드 남쪽 고도古都 톨레토를 둘러본다. 6~7층 높이의 언덕을 현대식 에스컬레이터로 올라가면 웅장한 톨레토 대성당이 그 위용을 자랑한다. 거대한 성당이 많기로 유명한 스페인이라지만 우리 명동성당의 10배가 넘는 이 성당의 화려함에는 주눅이 들 정도가 아니라 없는 신심信心이라도 쌓일 것 같다.

성당 벽면에 걸린 100여 개의 수갑이 이를 웅변한다. 무슬림 치하에서 감옥에 갇힌 가톨릭인들이 찼던 수갑들이다. 8세기 동안 무슬림들과 치열하게 싸워 온 가톨릭에겐 '치욕을 잊지 말자'는 전시물이다.

마드리드 남쪽 외곽의 톨레토 성당.
이곳이 가톨릭과 이슬람세력의 경계였는지도 모른다.

건축물은 또 하나의 권력에 다름 아닐 수도 있다. 이 성당 높이의 수만 배 멀리 있어야 하는 알함브라 궁전 후예들의 모습이 환영幻影처럼 스치는 멀미를 하는 것은 아무래도 작열하는 그 지독한 햇살 탓으로만 돌려야겠다.

2012. 8

4

어울려
사는
사람들의
숲

- 초가를 닮은 창 많은 집 · 김서령
- 무념무상의 숲…'책'가꾸기에서 '나무'가꾸기로 · 이길우
- 책을 품은 숲에서 나무되어 살겠소 · 고혜련
- 36년 출판인 "인생 2막은 나무와 친구합니다" · 최홍렬
- 세상의 주인은 나무… 사람은 자연의 일부 · 김지영
- 본업 출판을 지키고 권력 유혹 벗어나려 나무를 심는다 · 곽윤섭
- '출판하는 마음'에서 '나무 심는 마음'까지 · 송기동

초가를 닮은 창 많은 집

김서령
칼럼니스트, 《참외는 참 외롭다》의 저자
사진: 신동연 선임기자

남의 집을 구경하는 데 오랫동안 재미 들려 살았다. 그건 건축법을 배우자는 것도 아니고 인테리어를 흉내 내려는 것도 아니었다. 공간 안에 녹아 있는 주인의 삶의 방식, 그걸 읽는 재미라고 하는 편이 옳겠다.

집은 희한하게도 주인의 역사와 현재 모습을 압축해 보여주고, 그 집 식구들이 무엇을 추구하고 살아가는지를 확연히 냄새 맡게 한다. 처음 낯선 도시에 들어섰을 때 그 도시의 집들이 우리에게 그런 얘기를 들려주는 것처럼.

그러고 보니 조상호 나남출판사 대표를 만난 지도 꽤 오래 되었다. 아직 박경리 선생이 살아계시던 시절, 악양 평사리에서 첫 〈토지문화제〉를 개최하던 무렵이었다. 나는 친구들을 10명이나 끌고 나남출판사가 준비한 전세버스에 올라 악양에 내려간 적이 있다.

그는 마을 앞에 선 느티나무나 회화나무 같은 풍모로 간결하고

나남출판사 조상호 사장이 15개월 된 외손자를 데리고 앞뜰을 걷고 있다.
집은 앞뜰에서 보면 지하층이 드러나 2층집 같지만, 입구에서 보면 나즈막한 단층이다.

뭉툭하게 말하며 사람들을 웃겼고, 선비 같기도 투사 같기도 한 얼굴로 당시 이미 2천 권이 넘는 나남의 도서목록을 슬그머니 자랑했다.

뜰엔 온통 나무… 수목원에 들어앉은 듯

그가 나무를 키운다는 얘기는 진즉에 듣고 있었다. 나남이 파주 출판도시로 이사 가기 전이다. 양재동 지훈빌딩 5층 사장실 문 밖으로 예상 밖의 대숲이 우거진 걸 본 적 있고, 도심의 이면도로에 어울리지 않게 끼끗하게 자라난 소나무들을 올려다본 기억도 있다.

그런데 10년 뒤 광릉내 그의 집에서 양재동 시절의 나무들을 확인하는 것은 자그만 감격이었다.

"21년째 나와 함께 살고 있는 소나무예요. 지훈빌딩 앞에 자라는 걸 버려둘 수 없어 여기로 옮겨 제자리를 잡아 주었습니다."

조 대표를 말하려면 나무 이야기부터 꺼내는 게 마땅하다. 그는 어느새 나무 속에 묻힌 사람이 됐다.

수천 종류의 책을 만든 대신 수만 그루의 나무를 심어 길렀다. 나무를 베어내 책을 만드는 원죄를 가진 직업을 가졌으니 그걸 속죄하기 위해서냐고 누가 물을라 치면 그는 일단 손을 내젓는다.

"그렇게 거창하게 말하지 마소. 어쩌다 보니 그렇게 된 거지 속죄는 무슨…."

하지만 어찌됐건 책과 나무는 그의 삶과 깊이 연관되어 있다. 집 구경도 건물보다 나무 구경이 먼저겠다.

"이건 아들 지훈이를 위해서 심은 반송입니다. 12년 전에 35년생 나무였으니 나이가 나오지요. 저쪽 앞뜰의 반송은 딸 완희를 위해 심은 것이에요. 오라비 나무보다 조금 젊지요. 저쪽 노란 청사초롱처럼 꽃핀 건 히어리라는 토종나무인데 멸종 위기에 놓였던 것을 소생시켜 나누어 가진 것입니다. 얼마나 잘생기고 예쁩니까. 이 매실나무는 15년 전에 25년생을 사서 심었어요. 처음에는 늘 푸른 소나무가 좋더니 요새는 봄이 되면 이파리가 몸부림치며 올라오는 활엽수가 더 좋아졌어요. 이건 주목이고, 이건 대왕참나무고, 이건 단풍, 이건 앵두, 이건 모과, 이건 대추나무…."

천지에 가득 봄이 오고 있었다. 물오르는 나뭇가지들의 설렘과 안간힘이 눈앞에 가득한 날이었다.

"이건 자작나뭅니다. 러시아 보리스 파스테르나크의 생가에 가 보고 난 후 자작나무숲을 만들고 싶었어요. 20년 전 파주 적성에 인연이 닿는 땅이 있어 산림조합의 지도로 자작나무 1천여 그루를 심었지요. 그게 벌써 거목이 돼서 몇 그루 여기로 옮겨온 겁니다."

줄기가 하얗고 수형이 아름다워 귀족 티가 역연한 나무. 나는 평민, 그는 '자작'이라 불려도 아무런 불만이 있을 수 없는 나무다.

우리 일행이 광릉내에 간 날은 이른바 '여우가 시집가는 날'이었다. 햇볕이 쏟아지다가 금방 비가 오다가 다시 햇살이 번쩍거리며 솟아나곤 했다. 4월이고 분명 꽃이 피었건만 비는 순식간에 자욱한 눈보라로 변하기도 했다. 그걸 우리는 조 대표의 창이 많은 집 실내에서 내다봤다.

실내엔 장작불이 우렁차게 타오르는 무쇠난로가 놓여 있고, 바깥엔 난만한 봄기운 위로 송이가 굵은 눈발이 매화송이인 양 흩날렸다.

앞뒤로 창이 많은 거실. 벽난로에 지필 장작은 뜰에서 전지한 것만으로도 충분하다.

"보세요. 저기 흰 자작나무 끝가지들이 모두 빨갛지 않습니까. 단풍나무도 매화나무도 빨갛게 충혈된 게 보이지요? 피가 맺힌 것 같지요? 물이 오르느라고 저렇습니다. 사람들은 버드나무만 보고 나무가 파랗게 물오르는 것만 아는데 저렇게 빨갛게 물오르는 나무 종류가 더 많을 걸요."

나무에 물오르는 양을 해마다 곰곰이 지켜볼 수 있는 삶이 멋진 삶인 것은 확실하다.

조 대표는 아직 현역으로 나남에서 출판되는 원고를 스스로 몽

땅 읽고 있지만, 복작거리는 서울이 아닌 파주와 광릉을 오가면서 자연의 에너지를 듬뿍 받아 같은 시대 평균인보다 기운생동하는 것 같다.

밖과 바로 통하는 초가집이 건축 모티브

집은 초가로 짓고 싶었다. 지붕을 짚으로 잇는 것이 아니라 초가 같은 모티브를 원했다. 나지막하게 엎드린 꼴, 방 앞에 긴 툇마루를 두는 편리와 정다움, 앞뒷문을 열면 바깥과 바로 통하는 홑집의 자유! 그게 조 대표가 집에 구현하고 싶은 가치였다. 땅은 오래 전에 마련해뒀다.

"25년 전 오택섭 선생 시골집에 놀러갔다가 그 옆에 5백 평 천수답을 우연히 구입하게 됐어요. 잇닿은 국유림 8백 평은 임대를 받았고! 밭 뒤에 포도밭 1천 3백 평이 있었는데 소 키우는 사람이 사들여 축사 짓는 걸 막으려고 동네 사람들이 궁리를 짜내는데 명색이 사장이라고 날더러 그 땅을 사라고 해서…. 그러는 바람에 땅이 2천 6백 평으로 커져버렸어요."

그 땅에 나무를 심기 시작했고, 나무는 나날이 자랐고, 나무에서 꽃이 피고 열매가 열렸고, 점차 낙원 비스름하게 가꿔졌다.

"강남 서초동에 살면서도 농지원부가 있는 명실상부한 농부가 되고, 농협 조합원이 됐지요. 아내는 도시 여자라 처음엔 지렁이를 보고도 뱀인 줄 알고 비명을 지르데요. 그러더니 2, 3년 지나자 과일주 담고 나물 캐는 데 익숙해지고…. 감자, 고구마보다는 토란 농사가 낫다는 말도 할 줄 알게 되데요."

집터 곁에는 마르지 않는 개울이 흘렀다. 개울 곁에 축대를 쌓고 나남의 연수원으로 쓸 요량으로 70평 남짓한 집을 지었다. 사람 좋아하는 그의 집에 자연히 친구들이 몰려올 수밖에! 낙원과 방불한 그곳을 탐낸 선배와 친구들이 한 집 두 집 들어오기 시작했고, 지금 골짝 안에는 예닐곱 집이 모여 살게 됐다. 이름을 대면 알 만한 학계나 문화계의 이렇다 할 분들이다.

비밀스러움 간직하려 지하공간도 마련

"집은 건축가 최부득 형에게 맡겼어요. 전통 건축을 깊게 궁리하는 친구인데 그에게 세 가지를 요구했지요. 아까 말한 선비가 사는 초가집이 첫째고, 둘째는 창을 충분히 많이 내달라고 했어요. 집 안에서 집 밖을 실컷 내다볼 수 있고 안팎이 서로 들락날락할 수 있게! 셋째로 지하실을 하나 만들기 원했어요. 처형이 원장 수녀님으로 있는데 그분이 머무는 성당에 가보면 지하에 늘 비밀통로 같은 게 있더라고요. 그 비밀스러움을 맘에 두고 있었거든요. 집 지으면서 지하공간을 만들었더니 여간 편리한 게 아니에요. 바람이 아주 잘 통하고 습기도 전혀 없고, 배선, 수도관을 넣을

지하공간으로 내려가는 계단. 이 계단을 통과하면 서재로 쓰는 드넓은 공간이 나타난다.

수 있어서 수리할 때도 좋아요. 집 짓는 사람들에게 그 말을 꼭 좀 해줬으면 좋겠더라고!"

그렇게 지은 집은 과연 앞뒤 풍경이 그대로 쏟아져 들어온다. 스스로 심고 키운 나무들의 사계가 온통 눈앞에서 흔들렸다. 세월 따라 나무 키가 커지면서 집은 한층 고즈넉해지고 나지막해졌다.

"이제는 수간 거리를 생각해서 서로 햇빛을 다투지 않도록 작은 나무는 옮겨주고 큰 나무는 오히려 베어내야 해요. 그새 포천 신북면에 나남수목원을 새로 만들었거든요. 그쪽 다니기가 멀어 여길 정리하고 그리로 떠날까 싶어지면 아침마다 뜰의 나무들이 합창해요. '우리는 누가 돌봐주는데? 우리는 어떡하라고?' 정들어 떠나지 못하고 여기 계속 눌러 앉아 살기로 했지요."

벽엔 담쟁이 덩굴이 희한한 그림을 그려놓고 있다.

"어떤 회화가 저보다 훌륭하겠어요. 여름엔 잎을 보고, 가을엔 열매를, 겨울엔 줄기를 보는 거죠. 나남출판사 파주 사옥에도 담쟁이를 심었어요. 벽이 넓어서 2년에 한 번씩 페인트를 칠하려면 3천만 원이 든대요. 그런데 담쟁이를 심고 몇 년만 그냥 기다려주면 페인트칠할 필요도 없는 자연의 회화가 되잖아요. 하하."

시골에 이주한 후, 해 뜨면 일하고 해 지면 곯아떨어졌다. 푸르름 속에 묻힌 시간이었고, 좌절에 빠진 자신을 치유하는 시간이기도 했다. 나무 가꾸는 노동을 통해 자신이 걷는 길이 올곧고 늠름한 길임을 확신하게도 됐다.

흙과 나무와 함께 살며 그는 차츰 흙이나 나무 같은 사람이 돼가고 있다. 흙이나 나무 같은 사람은 어떤 사람인가. 바람과 비와 햇볕으로 생명력을 얻을 줄 아는 사람이고, 계절이 바뀌면 새로 태어날 줄 아는 사람이고, 세속의 야잘찮은 계산속에 무심할 줄 아는 사람이다. 이런 말이 그 증명이다.

"나무를 심다 보면 흙 속에 지렁이가 진을 치고 있는 것을 봐요. 나무는 햇볕과 물과 바람만 있으면 크는 줄 알았거든요. 그런데 아니에요. 실제로는 눈에 보이지 않는 표층 밑에서 지렁이가 나무의 잔뿌리와 같이 노닐어야 나무가 크는 거더라고요."

나남출판사를 얘기하면서 짧게라도 조지훈 선생을 언급하지 않으면 핵심이 빠져버린다. 그는 광주고등학교 다닐 때 강연에서 조지훈 선생을 한 번 만났다. 그분의 영향인지 고려대 법대에 진학했다. 아들을 낳자 아들 이름을 지훈으로 짓고, 출판사 빌딩이 생기자 빌딩 이름을 지훈으로 짓는다.

'거짓과 비겁함이 넘치는 오늘 큰사람을 만나고 싶습니다'라는 기치를 내걸면서 〈지훈문학상〉과 〈지훈국학상〉을 제정하고, 평소 지훈 선생이 늘 자신을 지켜보신다고 여기면서 산다. 거실 벽에는 조지훈 선생 부인 김위남 여사가 붓글씨로 쓴 '승무'가 걸려 있다.

"내 인생의 축복은 조지훈, 박경리, 김준엽, 이청준, 김형국, 김중배, 오생근 같은 스승과 선배를 모신 겁니다. 1992년에 출판한 《김약국의 딸들》을 20년 동안 1백만 부를 팔았어요. 30년 전 히트했던 소설이 21세기에 그렇게 나갈 줄 누가 알았겠어요? 사람 사는 진솔한 길은 시공을 넘나드는 모양이죠?"

친구들을 몰고 내가 평사리로 가던 해는 나남이 《토지》 판권을 사들여 21권짜리 토지 전집을 출판하던 2001년이었다.

생전의 박경리 선생은 조 대표에게 "당신을 보면 주갑이가 떠올라. 내가 만들긴 했지만 주갑이가 가장 정이 가는 인물이지" 했다는데, 그 우직하고 지혜로운 현실의 '주갑이'가 지금 꾸는 꿈은 한국의 몽파르나스를 만드는 일이다.

사진: 신동연

나남수목원의 반송들이 맞는 새 아침의 빛줄기가 포근하다.

"파리에는 사르트르와 보부아르, 보들레르와 브랑쿠시가 함께 묻힌 묘역이 있잖아요. 국가 유공자를 묻는 국립묘지 말고, 우리 정신문화에 큰 족적을 남긴 문화예술인 · 언론인 · 실천적 지식인이 함께 묻히는 묘원을 만들고 싶어요. 그곳에 묻히는 것 자체가 명예가 되고 거기 묻힐 영예를 유지하기 위해서 노년이 되어도 자신의 삶을 개결하게 추스르게 되는 그런 묘원 말입니다."

이 말을 들은 것이 10년 전이다.

그런데 지금 그는 포천 신북에 자연의 정령이 살아 있는 우렁찬 산과 계곡과 숲을 가꾸고 있다. 무려 20만 평이나 되는 엄청난 땅이다. 구입 과정과 나무를 심고 가꾸는 과정에 두루 보이지 않는 기적이 작동했다. 그가 나무를 심은 것이 아니라 나무가 그를 낙점해서 자신의 몸을 땅에 꽂은 것일 수도 있다. 안 보이는 힘이 밀어주지 않으면 세상에서 큰일은 이뤄지지 않는다. 나는 그가 꿈을 이룰 것을 믿는다.

10여 년 전 버버리 자락을 휘날리며 뜨겁게 뱉어놓은 말이 뚜렷하게 현실이 되고 있는 양을 방금 내 눈으로 목격했다. 이곳은 머잖아 한국의 몽파르나스가 되고 숱한 이들이 심신을 치유하기 위해 찾아오는 힐링센터가 될 것이다.

나무를 심는 자는 시간을 지배하는 자다. 나무를 심는다는 것은 시간의 꽁무니에 방울을 매다는 것이다. 처음엔 쇠방울을 매달아도 나중엔 금방울로 변한다(그렇게 말한 사람은 너무 빨리 이 세상에서 사라져버린 그리운 이윤기 선생이다).

수백만 그루의 나무를 심고 가꾸었으니 조 대표의 귓가에는 이제 곧 금방울이 흔들리는 시간이 도래할 것이다.

김서령의 '이야기가 있는 집'
〈중앙일보〉, 2013. 5. 10

무념무상의 숲…
'책'가꾸기에서 '나무'가꾸기로

글·사진
이길우
〈한겨레〉 선임기자

숲은 그에게 거친 세파의 탈출구이자, 정신적 육체적 건강을 유지하게 해준 보금자리였다. 조상호 나남출판 회장이 자신이 직접 6년째 가꾸는 경기도 포천 나남수목원의 오솔길을 여유롭게 걷고 있다.

수목원 한가운데 자리 잡은 호숫가 모퉁이에 자라고 있는 앵두나무를 쓰다듬는다. 무성한 이파리에 따뜻한 햇살이 눈부시게 반사된다.

"이렇게 환호작약하는 나무를 봤나요?"

평범한 나무에 그는 '환호작약'이라는 표현을 쓴다.

"30년 가까이 키우고 있는 나무입니다. 처음 서울교대 앞 서초동에 출판사 사무실을 장만하면서 심은 나무였죠. 우여곡절 끝에 이제 수목원 호숫가에 심었는데 제자리를 찾아 잘 자라고 있어요."

그런 이야기를 하는 그의 표정이 나무보다 더 환하다. 땅에 뿌리박고 사는 한 그루의 나무에 '환호작약'歡呼雀躍: 크게 소리치며 기뻐하며 뛰어다님의 느낌을 받을 수 있다면 삶이 얼마나 풍성할 수 있을까?

"때로는 아마추어가 큰일을 저지르곤 한답니다. 독학으로 익힌 지식으로 수목원을 가꾸고 있어요."

경기도 포천군 신북면의 산비탈 20만 평에 '나남수목원'을 6년째 가꾸고 있는 조상호(64) 나남출판 회장은 35년간 지식산업에 종사한 출판인이다.

"'나'와 '남'이 함께 어울리는 지식의 저수지를 만들겠다"는 포부로 시작해 36년 동안 이미 2천여 종의 책을 낸 대형 출판사의 경영인에서 삼림 가꿈이로 변신하고 있는 조 회장은 "우주에서 지구에 잠시 소풍 나온 인생이니, 소풍 나온 기념으로 후세에 남겨주려고 수목원을 가꾼다"고 말한다.

소풍을 나온 들뜬 마음 때문일까? 커다란 밀짚모자를 눌러쓰고, 흙이 잔뜩 묻은 등산화를 신은 조 회장의 헐렁한 바지 뒷주머니엔 가지 자를 때 쓰는 전정가위가 꽂혀 있다. 건강한 하얀 이를 모두 드러내고 파안대소하는 그의 모습엔 긴장감이 없다.

그가 나무와 대화를 나누며 땅과 가까이한 지 벌써 20년이 됐다.

책과 나무 가꾸니 건강은 덤! 출판인 조상호

"처음엔 사철 푸른 소나무가 좋았어요. 시간이 지나면서는 활엽수에 마음이 끌렸어요. 겨울에 나뭇잎을 모두 떨어뜨린 채 나목으로 있던 나무들이 봄이 되면 새싹이 돋으며 엄청난 생동감을 주곤 했어요. 그 생명력을 가까이서 보면서 삶의 원기를 충전하니 나무에 너무나 큰 고마움을 느낍니다."

그에게 나무는 '탈출구'였다. 힘든 세파에서 자신을 지키기 위해 나만의 공간을 만들려는 노력이기도 했다.

"남들은 나무를 베어 만든 종이를 매개로 하는 직업이기에 나무에 어떤 원죄의식을 갖고 있어서 나무를 심고 가꾸느냐고 묻지만 그런 거창한 이유는 아닙니다."

전남 장흥이 고향인 그는 고려대 법학과 70학번으로 입학해 법조인이 아닌 기자를 꿈꾸며 고대 지하신문인 〈한맥〉에 글을 쓰는

'운동권 기자'가 됐다. 당시 그가 쓴 기사를 북한 〈노동신문〉에서 인용한 것이 문제가 돼 경찰의 수배를 받았다.

강원도 원주의 원주천변에서 두 달간 넝마주이로 살며 도망 다니기도 했다.

"출판을 통해 어떤 권력에도 꺾이지 않고, 한국 사회의 밑바닥에 뜨거운 들불처럼 흐르는 힘의 주체를 그리고, 권력에 안주하는 제도 언론을 대신해 출판 저널리즘을 꽃피우고 싶었어요."

졸업하곤 수출입은행에 취직하고 결혼했던 조 회장은 4년 만에 사표를 내고 조그만 출판사를 차렸다.

"나무를 처음엔 촘촘히 심어야 잘 자랍니다. 작은 묘목은 풀과 덩굴에 차이며 서로 의지하며 큽니다. 일정 기간 큰 다음엔 다시 띄엄띄엄 옮겨 심어야 합니다. 나무도 인간과 같은 성장과정을 겪어요. 일단 자리를 잡으면 잘 자라기 시작합니다. 그때까지 몸살도 앓고 진통도 겪습니다."

그에게 나무는 우연히 다가왔다. 《갈매기 조나단》으로 유명했던 리처드 바크의 《어디인들 멀랴》를 정현종 시인의 번역으로 출간한 것을 시작으로, 정치학 개론서로 유명했던 연세대 이극찬 교수가 번역한 버트런드 러셀의 《희망의 철학》을 '나남신서' 첫 권으로 내며 출판사로 자리를 잡았다.

매스미디어 관련 서적을 집중적으로 출판하면서, 박경리의 소설《김약국의 딸들》과 절판됐던《토지》를 재출판하며 베스트셀러 출판사의 명성을 얻은 조 회장은 파주 금촌에 책 창고를 신축할 때 은행대출을 받으며 부실채권인 파주 적성의 임야 1만 5천여 평을 떠맡게 됐다.

땅을 그냥 둘 수 없어 느티나무, 메타세쿼이아 묘목을 심었지만 모두 죽었다. 물이 많은 토양이었다. 죽은 나무에게 너무 미안했다. 그것을 경험 삼아 나무를 공부하기 시작해 충남 태안에 임야를 구입해 나무를 본격적으로 가꾸기 시작했다.

나남수목원은 포천의 깊숙한 장소에 자리 잡고 있다. 조 회장은 개발되지 않을 땅을 찾아 전국을 헤맨 끝에 우연히 이곳을 발견했다. 개발되지 않는다는 것은 도로 등으로 수용당해 자신이 정성을 들여 가꾼 나무가 파헤쳐지는 것을 염려했기 때문이다.

항아리 모양의 계곡이 입구에 있고 1백 년 가까운 산뽕나무와 팥배나무, 산벚나무, 쪽동백나무들이 울창한 숲을 이룬 임야를 확보한 조 회장은 전국의 수목원을 돌며 본격적인 공부를 했다.

산림경영계획을 허가받아 잡목을 벌채해 반송과 헛개나무, 음나무, 밤나무, 모과나무 등을 옮겨 심었다.

"나무를 심어 숲을 가꾸면 우선 심리적인 건강이 찾아옵니다. 무념무상의 시간이, 지친 정신에 활력을 불어넣어 줍니다. 또 귀한 나무는 일부러 변두리, 험한 곳에 심어요. 그것을 가꾸기 위해 오르내리다 보면 공간의 지평이 확대되고 육체적인 건강도 갖게 됩니다."

평생 병원 신세를 지지 않을 만큼 건강했던 그는 3년 전 통풍을 앓기 시작했다. 그래서 그는 손수 키운 물푸레나무의 껍질을 달여 먹기 시작했다.

"스스로 인체 실험을 하고 있어요. 물푸레나무 덕인지 이제 통풍을 잊어버리고 살아요, 하하핫."

그는 나무 향기를 좋아한다. 수목원 입구에 향기가 좋은 계수나무를 몇 그루 심었고, 향기 짙은 대왕참나무도 심어 놓고 나무들과 아침 인사하기를 즐긴다.

언론과 출판계의 '의병장'을 자처해 온 조 회장은 나남수목원을 함께 공유하는 3천 명의 회원을 모으려 한다.

"의병은 그 시대의 역동입니다. 그들은 진정한 역사와 사회발전의 주인공이었어요. 자연은 개인이 소유할 수 없어요. 소유의 욕심만 던져 버리면 편안하게 자연생활을 즐길 수 있어요."

수목원을 중심으로 그는 새로운 의병장을 꿈꾸고 있다.

그래서일까? 나남수목원 중턱 반반한 곳에 오르면 나지막한 반송나무 3천여 그루가 심어져 있다.

"반송은 비록 천천히 자라지만 옹골차게 자라는 모습이 좋아요."

〈한겨레〉, 2014. 7. 9

사진: 이길우

오랜만에 맨발로 확인해본 수목원의 오솔길이다.

책을 품은 숲에서
나무되어 살겠소

고혜련
〈월간중앙〉 기획위원, 제이커뮤니케이션 대표
사진: 김현동 기자

"들판에 이름 없는 꽃은 없어요. 우리가 모를 뿐이죠. 영원히 함께 살아야 할 자연의 친구들과 더 친해지려면 지금부터라도 그들의 이름을 자주 불러줘야지. 가을 한복판에서 벌판을 누비는 이 친구는 벌개미취, 이렇게 꽃필 때면 줄기가 아홉 마디가 되는 이 녀석은 구절초, 이건 꽃송이가 1~2센티미터로 작은 노란색 산국, 꽃필 무렵이면 이렇게 약간 쓰러지는 요 녀석은 쑥부쟁이…."

경기도 포천시 내촌면 산골, 그의 거처에 당도했을 때 더러는 연보랏빛으로, 또 한켠에는 하얗고 노란빛으로 지천에 만개한 들국화 군락들을 보며 "오호 들국화!"를 연발하는 일행에게 그가 들국화 식구들을 가리키며 이름을 일일이 가르쳐주었다.

그는 나무와 들풀에 심취해 나머지 생을 이들과 '동무'하기로 작정하고 이곳에 삶의 터를 닦은 조상호(64) 나남출판 회장이다.

내촌면 광릉집에서 손자와 보내는 한가로운 일상을 그렇게 꿈꾸었나 보다.

평생을 출판인으로 2천여 권의 책을 출간하며 외길 인생을 달려온 그는 이제 자연 속에서 한 그루의 나무처럼 새로운 삶을 소망하고 있다.

"달리는 자전거를 멈추면 쓰러지죠. 우리 삶도 가는 길이 힘들더라도 절대 멈추지 말고 천천히라도 가야 하는 게 숙명이라고 생각했어요. 그러나 가끔은 정말 그대로 멈춰선 채 쉬고 싶었어요. 하지만 쉬는 방법도 몰랐고 미지에 대한 정체 모를 불안감이 있었던 겁니다."

결국 그가 쉼터로 택한 곳이 이 산골. 나만이 숨 쉴 수 있는 공간을 확보하려는 마음으로 나무 가꾸는 일에 열정을 쏟고 있다. 그는 이렇게 사는 것이 온갖 세파와 유혹에서 자신을 지킬 수 있었던 '출구'였음을 이제야 깨닫게 됐다.

'책쟁이' 외길 접고 숲에서 새 인생을 심다

그가 미친 듯이 나무 심는 일에 빠져든 계기는 의외로 단순했다. 파주시 금촌에 나남출판의 책 창고를 신축할 때 은행대출을 받으면서 우연히 은행이 부실채권으로 갖고 있던 파주시 적성면의 임야 1만 5천 평을 떠안게 됐다.

이 땅을 그냥 내팽개쳐두기도 뭐해 3년 동안 느티나무·꽃사과·메타세쿼이아 등의 묘목을 번갈아 심기 시작했다. 그러나 평생 '책쟁이'로만 살았던 그의 어설픈 시도를 비웃기라도 하듯 나무들은 잘 자라지 않았다. 물이 너무 많은 토양인 줄 몰랐던 백면서생의 교만한 도전은 번번이 애꿎은 생명만 빼앗는 꼴이 됐다.

"그 찬란하고 소중한 생명을 죽인 죄책감이 컸어요. 곧 산림조합원이 되어 조합의 지도도 받고 시행착오를 겪으며 나무 심기를 여러 해 동안 반복했지요."

그의 노력은 차츰 결실을 맺어 산림조합의 가르침을 받아 심은 자작나무, 느티, 메타세쿼이아 1천 그루가 벌써 20년생의 쓸 만한 재목으로 성장해 숲을 이루었다.

듣고 보니 그의 나무 사랑은 꽤 오래전에 시작한 일이었다.

지금은 장성해서 어느덧 36세가 된 아들(조지훈·미국 미시간대 대학원 박사과정)의 초등학교 입학기념으로 옛집 아파트 입구에 큰돈을 들여 커다란 느티나무를 심었을 정도다. 30년의 세월이 흐른 지금, 그 나무도 이제 거목으로 자라 그는 그곳을 지나칠 때마다 옛 추억을 떠올리며 웃음을 짓는다고 한다.

"나무를 심는 일은 세월에 대한 정직한 보상이고, 생명에 대한 애착입니다. 만약 지금 30년생 거목을 비싼 값에 산다면 그건 기실 나뭇값이 아니고, 그 세월에 대한 값을 지불한 것으로 봐야지요. 되돌릴 수 없는 시간을 돈 주고 살 수는 없기에 더욱 값진 일이라는 걸 깨달았어요. 햇살을 온몸으로 받고 눈부시게 반짝이는 나무를 보면 비록 제자리에 붙박이로 서 있지만 마치 크게 소리치며 기쁘게 뛰어다니듯한 느낌을 건네받아요."

그렇게 나무와의 열애는 갈수록 깊어갔다.

20년 전 시작된 나무와의 열애

그는 20여 년 전 포천시 내촌면 광릉수목원 뒤편에 사두었던 포도밭과 천수답, 임대받은 일부 국유림에다 나무를 심기 시작했다. 그곳에 거처를 겸해서 출판사 연수원으로 사용할 요량으로 70평 남짓한 집을 짓고 주말이면 농부가 됐다.

당시 서초동에 있던 출판사 사옥 앞에서 아스팔트 공해에 찌들어가던 소나무들도 안쓰러운 마음에 이곳으로 옮겨 심었다. 나무가 침묵하는 사람처럼 느껴지기 시작한 것도 이맘때쯤이었다.

주말이면 이곳으로 달려와 해가 뜨면 일하고 해가 지면 피곤함에 지쳐 잠에 곯아떨어졌다. 주중에 회사에서 일하다가도 때론 한여름 땡볕의 가뭄을 견디고 있을 나무가 걱정돼 만사를 제쳐두고 자동차 머리를 그쪽으로 돌리곤 했다.

몸을 혹사했지만 온통 푸르름 속에 묻힌 무념무상의 시간들은 오히려 치유의 손길을 건넸다. 그는 "살면서 고민했고 자학했던 시간들도 왜곡되지 않았음을 인정하게 돼 편안하고 늠름해졌다"며 마음씨 좋은 아저씨 같은 너털웃음을 쏟아냈다.

10여 년이 흐른 지금 잘 자란 50여 그루의 매실나무·자두나무·밤나무가 무르익을 때면 친구들도 이곳을 찾는다. 40년 지기인 아내 황옥순(60) 씨가 가꾸는 집 뒤편 텃밭에는 벌레가 먹어 구멍이 숭숭 뚫린 김장용 배추와 무가 튼실하게 자라고 있다.

자녀들의 안녕과 성장을 기원해 심은 30~40년생 반송 두 그루는 이제 제법 아름다운 자태를 뽐내며 자라고 있다.

"나무들이 햇볕을 놓고 다투지 말라고 옮겨 심다 보면 흙 속에 지렁이가 잔뜩 진을 치고 있어요. 나무는 햇볕과 물, 바람만 있으면 되는 줄 알았는데 지렁이가 표층 밑에서 잔뿌리와 노닐며 나무를 키우고 있었던 거죠. 생명의 신비에 숙연해져요. 세상 역시 보이지 않는 모든 이의 노력과 도움에 힘입어 살아가는 것과 같은 이치가 아닐까요?"

그의 집 주변 숲 속에는 그처럼 자연의 신비에 심취한 사람들이 은퇴 후 한두 명씩 모여들어 이제 9명이 작은 마을을 이루고 살아

창 많은 초가를 닮은 집.
15년이 지나면 나무들이 제자리를 잡고 제법 아름다운 자태를 뽐낸다.

간다. 대부분 출판사업을 하다 연을 맺은 교수 출신들이다. 각자 개성이 넘치는 이들은 숲 속에 안겨 저마다의 모습으로 살아가며 이따금 만나 '함께 사는 유쾌함'을 누리기도 한다.

나무에 대한 애정이 수목원 사업으로

"이제 예순이 넘은 내게 준비된 일은 나무 가꾸는 일일 수밖에 없다"고 선언한 그는 요즘 '뜻이 있으면 길이 있다'는 좌우명에 기대어 더 큰 도전에 나설 생각이다.

도전의 시작은 오래전 떠안았던 파주 적성의 나무농장을 반분하는 도로신설계획서가 날아들면서부터다. 졸지에 10년 넘게 가꾼 나무들이 갈 곳을 잃게 되자 그는 누구에게도 빼앗기지 않을 깊숙한 산중의 땅이 필요했다. 2년여를 정신없이 가평 · 연천 · 포천 · 파주 등 경기 북부의 산들을 찾아 헤맸다. 지천에 산인데도 적합한 땅을 찾기가 쉽지 않았다.

어렵사리 찾으면 바위산을 끼어 토양이 척박하거나 진입도로가 없고, 군부대의 통제를 받는 곳이 대부분이었다. 그렇게 헤맨 끝에 어렵사리 2008년, 내촌면 집에서 30분 거리에 있는 포천시 신북면에 20만 평의 임야를 마련했다.

자금 마련을 위해 은행의 도움을 받았고 가진 것을 몽땅 쓸어 담았다. 너무 큰 땅이어서 벅찼지만 가파르지 않은 포근한 산림에 땅 한가운데를 가로지르는 1킬로미터 정도의 맑은 실개천이 마음에 들었다.

또 수령이 1백 년 가까운 산뽕나무가 있고, 팥배나무 · 산벚나무, 울창한 잣나무 숲과 북방 한계선에 선 동백나무는 '태고의 음향을 간직한 듯'해 그는 이 산속으로 빨려 들어왔다.

그는 산림경영계획 허가를 받은 뒤 수종 교체를 위해 참나무가 대부분인 잡목을 벌채했다. 파주 적성에 버려진 나무들과 땅을 임대해 심어뒀던 모과나무 등도 제 살 곳을 찾게 되었다.

도전은 본격화됐다. 본격적인 나무 공부에 돌입했다. 거제도 외도에서부터 용인 한택식물원, 연천의 허브빌리지, 오대산 자생식물원 등 전국의 수목원을 돌면서 배우고 또 배웠다. 회사 일로 외국에 나갈 때도 마찬가지였다.

본업인 출판업이 흔들리지 않을 정도의 시간과 재원을 모두 산림경영에 투입하겠다는 각오로 얼마 전에는 출판사 운영마저 전문경영인에게 맡겼다.

'사색의 숲' 향한 대장정의 첫 걸음

나무와 숲을 향한 그의 대장정은 이제 본궤도에 진입한 듯하다. 소요산과 왕방산의 한줄기에 자리 잡은 그곳을 '나남수목원'이라 이름지었다. "'나'와 '남'이 함께 어울리는 지식의 저수지를 만들겠다"는 포부로 시작한 나남출판에서 이름을 따왔다.

"처음엔 사시사철 푸른 소나무가 좋았어요. 시간이 지나면서 겨울에 나뭇잎을 떨어뜨린 채 나목으로 엄동설한을 지켜내다 봄이면 말없이 새싹을 틔우는 활엽수에 경외심이 솟아요. 그 생명력을 보면서 살아 있음에 감사함을 느끼게 되니까요. 지구에 잠시 소풍 나온 인생이니 그 기념으로 나무를 심고 수목원을 가꾼다고 할까요."

그간의 아마추어 조경 경험을 바탕으로 헛개나무·밤나무·느티나무·자작나무의 묘목장을 튼튼하게 만들고, 벌개미취와 분홍바늘꽃이 광활하게 춤추는 야생화 동산도 마련 중이다. 거기에 더해 그는 요즘 또 다른 꿈을 꾼다. '꿈꾸는 사람이 창조한다'는 말을 굳게 믿으면서.

그 꿈은 머지않아 현실로 이루어질 태세다. 그는 이 수목원의 원시림 속에서 생각과 삶이 아름다운 벗들과 산책하며 이야기를 나누고 몇 날 며칠을 밤샘하며 토론할 수 있기를 꿈꾼다.

평생 철학과 우정을 나눴던 벗들을 위해 산간 책박물관을 지어 퇴직 교수나 언론인, 문인들이 자신의 서고를 꾸며 집필하고 사색할 수 있는 공간을 마련할 예정이다. 그들의 손자들은 개울가에서 가재잡고 물장구를 칠 것이고, 부인네들은 꽃밭과 채마밭을 가꾸며 지천으로 널린 산채를 따서 이들을 위해 맛있는 음식을 준비할 것이다.

이미 수목원 내 자그마한 호숫가에는 1백 여 평의 도서관이 지어졌고 현재 2백 여 평을 더 만들고 있다.

명사들 영면의 안식처 만들고 싶어

그보다 더 큰 뜻은 수목원 중턱 깊은 곳에 숨어 있다. 그가 안내해 도달한 언덕바지에는 3천 그루의 아름다운 반송이 산허리를 타고 도열해 있었다. 장관이었다.

둥글고 우아한 모습으로 형태를 잡아가는 반송은 천천히 자라지만 옹골차고 위풍당당한 모습이 좋아서 지난 몇 년간 수백 그루씩 맞아들였다. 그가 우리 사회를 위해 큰 일을 한 이들을 찾아내 영면의 자리로 모시기 위해 조성 중인 곳이다.

그는 "가까운 미래의 젊은이들에게 귀감이 되는 현장이기도 하겠지만 그분들을 함께 모시면 귀천 후라도 그분들이 덜 외로울 것 같은 일념에서" 조성하고 있노라고 덧붙였다.

아스라한 가을 햇살을 받아 은빛으로 출렁이는 억새무리를 보며 그가 크게 심호흡을 하며 이렇게 말한다.

"책에 파묻혀 사는 30년 동안 언론인이나 문인, 학자들의 원고를 읽는 최초의 독자로서 기쁨이 컸고, 그 책을 읽어준 많은 독자의 소리 없는 환호성도 느껴온 세월이니 참으로 행복했습니다. 어느 것이 더 의미 있는 일인지에 대한 셈법은 사람들의 것일 뿐 나무는 그 푸름 외에는 말이 없지요. '굽은 나무가 선산을 지킨다'는 속담처럼 모든 나무가 제 역할을 묵묵히 수행하고 있음을 배울 뿐입니다."

오랫동안 그의 곁을 지켜오면서 이제 얼굴까지 닮아 있는 아내 황 씨도 맞장구를 친다.

"평생 한 뜻을 갖고 한 우물을 판 사람이 하는 일이니 충분히 의미 있다고 생각하며 따르고 있어요. 우리는 행복한 사람들이지요. 아름다운 자연의 순리를 깨달으며 죽는 날까지 미래를 위한 주춧돌을 놓는 그 꿈을 위해 나아갈 테니까요. 또 우리의 일에 동참하겠다는 사람들도 있으니 더 이상 무얼 바라겠어요."

이들 부부와 때마침 놀러 온 딸 완희(33)·사위 김태헌(38) 씨 부부와 외손자 강민(3) 군의 웃음소리가 가을 산촌마을에 쨍하게 울려 퍼졌다. 다들 유쾌해 보였다.

〈월간중앙〉, 2014. 11월호

36년 출판인
"인생 2막은 나무와 친구합니다"

최홍렬
〈조선일보〉 기자
사진: 고운호

야트막한 산기슭 계곡을 따라 줄지어 선 이팝나무가 하얀 꽃을 쌀밥처럼 매달고 한바탕 잔치를 벌이고 있다. 대왕참나무와 목백합 사이에 군락을 이룬 영산홍 꽃잎이 바람에 하늘거렸다. 자작나무, 잣나무, 굴참나무 숲에는 야생화와 산나물이 지천이다.

경기도 포천 신북면에 66만m^2(약 20만 평) 규모의 '나남수목원'을 7년째 일구는 조상호(65) 나남출판사 회장은 36년 동안 책 만드는 일을 했다. 하지만 지난 5월 수목원에서 만난 그는 밀짚모자에 흙 묻은 등산화를 신은 채 가위로 나뭇가지를 자르는, 영락없는 농부의 모습이었다.

"나무, 힘든 세파에서 나를 지키는 '탈출구'"

"나무를 돌보며 숲 속에서 지내다 보면 세상 고민을 잊고 무념무상이 된다. 나무 심기는 지친 정신에 생기를 불어넣어 주는 활력원이다."

그는 출판사 일 틈틈이 시간을 쪼개 나무를 키운다. 그는 "누구에게나 방귀 뀔 수 있는 곳이 필요하다"고 했다. 몸과 마음에 쌓인 짐과 노폐물을 마음껏 배출할 수 있는 공간이 있어야 한다는 것이다. 그는 "앞으로만 치달리다 보면 쓰러진다. 나에게 나무 심는 일은 갖은 세파와 유혹에 견디고 나 자신을 지킬 수 있었던 나만의 공간이자 '탈출구'다"라고 했다.

조 회장은 1979년 출판사를 시작한 이후 언론학 등 사회과학 책을 중심으로 2천8백여 종의 책을 냈다. 그는 고려대 법대 시절 지하신문 〈한맥〉 기자 출신의 운동권 학생이었다. 기자를 지망했지만 대학시절 학생운동으로 제적당한 경력 때문에 뜻대로 되지 않았다. 대신 권위주의 시절 언론이 못하던 사회비판 기능을 단행본 출판이 대신하는 출판 저널리즘으로 방향을 틀었다.

특히 언론학 책을 집중 출판했다. 원했던 기자가 되지는 못했지만 자신이 낸 책으로 공부한 사람이 기자가 되었으면 하는 바람이 있었다. 그래서 그는 자신을 '언론 의병장'이라 부른다. "제도 언론은 아니지만 출판을 통해 재야에서 우리 사회에 대한 언론기능을 한다"는 의미라고 했다.

출판사 사장은 책 목록으로 발언한다

1980~90년대에는 당시로선 생소한 커뮤니케이션 관련서만 수백 권을 낸 덕에 언론학계에선 "나남에서 책이 나와야 신문방송학과의 커리큘럼을 짤 수 있다"는 말이 나오기도 했다. 그는 "판사가 판결문으로 발언하듯, 출판사 사장은 책 목록으로 발언한다"고 했다.

조 회장은 "고등학교 시절 강연에서 한복 차림의 조지훈趙芝薰 선생을 처음 본 이후 평생 그의 고고한 선비정신을 마음속으로 본받으려고 했다"며, 아들 이름을 '지훈'으로 짓고, 2001년부터 〈지훈문학상〉과 〈지훈국학상〉을 만들어 15년째 운영하고 있다.

그는 평생을 출판인으로 살아왔지만 인생 2막은 나무와 '친구'하며 지내기로 했다. 그의 인생은 '친구' 덕에 더 바빠졌다.

"내가 수목원을 한다고 하면 다들 이슬만 먹고 사는 줄 아는데, 사실은 나무 돌보랴 출판 일 하랴 더 바쁘다. 나무 살 돈을 만들기 위해서라도 책을 많이 팔아야 하기 때문이다."

조 회장은 우연히 나무 심기와 인연을 맺었다. 1995년 경기도 파주에 책 창고를 신축할 때 은행 대출을 받으면서 부실채권인 파주 적성면의 임야 약 5만m^2(1만5천 평)를 떠맡게 되었다. 땅을 그

사진: 고운호

냥 둘 수 없어 느티나무, 꽃사과, 메타세쿼이아 묘목을 차례로 심었는데 잘 가꾸지 못했다. 물이 많은 땅이라는 걸 몰라 어린 생명을 죽인 것이다. 죽은 나무에 미안했다. 이후 산림조합의 지도로 공부하면서 본격적으로 자작나무 묘목가꾸기를 시작했다.

조 회장은 2000년 국립광릉수목원 자락에 교수 9명과 어울려 집을 짓고 8천6백m^2(2천6백 평)의 정원을 가꾸며 자연의 삶에 재미를 붙였다. 서울 서초동에 살면서 주말이면 달려가 '농부'가 되었다.

"해가 뜨면 일하고 해가 지면 곯아떨어졌다. 땅에 코를 박고 땀을 흘리며 나무와 꽃 가꾸는 일에 몰두하면서 좌절하고 절망했던 나를 치유하고 마음을 추스를 수 있었다."

"귀한 나무일수록 험한 변두리에 심어"

나무 키우기에 재미를 들일 무렵인 2006년, 파주 적성에 가꾸던 농원 한가운데가 도로 개설로 수용당하면서 10여 년 정성 들여 키운 나무들을 파헤쳐 옮겨 심어야 했다. 개발의 손길이 미치지 않는 땅을 찾아 전국을 헤맨 끝에 2008년 이곳을 발견해 나무들을 옮겨왔다. 포천 소요산 왕방산 자락의 산기슭 가운데로 실개천이 흐르는 곳이다.

수목원을 둘러보던 조 회장은 "이 녀석들 키우는 재미에 산다"고 했다. 잎이 불그스레하게 변한 나무를 보면 "몸살을 앓고 있다"고 가지를 어루만지며 안쓰러운 표정을 지었다.

"귀한 나무일수록 험한 변두리에 심는다. 귀한 그 나무를 돌보아야 한다는 욕심에서라도 한 번이라도 더 가보게 되고 풀도 자주 뽑아주며 정성을 들이면 그 주변이 아름다운 공간으로 변하는 의도하지 않은 결과를 낳는다. 전체공간이 아름답게 확장되는 것이다. 사람도 그렇다. 좋은 인재일수록 개척지에 배치해 어려운 일을 시키면서 공을 들이면 나중에는 회사 전체에 많은 성과를 거두는 법이다."

수목원에서 가장 많이 하는 일 중 하나가 처음에 촘촘히 심은 어린나무를 일정 기간 키운 다음에는 크게 정착할 자리로 띄엄띄엄 옮겨 심는 일이다. 처음 어린 묘목 때는 서로 의지하면서 크다가 곧 햇볕다툼을 벌이면서 하늘로만 쭈뼛하게 치솟아 자연스런 수형을 갖추지 못하는 것은 물론이고 서로 부딪혀 죽기도 하기 때문이다.

"나무를 옮겨 심다 보면 잔뿌리 중간중간에 지렁이가 우글거리는 것을 발견할 수 있다. 나무는 햇빛과 물만 있으면 크는 줄 알았는데, 지렁이가 나무 밑에 살면서 나무를 키우고 있는 것이다. 지렁이는 땅속을 헤집고 다니면서 공기나 수분이 잘 통하도록 흙을 갈아준다. 지렁이의 배설물은 흙을 기름지게 만들어 나무가 자라는 데 큰 도움을 준다. 나무가 자라는 데도 땅속에서 남모르는 손이 작용하는 셈이다. 세상일도 나 혼자 잘해서 되는 게 아니라 보이지 않는 많은 사람들의 응원을 통해 이루어진다는 걸 뒤늦게 깨닫고 공동체에 대한 겸손을 배운다."

그는 "나무와 20여 년을 뒹굴다 보니 나무 보는 눈도 달라졌다"고 했다.

"한겨울에도 푸른 송백松柏·소나무와 잣나무의 기상에 흠뻑 빠져 처음에는 눈에도 차지 않았던 활엽수도 이제는 좋아한다. 한바탕 단풍 잔치를 마치고 한 해의 잎사귀를 훌훌 털어버리는 매몰찬 용기가 부럽고, 한겨울 찬바람을 온몸으로 견디는 나목裸木의 인내는 어디서 온 것인지 궁금하다. 또 한 해의 하늘을 향해 까만 줄기에서 새싹을 밀어내는 봄의 신비는 어떠한가. 매화나무가지의 꽃망울이 눈을 내밀고 빨갛게 차오르면서 터질 때까지 지켜보는 찬바

정자 건너편에 17년 된 반송 3천 그루가
넓은 호수를 가슴에 품고 아름답게 자라고 있다.

람 속의 기다림은 우주탄생의 한가운데 있는 정적의 그 순간에 다름 아니다."

그는 "나무를 기르면서 세상 사는 이치를 깨닫기도 한다"고 했다. "가죽나무나 참죽나무는 작은 나무일 때는 뒤틀려서 서까래로도 쓰지 못하고, 커서는 울퉁불퉁해서 대들보감이 안 되어 사람의 도끼날을 피하며 살아남는다. 그렇다고 서까래나 대들보가 된 나무들을 부러워하지도 않고, 쓸모없는 나무라고 자책하지도 않으면서 오랫동안 거목巨木으로 살아남는다. '굽은 나무가 선산을 지킨다'는 말처럼 자연 속에서 자기에게 주어진 또 다른 의미의 제 역할을 묵묵히 수행할 뿐이다."

그는 "출판을 시작했을 때 '돈이 되지 않는 학술서 출판에 무모하게 뛰어든 것 아니냐?'는 얘기도 들었다"며 "출판에서도 가죽나무나 참죽나무같이 당장 목재로는 쓸 수 없다 해서 사람들의 도끼날을 피해 우직하게 자신의 길을 가며 큰 나무로 성장하여 또 하나의 숲을 만드는 책세상을 만들고 싶었다"고 했다.

산사태로 수목원 산자락 휩쓸려나가

나남수목원은 서울 우면산 산사태가 났던 2011년 수목원 산자락 하나가 통째로 휩쓸려 나가는 산사태를 겪으면서 최대의 시련을 맞았다.

"수목원 8부 능선에 자리 잡은 송전선 철탑의 축대가 무너지면서 골짜기 1km가 초토화됐다. 가슴이 무너져 내렸다. 1백 년 넘는 산뽕나무가 토사에 묻혀 죽고, 거목이 된 잣나무 수십 그루가 뿌리째 뽑혔다. 애지중지 길렀던 헛개나무·음나무·밤나무 묘목 3천 그루도 떠내려갔다."

조 회장은 산사태를 수습하면서 실개천 상류에 미니 댐을 만들었다. 조그마한 산봉우리 하나를 통째로 털어내 4~5m 넘게 물길에 패인 계곡도 메웠다. 이렇게 만든 미니 댐이 작은 산중 호수로 변했고, 호수 옆에는 책 박물관과 작가 집필실을 짓고 있다.

그는 "우리 지성사에 남을 명사들의 서재를 그대로 옮겨오고, 작가들이 머물며 글을 쓸 수 있는 공간을 만들고 싶다"며, "2천~3천 명의 회원을 모아 수목원을 공유하고 시낭송회나 산중 음악회도 열어 힐링도 할 수 있는 문화예술인들의 사랑방이 되었으면 좋겠다"고 했다.

"수해를 복구하면서 산봉우리를 헐어낸 자리에 6만6천m²(2만평)의 아담한 공간이 새로 마련되었다. 남향으로 양지바른 이곳에 13년생 반송盤松 3천 그루를 심었다. 천천히 자라지만 부드러우면서도 옹골찬 모습이 좋았다. 이곳을 둘러본 지인들이 수목장으로 사용해도 좋을 것이라고 권했다. 우리 사회 공동체에 공헌한 지식인이나 문화예술인들의 묘원墓園으로 만들고 싶다. 개인의 영달에 매달리지 않고 어려운 이웃을 위한 일에 헌신하고 우리의 삶을 풍성하게 만든 명사들이 편안하게 잠들 수 있는 안식처를 꿈꾸고 있다."

그는 "나남출판사에서 책을 낸 저자만 3천여 명이 된다. 그분들이 이 사회 인재의 저수지라면, 나는 단지 댐 역할을 해온 셈이다. 이제는 나남수목원이 그분들을 포함하여, 우리 사회에 공헌한 명사들의 넉넉한 저수지가 되었으면 한다"고 했다.

평생 출판에 종사하다 이제는 나무 키우기에 푹 빠진 그를 보고

한 후배 시인은 이런 시를 썼다.

> … 책은 나무가 산고 끝에/ 잉태한 아들
> 평생 책이 아들이었던/ 그는/ 연어가 태어난 곳으로 회귀하듯
> 나무 속으로 들어갔다

"세상에 나이 들면서 점점 더 아름다워지고 기품을 더하는 것은 나무밖에 없다. 나도 나무가 되어 나무처럼 살고 싶다."

〈조선일보〉, 2015. 6. 6

세상의 주인은 나무… 사람은 자연의 일부

김지영
〈동아일보〉 기자

조상호 나남출판 대표(65)의 '나무 이력'이 30년째다. 그는 아들이 초등학교에 입학했을 때 막 입주한 황량한 강남 개포동의 주공 7단지 아파트 입구에 느티나무 두 그루를 심었다. 그 느티나무들은 지금도 늠름하다. 서초동 단독주택으로 이사하고 나선, 뜰에 앵두나무를 심었고, 이민간 친구에게서 떠맡은 서초동 빌딩 앞엔 대나무와 소나무를 심었다.

출판사가 경기 파주시에 새로 자리 잡은 뒤 4년쯤 지난 2008년 조 대표는 출판사에서 차로 한 시간 남짓 걸리는 경기 포천시 신북면 갈월리에 나남수목원을 꾸몄다. 30년 넘게 살던 서초동 집을 팔고, 빌딩을 담보로 대출을 받는 등 수목원을 만들기 위한 그간의 노력이 만만치 않았다. 집 앞에 있던 소나무, 앵두나무를 옮겨오고 자작나무, 산수유, 벚나무 등 4만여 그루를 20만 평 땅에 심었다.

반송밭, 산벚나무의 흐드러진 꽃잎에 봄날이 간다.

적지 않은 세월 나무와 동행해온 그가 에세이《나무 심는 마음》(나남)을 펴냈다. 나무와 사람, 여행 이야기 등 조 대표 삶의 얘기가 담겼다. 그는 36년간 2천여 권의 책을 만들어온, 스스로 '책장수'라 부르는 출판인이다. 원고를 읽느라 혹사당한 눈 때문에 집중력이 떨어지면서 달리 마음 쏟을 곳이 필요하다는 생각에 나무에 정성을 들이게 됐다고 했다.

"경북 울진의 대왕 금강송을 만나러 간 적이 있습니다. 금강송을 '알현'하는 길이 속세의 길과는 확연히 구별돼요. 원시림을 헤치면서 서너 시간을 가야 합니다. 대왕 금강송을 만나선 나도 모르게 큰절을 올렸어요. 자연은 존재 그 자체만으로도 이렇게 품위 있고 아름다울 수 있는데 속세의 우리는 얼마나 왜소합니까. 늙을

수록 기품을 더하는 것은 나무밖에 없습니다."

나무 가꾸는 일보다 조금 더 오래 책을 가꿔온 그다.

조 대표는 "책을 만들면서 얻은 것은 사람"이라면서 "좋은 사람, 좋은 저자들 옆에 계속 있으면서 많이 배워왔다"고 했다. 그가 교류한 저자들과의 일화와 추억도 책에 실렸다. '시장에 내다파는' 상품이지만 책에는 사람과의 인연이 담겨 있으며, 저자와의 만남을 통해 자신이 성장했듯 독자도 성장하길 바라는 마음도 크다고 말했다.

그는 올가을 수목원에 991m²(3백 평) 규모의 '책 박물관'을 세운다. 이곳이 책을 사랑하는 사람들이 모이는 숲속의 공간이 되길 바란다고 말했다.

나무에서 얻은 종이로 책을 만드는 이에게 나무 심는 일의 의미가 예사롭지 않을 듯했다. 조 대표는 "나무를 키우다 보니 지구의 주인은 나무고, 인간은 그저 자연의 일부일 수밖에 없다는 걸 절감하게 된다. 이 깨달음에 기쁘게 승복했다"고 말했다.

그는 "말 못하는 녀석들인 것 같은데 나와는 말이 통합디다"라며 껄껄 웃었다. "넝쿨이 감겨 올라온다고, 벌레가 괴롭힌다고 (나무가) 힘들다 합니다. 그럼 내가 이렇게 저렇게 손을 봐줘요. 그러면서 나도 답답한 속내를 얘기해요. 나무가 그걸 다 들어줍니다. 마음을 쏟으면 크게 돌려줘요. 그게 자연입니다."

〈동아일보〉, 2015. 6. 5

본업 출판을 지키고
권력 유혹 벗어나려 나무를 심는다

글·사진
곽윤섭
〈한겨레〉 선임기자

1979년 설립 이래 36년 동안 2천8백여 종의 책을 펴낸 국내 대표 출판인 조상호(66) 나남출판사 회장은 요즘 책의 재료인 나무를 키우는 데 더 정성을 쏟고 있다. 경기도 포천 신북면의 산자락 66만m²(약 20만 평)에 8년째 나남수목원을 가꾸고 있다. 지난 해 〈한겨레〉를 비롯한 언론에 소개되면서 화제를 모았던 그의 수목원 이야기를 최근 책으로 펴냈다.

자전에세이집 《나무 심는 마음》은 나무이야기·사람이야기·여행기·다른 이들이 본 그에 대한 이야기로 짜여졌다. "나와 남이 어울려 사는 우리"라는 순우리말인 출판사 이름 '나남'처럼 책의 구성도 그렇게 했다. '나'인 조 회장이 본 나무와 조지훈 선생과 세상 이야기로 시작해서 '남'들의 이야기로 마무리된다.

지난 8일 오후 파주 출판단지 나남 사무실에서 만난 조 회장에게 두 가지 '우문'부터 던졌다. '20만 평의 땅에 몇 그루의 나무가 있는지?, 그동안 권수로 친다면 몇 권의 책을 냈는지?' 물었다. 그동안 책 만드느라 베어낸 나무가 엄청날 테니 그에 대한 갚음을 하고자 숲을 가꾼 것은 아닌지 확인하고 싶어서였다.

그는 "3·3m²(1평)에 한 그루씩 있다고 계산해도 약 20만 그루쯤 되지 않을까"라고 진지하게 답했다. 또 즉석에서 출판사의 기획실장에게 그동안 발행한 책의 종이 무게를 계산해 보게 했다. 너무나 변수가 많지만, 대략 나무 한 그루로 10권의 종이를 만든다고 했을 때 8천 그루 정도의 나무를 소비한 것이다. 그렇다면 최소한 나남에서는 앞으로 책을 더 만들어도 '양심의 가책'을 느끼지 않아도 되는 양이다.

지난해 말 〈제네시스〉 전시회에 맞춰 방한했던 세바스치앙 살가두는 고향 브라질의 리오 도체 계곡 일대에 1998년 이래 2백만 그루의 나무를 심은 덕분에 9만7천 톤의 이산화탄소를 거둬들였고, 재규어가 서식할 정도로 먹이사슬이 회복되었다고 자랑했다. 36년간 책으로 번 돈을 거의 쏟아붓고, 서초동 자택도 팔고, 강남 요지에 있는 옛 사옥 건물을 담보로 대출까지 받아 수목원을 가꿔온 조 회장의 열정과 성과도 결코 뒤지지 않을 법하다.

도대체 왜 나무를 심는 것일까. "취미와 직업은 같지 않다. 다만 취미가 직업이 되는 수는 왕왕 있겠다. 내 본업인 출판을 지키기 위해, 계속 꾸려나가기 위해 정치권력의 유혹에서 벗어나기 위해 나무를 심는다. 나무를 닮고 싶다. 청년시절부터 사숙했던 지훈 선생의 뜻을 따르는 것과 다를 바가 없다. 수목원의 나무 한 그루 밑에 묻히고 싶다."

"치밀하게 준비한 것은 아니지만 하루아침에 결심한 것도 아니다. 20년간 준비했지만 계산을 했다면 불가능한 일이다. 아마추어가 가끔 큰일을 이룬다는 것은 아마추어니까 가능하다는 말과 같다. 프로라면 시작도 하지 않고 접었을 것이다. 돌이켜보면 고비도 있었다. 2011년 서울 우면산 산사태가 났던 날, 수목원의 산자락 하나가 통째 휩쓸려가 버렸다. 송전선 철탑 축대가 무너지면서 골짜기가 내려앉았고 내 가슴도 무너졌다. 1백 살 넘은 산뽕나무가 죽고 출판사 식구들이 정성스레 심고 잡초를 뽑으며 애지중지 길렀던 헛개나무, 음나무, 밤나무 묘목들 3천 그루의 밭이 통째 묻히고 떠내려갔다. 그때가 승부처가 된 셈이다. 그때 손을 털었으면 끝이었는데 하나씩 다시 시작했다."

비전문가로서 수목원을 만들기까지 공부는 필수적이었다.

"통영에서 배 타고 들어가는 외도수목원, 태안에 있는 천리포수목원, 용인 한택수목원 등 전국 곳곳을 수시로 답사했다. 뉴욕주립대 식물원, 뮌헨의 프렌치가든, 일본의 유명정원 같은 세계적인 명소도 다녀왔다. 많이 배웠는데 결론은 '내 식대로 해야겠다'는 것이었다. 참고는 되었지만 다른 곳과 나남수목원이 같을 순 없다는 뜻

사진: 곽윤섭

이다. 판사는 판결문으로 말하고, 출판인은 도서목록으로 말한다면, 수목원은 수종으로 말한다. 애정이 가는, 스토리텔링이 되는 나무를 심어왔다."

조 회장은 주말마다 수목원에서 일한다. 올 들어서도 80년 넘는 거목을 포함해 느티나무 20그루를 심었다. 수목원 입구에서 인사하는 상징목인 셈이다. 봄에는 산벚나무 꽃그늘이 좋았다. 회화나무, 보리수, 수해로 쓰러졌던 산뽕나무의 후계목, 자귀나무와 귀룽나무도 심었다. 오래오래 키워야 하는 눈주목 1백 그루, 가장 더디게 자란다는 구상나무도 식구가 되었다.

2016년 5월 개관을 목표로 책박물관의 착공을 앞두고 있는 그는 앞으로 수목원을 작가·예술인들과 함께 하는 문화공간으로 공유하는 다양한 구상을 하고 있다. 하지만 그는 "자랑하고 싶은 마음도 있지만 동시에 쑥스럽기도 하다. 이건 겸손의 표현이 아니다. 우리 사회엔 자기 분야에서 묵묵히 꿈을 실현하는 사람들이 많을 것"이라며 말을 아꼈다.

〈한겨레〉, 2015. 6. 9

'출판하는 마음'에서 '나무 심는 마음'까지

글·사진
송기동
광주일보 〈예향〉 부장

책과 나무. 조상호 나남출판 · 나남수목원 회장에게 둘은 일맥상통한다. 40년 가까이 책을 만들면서 '지성의 숲'을 일궜다. 또한 수목원을 조성해 '생명의 숲'을 가꾸고 있다. 일업일생一業一生, '언론 의병장'을 꿈꾸며 일관되게 출판의 외길을 걸어온 조 회장은 "삶이 책이고, 그 책을 있게 한 나무가 돼버렸다. 책 만드는 마음과 나무 심는 마음은 하나다"라고 말한다.

40년 가까이 3,600여 권 책 펴내

"글을 읽고 글을 쓰다 신물이 나면 퉁소를 불고, 생솔가지 타는 내음, 낙엽 타는 내음에 묻혔다가, 꽃피는 소리, 비바람 냄새에 마음을 닦고 살아가고픈 소롯한 꿈인 선비의식과, 단돈 십 원을 보

파주 출판도시 나남출판사

고 천리 물길을 가야 하는 치열한 자본주의의 상업성을 함께 가져야 하는 출판문화의 내재적인 속성이 그것이다.…"

조상호(68) 나남출판 · 나남수목원 회장은 지난 1985년 광주일보 자매지인 월간 〈예향〉 신년호에 〈야누스의 두 얼굴…출판문화〉라는 제목의 칼럼을 발표했다. 출판업에 뛰어든 지 6년째인 신생출판사 30대 대표가 자긍심을 가지고 '문화'(출판이라는 문화속성)와 '경영'(이윤추구의 기업적 속성)이라는 양면성을 어떻게 상호보완시켜 나갈 것인가, 고민하는 '출판하는 마음'을 다룬 내용이었다. 이는 언론출판 저널리즘이라는 기치를 내건 한 젊은 출판인의 출사표出師表이자 세상에 던지는 사자후獅子吼였다.

33년의 시간이 흐른 현재, 조 회장은 '나남'이라는 브랜드를 국내 대표적인 출판사로 우뚝 세웠다. 지성의 열풍지대를 꿈꾸면서 지성의 숲을 가꾸고, '사상의 저수지'를 조성했다. 지금까지 사회과학을 비롯해 언론학, 문학, 사회복지학 분야 3,600여 권이 넘는 책을 출판했다.

버스에서 내려 나남출판사 사옥을 파주 출판도시에서 찾아가는 건 어렵지 않았다. 다른 건물과 달리 짙은 초록빛 담쟁이덩굴이 사옥을 감싸고 있었기 때문이었다. 또 큰 소나무와 자작나무들이 건물을 호위하듯 서 있다.

사옥 입구에는 청록파 시인이자 국문학자인 지훈 조동탁(1920~1968) 선생의 시 〈인쇄공장〉이 동판에 새겨져 벽면에 걸려 있었다.

"모래밭을 스며드는 잔물결같이 잉크 롤라는/ 푸른 바다의 꿈을 물고 사르르 밀려갔다.…"

사옥에 들어서면 내부공간에 이채롭게도 푸른 대나무가 하늘을 찌를 듯 자라고 있다. 수목원을 조성하기 훨씬 이전부터 그에게 본래 녹색과 생명에 대한 'DNA'가 잠재돼 있었던 모양이다. 정장을 하고 있으리라는 기자의 예상과 달리 조 회장은 청바지와 셔츠 차림이었다. 젊은 복장에서 풍기듯 패기만만하고 에너지가 넘쳤다.

"33년 만의 인연에 전율이 옵니다."

조 회장은 33년 전 월간 〈예향〉에 실렸던 자신의 칼럼을 얘기하며 기자를 반겼다.

사옥에서 포천 나남수목원까지는 80km. 1시간 거리다. 사옥에서 수목원까지 조 회장 차에 동승해 이동했다. 월~수요일은 출판사 사무실에서 원고 교정을 직접 보고, 나머지 목~토요일은 수목원에서 나무를 관리한다.

20만 평에 3천 그루 반송 심어 가꿔

굳이 '출판인'이나 '출판장이'라는 표현 대신 '책장수'(책장사)라고 자신을 표현하는 출판장이 조 회장에게 나무는 우연처럼 다가왔다. 1997년 IMF 때 파주 교하에 책창고를 짓기 위해 은행에서 대출을 받으면서 대출조건으로 부실채권인 임야 1만 5천 평을 떠안은 것이다. 그곳에 묘목을 심으며 자연스럽게 나무공부를 시작하게 됐다. 그런데 그곳을 가로질러 도로가 뚫리면서 애꿎은 나무가 잘리게 됐다. 개발의 손길이 미치지 않을 만한 곳을 어렵사리 물색한 곳이 현재 수목원이 들어선 경기도 포천시 신북면 산자락 20만 평이었다. 처음에는 '번잡한 도시 속에서 자신의 작은 녹색 공간을 만들기 위해' 시작했으나 점차 나무라는 생명에 애착을 갖게 됐다. 그렇게 해서 2008년부터 나남수목원에 나무를 심고 가꾸고 있다.

조 회장은 수목원에 도착하자마자 흙 묻은 등산화로 갈아 신은 후 작업용 조끼를 걸치고 밀짚모자를 썼다. 그리고 바지 뒷주머니에 전지가위와 접이식 톱을 챙겨 넣었다. 사무실 복장과 달라진 것이라곤 신발과 조끼, 모자뿐인데 영락없는 농사꾼으로 탈바꿈했다.

"나남수목원의 특징이 뭐냐 물으면 '내 스토리다' 그러고 말어. 내 히든 스토리가 있는 나무들을 여기에 심는 거니까."

조 회장은 수목원 오솔길을 오르면서 좌우에 심어진 나무들을 호명하듯 기자에게 하나씩 설명했다. 30여 년 전 미국 육군사관학교(웨스트포인트)를 방문했을 때 봤던 백합나무와 손기정 선수가 1936년 독일 베를린올림픽 마라톤을 제패해 부상으로 받았던 독일참나무, 러시아 작가 파스테르나크의 원작을 영화화한 〈닥터 지

나남수목원 책박물관

바고〉에서 처음 봤던 자작나무, 해외 반출돼 크리스마스트리로 이용된다는 구상나무, '선비목'으로 불리는 회화나무에 대한 설명은 '나무도감'을 펼쳐보듯 상세했다. 히어리와 계수나무, 생강나무, 팥배나무, 산뽕나무, 자귀나무, 노각나무 등은 이름만 들어도 정겨웠다.

"이 나무는 백송白松입니다. 아직 어려서 몸통이 파랗죠. 침엽수는 비슷비슷해도 솔잎 개수로 구분합니다. 소나무는 2개, 리기다소나무와 백송은 3개, 잣나무는 5개입니다."

수목원 입구에서 10여 분을 걸어 오르면 '책박물관'에 다다른

다. 지난해 5월 개관했다. 3층 규모(연면적 250여 평)로 1층은 북카페, 2층은 나남신서, 3층은 아카이브 공간이다. 내부에 들어서면 천장 없이 머리 위로 툭 트여 있는 널찍한 공간과 책들로 구성된 인테리어에 탄성이 절로 나온다. 아카이브에는 1970년대 초 군대에서 만나 평생 우정을 나누는 오생근 서울대 불문학과 명예교수와 바둑 동무로 오랜 인연을 나눈 김동익 전 중앙일보 사장의 책이 1천 권씩 먼저 들어왔다.

“사나이 꿈 중 하나가 자기 서재를 만드는 일이지요. 학자로 정년퇴직해 책을 기증하려 해도 받아줄 데가 없는 현실이에요, 그래

서 '한 어른의 죽음이 도서관 하나가 땅에 묻히는 것과 같다'고 말하지요. 앞으로 10명 1천 권씩 1만여 권 정도를 받을 수 있는 공간이지요."

책박물관 내부에는 조 회장이 가장 아끼는 '보물 1호'가 전시돼 있다. 지난 1993년 10월 충남 부여 능산리에서 출토된 '백제 금동대향로(국보 287호) 실물대 복제품'이다. '봉황이 내려앉을 만한 숲'을 만들기 위해 고군분투하던 조 회장에게 발톱 5개짜리 봉황이 내려앉은 대향로는 더욱 특별한 의미로 다가왔다. 그래서 높이 64cm의 실물크기 복제품을 어렵사리 구했다. 상서로운 기운을 발산하는 대향로를 24년 동안 출판사 사무실에 가까이 두고 수호천사처럼 여겼다.

무엇보다 권력과 세상이 갖은 유혹을 해도 출판인의 일관된 길을 걸을 수 있었던 것은 그를 격려해 주고, 정신을 지탱해 준 대향로의 영향이 크다. 40년, 일업일생一業一生 출판인생이다. 출판 이외의 유혹에 빠지지 않기 위해 '우공이산'愚公移山 마음으로 만든 것이 바로 수목원이다. 책박물관 구석구석마다 조 회장이 40년 동안 책을 만들며 쏟았던 땀방울과 미래의 꿈이 융합돼 있었다. 그는 현재 세상에서 가장 큰 책을 만들고 있는 것이다.

김준엽 고대 총장《장정》長征 출판이 분수령

조 회장은 1950년 전라남도 장흥군 장흥읍에서 태어났다. 광주고(18회)를 거쳐 1970년 고려대 법학과에 입학했다. 대학 2학년 때인 1971년 8월 광주廣州대단지 사건이 일어났다. 청계천변 판잣집에서 성남으로 강제로 집단 이주한 도시빈민들이 일으킨 '민란'이었다. 조 회장은 현장을 직접 찾아가서 듣고 본 팩트를 교내 학생운동 신문인 〈한맥〉에 르포기사로 게재했다. 당시 민관식 문교부 장관은 '지하신문'이라고 지칭했다. 경찰 수배를 받은 조 회장은 도망자가 되어 원주로 피신해 넝마주이 생활을 두 달간 하기도 했다. 결국 붙잡혀 대학에서 제적되고 강제 징집돼 3년간 동부전선 7사단에서 최전방 방책선(철책)을 지키는 '3번 소총수' 생활을 감내해야 했다.

이때 조 회장은 평생 인연을 이어가는 오생근 서울대 불문학과 명예교수를 만난다. 학생운동을 하다 강제 징집된 이등병과 신춘문에 평론분야에 등단한 병장은 '지음'知音을 만나 서로 힘겨운 청춘의 시간을 통과할 수 있었다. 오 교수는 나남 스테디셀러인 미셸 푸코의 《감시와 처벌: 감옥의 역사》를 번역했고, 《광기의 역사》, 《성의 역사》를 감수했으며, 나남문학선을 기획했다.

군 제대 후 어렵사리 복학해 고시원 반장을 맡았다. 고시공부를 한다 해도 신원조회를 통과할 수 없었기에 고시 공부하듯 다양한 책들을 섭렵하는 황금 같은 시기를 보낸다. 졸업하고도 학생운동 이력 때문에 취업이 어려웠다. 대학선배가 신원보증을 서 줘 '(독재정권의) 칼날을 피해서' 숨어 지내는 심정으로 수출입은행 공채 1기로 취직했다. 4살 연하인 황옥순 씨와 결혼한 때도 이즈음이다.

29살 청년 조상호는 1979년 '나남'이라는 이름을 내걸고 출판업에 뛰어들었다. 박정희 독재정권을 비판하는 우회로로 출판저널리즘을 선택했다. 사명社名은 '나와 남이 어울려 사는 우리'라는 의미를 담고 있다. 기자를 꿈꾸었던 그는 '언론으로서의 출판'과 '출판의 사회적 지위와 역할'에 대해 고심했다. 서울 종로구 고대교우회관 6평 공간에 직원 3명으로 시작했다. 첫 책은 버트런드 러셀의 《우리에게 희망은 있는가》였다. 창립 15년 만인 1994년에 서울 서초구 양재역 근처에 600평(지상 5층, 지하 1층) 사옥(지훈빌딩)을 마련했고, 2004년에는 파주 출판도시에 850평 규모 사옥을 신축해 이전할 정도로 성장했다.

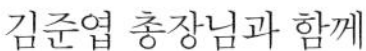

김준엽 총장님과 함께

김준엽의 현대사《장정》(5권)

조 회장은 나남을 출판업계에서 굳건하게 뿌리를 내릴 수 있게 만든 저서로 김준엽 전 고대총장의 회고록《김준엽의 현대사-장정》을 손꼽는다.

"(나남의 위상은) 김준엽 총장의《장정》출판을 기준으로 전후가 전혀 달랐습니다. 1987년 첫 권(〈나의 광복군 시절〉)에서 2011년 5권(〈다시 대륙으로〉) 마무리할 때까지 25년이 걸렸어요. 의도하지는 않았지만 출판사의 사회적 지위라는 아우라Aura가 생기는 거잖아요. 그 단계까지가 힘들었어요. 삶이 그런 것처럼."

《장정》은 그에게 2005년 영예의 '한국출판문화상'을 안겨 주었다.

조 회장은 언론학과 문학, 사회복지학 분야 책에 중점을 두고 출간했다. '쉽게 팔리지 않지만 오래 팔린다'를 모토로 삼았다. 1988년부터 16년 동안 학술지 〈사회비평〉도 발행했다.

이청춘, 김현, 한승원, 박완서, 정현종, 황동규, 한수산, 유종

호, 김승희, 김우창 문학선 등이 나남에 문학의 숲을 이뤘다. 또한 1996년에 《조지훈 전집》(9권)을 펴냈고, 2001년에 〈지훈상〉을 제정했다. 2002년 박경리 작가의 대하소설 《토지》를 나남에서 펴냈다. 작가가 1969년부터 25년에 걸쳐 완결한 작품으로, 200자 원고지 2만8,500장 분량에 등장인물만 600여 명에 달했다. 21권짜리 소설을 양장본으로 만들며 '토지인물사전'을 추가했다. 사전예약제도를 처음 도입해 호응을 얻었다. 박경리의 《토지》와 《김 약국의 딸들》이 스테디셀러로 자리를 잡으면서 쉽게 팔리지 않는 사회과학 서적 출판을 가능하게 하는 물적 토대가 됐다.

조 회장은 관군이 왜침에 지리멸렬할 때 떨쳐 일어났던 재야의 의병義兵처럼, 입에 재갈 물린 기성언론이 제 역할을 다 하지

1999년 5월 열린 나남출판 20주년과 학술지 〈사회비평〉 10주년 기념식. 왼쪽부터 한만년 일조각 사장, 어머니 최영자, 조상호 회장, 부인 황옥순, 언론인 김중배

박경리 선생님과 함께

못할 시기에 '언론 의병장'을 자처했다. 그의 10대 조부는 임진왜란 때 남원지역에서 의병장으로 활약했던 유학자 산서 조경남(1570~1641) 선생이다. 특히 설중환 고려대 명예교수는 지난 1999년에 조 장군이 '춘향전'의 창작자라고 발표한 바 있다.

송호근 서울대 사회학과 교수는 조 회장의 저서 《언론의병장의 꿈》에 실은 발문에서 "조 선생에게 사회과학은 세상과 대결하는 칼날이라고 한다면, 문학은 칼날에 에스프리esprit를 불어넣은 성찰의 창고다"라고 표현했다.

우공이산愚公移山 마음으로 3천 그루의 반송 가꿔

3천 그루의 반송盤松 구역에서 조 회장의 전지가위 손놀림이 빨라졌다. 특이하게도 올해 새로 올라온 서너 개 새순 가운데 가장 큰 놈을 싹둑 잘라낸다. 그래야만 나머지 잔가지들에 영양분이 퍼

져 둥그런 반송모양을 만들 수 있다는 게 그의 설명이다.

처음부터 일부러 반송을 키우려 했던 것은 아니다. 합천댐 공사를 하며 수몰위기에 놓인 반송 600그루를 사들인 것을 시작으로 대형 토목공사에 의해 '긴급 피난'이 필요한 반송들을 옮겨 심다 보니 어느새 3천여 그루가 됐다. 2011년에는 100년 만의 폭우가 쏟아져 수목원이 초토화되기도 했다. 고향의 한여름 배롱나무 붉은 꽃그늘을 수목원 연못가에 옮겨오고 싶지만 겨울 강추위 때문에 쉽지 않은 안타까움을 100여 그루 노각나무의 하얀꽃으로 대신하고 있다.

그는 나무를 가꾸며 많은 것을 배운다. 그 역시 '땅의 경사와 관계없이 하늘로 치솟는 나무처럼' 곧게 살고 싶어 한다. 이러한 나무에 대한 애정은 그의 신문 칼럼에서 찾아볼 수 있다.

"나무는 사람보다 정직하다. 죽은 가지를 솎아주고, 지난 가을 솔잎의 갈비가 엉킨 곳을 털어내며 바람 길을 열어준다. 솔잎이 뭉쳐있는 곳엔 햇볕 길을 위해 생가지를 솎아내야 한다. 인간세상에서는 그렇게 어렵다는 반송들의 구조조정이다. 녹색의 비명을 지르며 희생을 감수한다.… "(〈한국일보〉 2017년 3월 31일)

책과 나무를 중심으로 써 나간 그의 유려한 글들은《언론 의병장의 꿈》과《나무 심는 마음》두 권에 담겼다. 39년 동안 '책의 숲'을 걸어오는 동안 조 회장의 삶은 책 그 자체였다. 내년은 나남 창립 40주년을 맞는다. 인터뷰를 마치며 마지막으로 그에게 책의 의미에 대해 물었다.

"책은 내 삶이고, 지성의 숲이고 생명의 숲입니다. 너무 과거완료형으로 표현하지 마세요. 아직 이렇게 살아 있으니까(웃음). 출판사 사장은 출판목록으로 자기발언을 합니다. 판사가 판결문으로 말하듯이. 내 한계일 수도 있고, 내 성장의 표상일 수도 있지요."

조지훈 시인과 〈지훈상〉

조상호 회장은 청소년 때부터 청록파 시인이자 국학자인 지훈 조동탁(1920~1968) 선생을 흠모했다. 광주고 1학년 겨울 방학 때

조지훈 전집(9권)

조지훈 선생께서 보여주신 문학과 인생, 학문과 행동의 일치를 이 땅의 모든 지성인이 지켜가야 할 삶의 지표로 삼고자 나남에서 제정한 〈지훈상〉 제 1회 시상식. 올해(2018년)로 18회째를 맞는다. 왼쪽부터 신용하, 김종길 선생, 〈지훈국학상〉 수상자 박경신 교수, 〈지훈문학상〉 수상자 이수익 시인, 홍일식 고려대 총장, 김난희(조지훈 선생 부인), 나남 조상호 사장, 신일철, 박노준 선생.

일이다. 조지훈 고려대 교수가 광주 시민회관에서 두루마기 차림으로 '선비의 지조'에 대해 강의했다. 이를 먼발치에서 지켜보던 고교생 조상호는 큰 감명을 받았다. 1970년 고려대 법학과에 진학했지만 2년 전 선생이 세상을 뜨는 바람에 직접적인 가르침을 받진 못했다. 1974년 복학해서 일지사판《조지훈 전집》(6권)을 구입해서 읽으며 사숙私淑했다.

조 회장은 선생의 《지조론》을 '인생의 책'으로 꼽는다. 조 회장의 지훈 사랑은 남다르다. 서울 강남구 양재역 앞에 마련한 사옥을 '지훈 빌딩'으로 명명하고, 아들 이름도 '지훈'으로 지었다. 현 파주사옥 입구에도 시 〈인쇄공장〉을 동판에 새겨놓았다.

무엇보다 조 회장은 오래 전에 절판된 《조지훈 전집》(9권)을 1996년에 새롭게 간행했다. 이어 2001년 5월부터 숙원이었던 〈지훈상〉芝薰賞'을 제정해 18회째 운영하고 있다. 부문은 〈지훈문학상〉과 〈지훈국학상〉이다. 캐치프레이즈는 "거짓과 비겁함이 넘치는 오늘 큰 사람을 만나고 싶습니다"이다. 지훈 선생 타계 50주기를 맞은 올해(18회) 수상자는 장석남 시인. 수상작은 시집 《꽃 밟을 일을 근심하다》였다.

이 밖에도 조 회장은 김준엽 총장과 리영희 교수, 김지하 시인, 김중배 언론인(대기자)에게서도 많은 영향을 받았다. 한양대 대학원에서 박사과정을 밟으며 리영희 교수로부터 지도를 받았다. 유신 독재기 언론과 출판 저널리즘을 분석한 박사논문은 1999년에 《한국 언론과 출판 저널리즘》이라는 책으로 출간됐다.

〈예향〉, 2018. 7월호